我用此生，
赌你一人

云舒 著

青岛出版集团 | 青岛出版社

图书在版编目(CIP)数据

我用此生，赌你一人/云舒著.—青岛:青岛出版社,2022.3
ISBN 978-7-5552-9269-2

Ⅰ.①我… Ⅱ.①云… Ⅲ.①长篇小说－中国－当代 Ⅳ.①I247.5

中国版本图书馆CIP数据核字(2020)第179116号

WO YONG CI SHENG, DU NI YI REN

书　　　名	我用此生，赌你一人
作　　　者	云　舒
出版发行	青岛出版社
社　　　址	青岛市崂山区海尔路182号（266061）
本社网址	http://www.qdpub.com
邮购电话	18613853563　0532-68068091
责任编辑	郭红霞
特约编辑	崔　悦
校　　　对	张静静
装帧设计	千　千
照　　　排	李红艳　王晶璎
印　　　刷	三河市良远印务有限公司
出版日期	2022年3月第1版　2022年3月第1次印刷
开　　　本	32开（880mm×1230mm）
印　　　张	9.5
字　　　数	175千
书　　　号	ISBN 978-7-5552-9269-2
定　　　价	39.80元

编校印装质量、盗版监督服务电话　4006532017　0532-68068050

目录

Chapter 1
"红太狼"自带特效的出场　　　001

Chapter 2
喜欢你，是你　　　021

Chapter 3
牧歌这人的恋爱套路可真深　　　049

Chapter 4
这个世界上唯一不会抛弃我的就是肚子上的肉肉　　　083

Chapter 5
牧歌的爱情是砸门进来的　　　101

Chapter 6
牧歌，我是个路痴，走不进你的心里　　　　130

Chapter 7
牧歌，你为什么喜欢我　　　　162

Chapter 8
我走过最长的路，就是你的套路　　　　202

Chapter 9
牧歌，以后换成我来爱你吧　　　　238

Chapter 10
追我的人那么多，可是只想与你共白头　　　　274

番　外
牧歌自述　　　　295

Chapter 1
"红太狼"自带特效的出场

最幸运的事是——世界那么大,而你恰好喜欢我。

陆合欢前面二十多年都没拍过那么多丑照,直到遇到牧歌。

第一张:陆合欢一边狼吞虎咽,一边和牧歌抢肥牛。

第二张:陆合欢因为着急吃,肉丸子还没煮熟就被她夹出来了。

第三张:陆合欢的嘴巴鼓鼓的,她还不停地往嘴里塞菜。

当她恨不得把这些照片都毁尸灭迹的时候,他却说:"很好看,只要是你,就很美。"

你相信吗?总有一个人会不远千里将你要的爱情带给你!对陆合欢来说,牧歌,就是那个人!

咚咚咚——

沉闷的敲门声骤然响起,紧张的气氛让陆合欢不自觉地握紧了拳头。紧接着,空气中传来了脚步声。

一步、两步……

脚步声戛然而止,陆合欢不知自己究竟哪里来的勇气,深吸一口气,随后健步冲向了正中间的那条"黄泉路"。但由于无法从容驾驭脚底下的木屐,陆合欢歪歪扭扭地横在了路中间。

下一秒她压低了声音,尽量使自己的语气中透出令人恐惧的气氛,幽幽地吐出了三个字:"拿命来……"

话音还没落下,刚刚站住脚跟的陆合欢就发现旁边的窗户外闪过一束光。紧接着,只听到当的一声巨响,头上忽然一痛,她就踉踉跄跄地倒在了地上。

"合欢,你没事吧?"

脑海里一片昏沉,她隐隐约约还能听到喻喜急切的询问声。她的意识还没收拢,脑海里一团乱麻的时候,那个拿着平底锅的人竟然毫不绅士地从她身上跨了过去。

"我去!"陆合欢咬了咬牙,不知自己究竟哪里来的勇气,支起身就往外走。她一边走,一边还不忘揉着自己刚才被拍得眼冒金星的头:"痛死宝宝了!"

九月的天,烈日当头。看到陆合欢站起来就往外走,喻喜立刻着急了,连忙追了上来:"合欢,算了啊,谁让顾客是上帝呢!"

她这话一出口,陆合欢就更气了,咬了咬牙,自顾自地说:"喻喜,我今天就打得他上帝都认不出来。"

她的头现在还在痛呢,这口气她不能就这么咽下了。

思及此处,陆合欢加快了脚下的步伐。可是刚刚站在游乐场的鬼屋门口,陆合欢就呆了。少年刚刚换了鞋子,身着格子衬衫,那模样在烈日之下竟好似薄荷草一般清凉。

"喂，刚才……"

陆合欢走上前去，话却卡在了喉咙里。额头上的痛不停地提醒着她，自己不能因为对方长得帅就屁了！萌生了这样的念头之后，陆合欢咬了咬牙问："是你打我？"

她的话音刚刚落下，牧歌就抬起头来。

少年锐利的一双眼眸熠熠生辉，阳光之下，他仔仔细细地打量着面前这个穿着奇装异服在游乐场鬼屋扮鬼的女孩儿，却没有理会她，而是转头看向同行的朋友。

陆合欢终于忍无可忍了，一把扯下了自己脸上的面具和假发："游乐园有规定，禁止带武器进入鬼屋，你不知道吗？"

她这话一出口，牧歌抬起了头。少年微微有些诧异地看着她，随后压低了声音说："我叫牧歌。"

他的声音很低，却让陆合欢没来由地恼火。她在和他理论刚才的事情，可是这个时候牧歌竟然做自我介绍？陆合欢揉了揉有些凌乱的头发，第三次忍着怒火开了口："你难道不知道雨伞那些东西是不能带进鬼屋的吗？"

她的话音刚落，牧歌说出了一句令陆合欢瞠目结舌的话。他说："所以，我用的是平底锅！"

"凶器"是平底锅？陆合欢整个人都傻了眼。游乐园在大学城外面，从Z大过来有一段路程，而平底锅是她和喻喜在游乐场外面的超市买的，他居然用她的东西打她？

陆合欢目瞪口呆，沉默了片刻，更加愤怒了："你也太过分了……"

她的头现在还在疼呢！

听到女孩儿的话，牧歌定定地看着她，瞳孔微微收缩了两下。见势不妙，喻喜连忙叫来了游乐场的管理人员。陆合欢插着腰，气势汹汹地看着牧歌："你要赔我医药费。"

不是她碰瓷,而是经理要来了。

这件事要是再不了结,她不但得不到任何好处,而且还有可能被扣掉每天一百元的兼职费。毕竟,喻喜的那句话说得没错——顾客是上帝嘛。

牧歌却忽然勾起了唇角看着她。

他那似笑非笑的目光落在陆合欢的脸上,顷刻间她就有种不好的预感。

"我赔你医药费,那你赔我精神损失费如何?"

陆合欢咬着下唇。

她就知道长得好看的人大多腹黑——比如牧歌。明明她才是受害者,他怎么还好意思找自己要精神损失费?

"那不可能。"

两个人正你一言我一语地争执的时候,喻喜和经理已经走了过来。陆合欢可谓是欲哭无泪,早知道这样还不如息事宁人的好。萌生了这样的念头,陆合欢就更加着急了,小心地看着面前的人。

"怎么回事?"在她迟疑的时候,经理已经开了口。

陆合欢心中暗呼不妙,正思忖着找什么借口。可她怎么也没想到,经理竟然不问缘由就去给牧歌道歉。他深鞠了一躬,随后礼貌地看着牧歌说:"实在是不好意思!要不,就把她今天的工资作为精神损失费赔偿给您吧?"

"经理!"明明是牧歌理亏在前,经理怎么可以不分青红皂白就做出这样的决定?陆合欢瞪大了一双眼睛看着面前的人。

可是经理并不打算听她解释,而是板着脸有些不高兴地说:"跟你说过多少次了,顾客就是上帝,你还有没有点儿规矩?"

"可是他用平底锅打我……"陆合欢委屈得不行。

她话音未落,就听到牧歌开了口:"没事,我已经不跟她计较了!"

听见这话，陆合欢下意识地抬起了头。牧歌那带点儿小得意且好像已经运筹帷幄的样子着实令她有点儿不爽。明明她才是受害者，怎么他却反过来原谅自己了？

听到牧歌的话，经理立刻连连点头。

"那就好，希望您不要和这个小丫头一般见识。"他说完，竟然掏出了两百元钱递给牧歌！尤为重要的是，牧歌看了陆合欢一眼，竟然想都没想就伸手接了过去！

陆合欢咬了咬牙，反正工资也没了，那就来互相伤害啊！萌生了这样的念头之后，陆合欢愤恨地看着面前的人："你赔我医药费！你看我的头现在还疼呢！"

她一边说，一边凑到了牧歌面前。

和这个强盗比起来，自己索要医药费那是有理有据的！

可是面前的人不但没有将钱还给她，还故意在半空中比画了一下，最后似笑非笑地看着她："怎么办？这一天白干了！"

除却牧歌，周围还有几个与他同来的男生跟着起哄。

陆合欢本来就是个不谙世事的小姑娘，从没见过这种场面。她抿着唇，刚刚装出来的气势几乎荡然无存了。倒是喻喜在一旁小声地说："合欢，要不然我们回去吧？算了啊，我的工资分你一半！"

陆合欢家庭条件还不错，可是闺密喻喜家庭条件却不好。大约是家庭条件给喻喜带来的自卑感，导致她尤其害怕和陌生人打交道，所以外出兼职喜欢拉着陆合欢一起。

可是陆合欢怎么也没想到，出来兼职的第一天，就遇到了牧歌这无赖！

陆合欢气急了，咬了咬牙，撸起袖子准备找牧歌好好理论理论。看到自己真的把陆合欢惹怒了，牧歌下意识地蹙了蹙眉，随后低声说："想把钱要回去那是不可能的，不过……"他顿了顿，又一次开了口，

"我可以请你吃火锅。"

这已经是牧歌最大的妥协了。并且他有十足的信心，陆合欢一定会答应。

对方这低沉的声音让陆合欢瞬间眼睛一亮，立刻小鸡啄米似的点了点头。可她忽然意识到了什么，将信将疑地看着牧歌问："你……你会有那么好心吗？"

这次牧歌笑得更加灿烂了。他勾着唇角，声音好像薄荷汽水，咕噜咕噜地冒着温柔的泡泡："那你也可以选择不吃。"

"想得美！"陆合欢脱口而出，对于一个吃货而言，送上门的美食都不要简直就是浪费呀！况且还是"仇人"请客，只要一顿火锅她就能让他怀疑人生！

陆合欢看着他咬牙切齿地说："你可不能反悔啊！"

牧歌眯了眯眼，满意地点了点头。

站在一旁的喻喜顿了几秒，似乎已经嗅出阴谋的味道，下意识地抓住了陆合欢的胳膊："合欢……"

她的话音未落，牧歌就开了口："听说交通大街那家新开的火锅店不错。"

一听到吃的，陆合欢两眼放光。交通大街的火锅店开了半个月了，门庭若市，她去了好几次都没吃到。她正想着，旁边的人似乎已经看透了她的心思："正好我是VIP，不用排队。"

没什么事是一顿火锅解决不了的，如果有，那就两顿。

听到这里，陆合欢已经按捺不住了，有人请客，还是VIP不用排队，简直就是天时地利人和呀！她立刻笑了起来："好的呀，帅哥稍等。"

话音落下，她就慌慌张张地往更衣室里面走。

听说有人请客吃火锅，大家纷纷起哄，一片哄闹。

牧歌单手插兜站在那里，看着她离去的背影，不自觉地勾起了唇角。

那种看一眼就让人心驰神往的笑容在他的脸上肆无忌惮地浮现,来来往往的人无不多瞧上两眼。

更衣室里。

迟疑了好久,喻喜才小声地开了口:"合欢,你别去了。"

喻喜这人性格好,脾气更好——息事宁人是她一贯的作风。一看到陆合欢大有要闹事的打算,喻喜立刻展开了行动。

"我都说了工资分你一半……"喻喜依旧在极力劝阻陆合欢。

可是和喻喜患有陌生人恐惧症不同,陆合欢并不畏惧和陌生人接触。她拍了拍喻喜的肩膀说:"那是你的工资,劳动所得,我不能要。你放心,我一定去把今天的工资吃回来。"

要知道陆合欢可是个名副其实的吃货,牧歌竟然敢请她吃饭,这不是自讨苦吃吗?

"可是……"喻喜有些担心地看着陆合欢,话还没说出口就被陆合欢打断了。

陆合欢勾了勾唇角:"你和我去吗?"

看来陆合欢已经打定了主意,喻喜慌乱地摇摇头,看着陆合欢笑着走出了更衣室。

刚才哄闹的广场上,竟然只剩下牧歌一个人,有种人走茶凉的感觉,正应了这秋日的萧瑟之景。陆合欢有些惊讶地看着他:"你的朋友呢?"

"走了。"牧歌的回答简洁明了,却莫名地让陆合欢有点儿不安起来。

一群人出去,她不会觉得尴尬。可是现在就她和牧歌两个人,这算什么?约会吗?萌生出了这样的念头,陆合欢的脸颊上竟然泛起了红晕。

"我只说请你吃火锅,可没说要请他们。"

陆合欢正犹豫着要不要去，就听到了牧歌的话。其实他这么说不无道理，毕竟那些人没被克扣工资。

"嗯，好。"陆合欢跟在牧歌身后，不自觉地抬起头来看着牧歌的背影。

如果不是今天这一场乌龙，恐怕她自己看到他的第一反应应该是犯花痴吧？毕竟长得好看的小哥哥可不是每天都能遇到的！

下午五点刚过，火锅店里就人满为患，走廊上忙碌的服务员和华丽的装潢瞬间让陆合欢有了一种不安感。

牧歌抬头看了她一眼，女孩儿的长相不算出众却很秀气，卷翘的睫毛好似两把小扇子，遮挡着她圆溜溜的大眼睛。刚才还能假装镇定的陆合欢在得知吃饭的人只有她和牧歌之后，就开始变得安静了。

"想吃什么？"牧歌低头看着菜单，最后还是将菜单推到她的面前。

陆合欢也在仔细地打量着他，少年眉盾英俊，那样优雅地坐在她的对面，显得那么不真切。她忽然安静下来，并非仅仅因为牧歌长得帅，尤为重要的是——这里距离学校不远，坐在像牧歌这样的帅哥对面，就连自己都好像带了光环，回头率达到百分之三百！

气氛一度尴尬到极点，最后还是牧歌率先开了口。

"你一定觉得，自己现在备受瞩目？"

她何止是备受瞩目？陆合欢连连点头。要知道长这么大，她还是第一次被别人这样关注呢。她还没来得及兴奋窃喜，下一秒牧歌的话就噎得她欲哭无泪。

他说："这就对了，毕竟他们都会好奇，像我这么帅的人是不是瞎了眼？居然和你约会！"

"滚！"陆合欢从喉咙里发出一声嘶吼，随后咬牙切齿地看着牧歌。

陆合欢最终决定将自己的报复行动落到实处。她迅速用笔在各种高价菜上面打钩，随后笑着说："既然如此，以后就别让我再见到你！"说完她又多点了几个菜，补充说，"散伙饭不吃得隆重一点儿怎么行？"

牧歌似乎并没有要阻止她的打算，只慢悠悠地问她："点那么多菜，吃得完吗？"

他问话的时候，修长的手指握着玻璃杯。

那是她见过最好看的手指，修长又白净。

陆合欢有些倨傲地昂起头，满怀笑意地望着他说："我可是个吃货，你现在应该担心的是点得够不够。"

话毕，陆合欢有些挑衅地看向了面前的人。

少年的脸上写满了迟疑，像是遇到了什么人生难题。在她以为他正在为钱包里的钱感到心痛的时候，牧歌抬起头来一本正经地看着她说，"长得好看的才叫吃货，你……"他故意顿了顿，随后无情地吐槽说，"充其量算个饭桶！"

"牧歌！"陆合欢真是恨得牙痒痒。要不是看在火锅的分儿上，她一定拒绝和他说话。可是吃人嘴软啊！她忍了！以后别再让她见到他！

一顿饭吃得气氛诡异，反倒是周围对她的议论声越来越大。

"喂，你们看到那边了吗？那个女孩儿好能吃。"

"就是啊，不过她男朋友挺帅的。"

"这年代帅哥不会都瞎眼了吧？"

此起彼伏的声音一重高过一重，陆合欢终于忍不住抹了抹嘴角的油，站了起来。所谓吃饱力气足，她三步并作两步走到了刚才闲言碎语的女生面前，面带微笑地说："不好意思，那不是我男朋友！"

牧歌这个人，光是因为他那张损人的嘴，就绝不可能成为她的男朋友。如果真要把他们两人扯上关系，那她一定是牧歌的债主！要不是他，她现在已经拿到了兼职的工资，和喻喜在回学校的路上。

可是陆合欢显然低估了牧歌的无耻程度。等她将那边说闲言碎语的人无情数落一遍再回到位置上的时候，牧歌已经没有了人影。

陆合欢还没反应过来，就听到旁边传来了一个声音："小姐您好，一共是两百七十八块九毛一，您是刷卡还是现金？"

服务员礼貌的话给刚才还得意扬扬的陆合欢泼了一盆冷水。

她下意识地看向桌上，与此同时，自己的手机响了起来。屏幕上显示着一个陌生号码，陆合欢接起电话就听到那个贱兮兮的声音对自己说："陆合欢同学，我先走了，祝你好运！"

"牧歌！"陆合欢几乎是在咆哮，咬了咬牙，"你不是请我吃饭的吗？"

"是啊，我请客，你买单！"他说完，电话那头就传来了冰冷的嘟嘟声。

所谓偷鸡不成蚀把米大概形容的就是此时此刻的陆合欢了，难怪点菜的时候牧歌竟然丝毫没有要阻止她的意思！合着这如意算盘他早就打好了！

"小姐，刷卡还是现金？"

陆合欢已经焦头烂额了，旁边的服务员还像是催命一般没完没了地问。陆合欢欲哭无泪，最后只能从包包里翻出三百块钱递给了他。果然，防火防盗防牧歌，以后别再让她见到他，否则……陆合欢咬牙切齿地想着。

支付了餐费她没剩下多少钱了，孤身一人往学校走。也不知究竟过了多久，她刚刚到学校门口，就听到喻喜有点儿焦急的声音："合欢，你可算回来了。"

喻喜迅速扑了过来。陆合欢看到喻喜，心里忽然涌现出一股暖流。

虽然喻喜过分防备外人，甚至害怕陆合欢一去不归，不过刚才被牧歌那样坑了一回，面对喻喜的热情，陆合欢不得不承认有种回到家的感觉。

"你吃饭了吗？"想到自己撇下了喻喜，陆合欢有点儿过意不去。看到面前的人小鸡啄米似的点头，陆合欢一颗悬着的心终于还是放下了。

随后，陆合欢就开始小声地吐槽起了牧歌："我给你说，今天那个人渣！千万别让我再见到他……"

她一路絮絮叨叨地回了宿舍，刚刚进门就听到一个声音："合欢，你见到牧歌了？"

是邵乐的声音。

Z大女生宿舍是四人间。陆合欢和喻喜号称"二货组合"，吃货和厌货的完美搭配。而邵乐，在这个宿舍里是不一样的存在。从陆合欢认识邵乐开始，她就是个名副其实的小淑女。邵乐喜欢穿碎花洋裙，佩戴各种各样好看的首饰，尤为重要的是——送邵乐上学的车一看就很高大上，因为陆合欢连车标都不认识。

"嗯。"陆合欢应了一声，有些惊讶邵乐是怎么知道的，这牧歌究竟是何方神圣自己都还没弄明白呢。

看到陆合欢一脸震惊，喻喜只能在一边小心解释："我怕你被人贩子拐走了，就拍了一张照片。"

听到"人贩子"这三个字，再结合牧歌那张脸，陆合欢情不自禁地勾起了唇角，还没来得及开口就听到邵乐抓着她的肩膀问："怎么样？近距离观察我男神，是不是觉得很帅？"

一听到"男神"这两个字，陆合欢就瞠目结舌。

大学以来，邵乐一直有个男神。

吃饭的时候，她说："好想男神陪我吃饭。"

睡觉的时候，她说："好想男神在我被窝儿里！"

陆合欢一直以为，邵乐的男神是某个男明星，没想到……竟然是今天那个腹黑渣男牧歌？

"帅能当饭吃吗？"提到他陆合欢就来气，咬了咬牙，一本正经地看着邵乐，"本来说好他请客吃饭，结果吃了饭却赖账！这种渣男怎么能当男神，你趁早还是……"

话音未落，她就看到了邵乐的花痴脸。

"好棒，男神做什么都好帅。"

邵乐这话一出口，陆合欢呆了，下意识地伸手去摸了摸邵乐的额头："没发烧啊。"

这次邵乐拍开了她的手："哎哟，喜欢一个人这种事情啊，你这种整天只爱吃的小姑娘是不会懂的。"

话毕，她就从日记本里拿出来了一张牧歌的照片，凑到面前亲了又亲，心满意足地走了出去。

"喻喜……"陆合欢呆在原地，好久都没能从刚才邵乐反常的举动里回过神来。她抖了抖，像是想要甩掉身上所有的鸡皮疙瘩。果然，和陆合欢有同款反应的人还有喻喜，她也没从邵乐反常的举动当中回过神来。两个人面面相觑，最后一句话也没说出口。

黄昏过后，宿舍的走廊上格外安静。

陆合欢坐在凳子上看小说，手机发出两声嗡鸣。

她低头一看，竟然是早先牧歌给自己打电话的那个手机号。她狐疑地点开照片，彩信界面上的照片简直亮瞎她的眼。

第一张：陆合欢一边狼吞虎咽，一边和牧歌抢肥牛。

第二张：陆合欢因为着急吃，肉丸子还没煮熟就被她夹出来了。

第三张：陆合欢的嘴巴鼓鼓的，她还不停地往嘴里塞菜。

第四张……

陆合欢不淡定了。她终于忍不住回了三个字："做什么？"

难怪吃饭的时候，她觉得这个男生的饭量好小，原来他的注意力根本就不在食物上面！这些丑得吓死人的场景居然都被这个浑蛋拍进了手机里……

想到这里，陆合欢瞬间有种生无可恋的感觉。

手机很快就传来了牧歌的回复，上面清楚地写了一句话："没什么，就是感觉还能再敲诈你一顿。"

看到他的回复，陆合欢可谓是欲哭无泪。所谓人生处处是陷阱，她竟然被一个陌生帅哥讹上了？她抿了抿唇，快速回复："你应该尽早把今天这顿饭的钱还给我。"

牧歌回复："我又没你吃得多，谁吃得多谁给钱！"

果然牧歌就是个无赖！陆合欢咬牙切齿，恨得牙痒痒，可是却拿牧歌一点儿办法都没有，便没有再回复他的短信。

约莫过了半个小时，微信发来了一条请求添加好友的消息。

陆合欢打开微信一看，竟然是牧歌。

于是她连想都没想，果断拒绝。

可是半秒钟后，请求添加好友的提示又一次出现了，陆合欢只能又一次拒绝。也不知如此重复了多少次，她终于有些不耐烦了。

将手机扔在一边，陆合欢拿起平板开始刷剧。一直到半夜，陆合欢迷迷糊糊躺在床上的时候，手机又一次振动起来。

她打开短信，依旧是那个陌生号码，发来两个字："晚安。"

"哼，黄鼠狼给鸡拜年！"陆合欢没好气地哼了一声，这才丢掉手机，翻身准备睡觉。可是脑海里却好像有一粒种子以迅雷不及掩耳的速度生根发芽，她最后坐直了身子，打开了S城大学生的论坛，在搜索栏输入了"牧歌"两个字。

屏幕上关于这个名字的消息令人眼花缭乱，最顶端的一条清楚地写着——"高考理科状元，颜值与智慧并存！"

陆合欢抿着唇，Z大是S城的重点大学，考进这里的人大多费尽力气，就比如自己。当年为了让她上重点大学，爸妈几乎找遍了S城所有的补课机构。陆合欢能考进Z大觉得自己撞大运了，没想到牧歌不但长得帅，而且是当年的高考状元。

　　想到这里，陆合欢不自觉地叹了一口气："果然老天爷对每个人都是公平的，给了牧歌一张帅气的脸和一个智慧的头脑，却给了他一张损人的嘴。"

　　听到这话，邵乐和喻喜都忍不住笑了起来。

　　陆合欢睡着之前，迷迷糊糊地听到邵乐说："那是因为你还不了解他。"

　　她闷闷地哼了一声，依旧不将他放在心里。陆合欢只希望这辈子都别再见到牧歌才好，最好再也别见了！

　　萌生了这样的想法，陆合欢裹着被子进入了梦乡。

　　一夜好眠，可是第二天一早陆合欢却睡过头了。

　　上课铃声响起的时候，陆合欢还在被窝儿里。如果不是喻喜发出了一声惊天地泣鬼神的惨叫，陆合欢估计还能睡到下午。

　　"啊——"惨叫结束后，喻喜发出极不淡定的声音，"完了完了，迟到了。"

　　她这话一出口，陆合欢和邵乐才陆续从被窝儿里钻出来。宿舍里安静异常，所谓臭味相投，陆合欢、喻喜、邵乐三个人最喜欢做的事情就是睡懒觉。宿舍里唯有御姐学霸林墨语是不一样的存在，可是她什么时候走的三个人谁也不知道。

　　"现在去，还来得及吗？"陆合欢从床上跳下来，慌乱地看向了墙上贴的课程表，"完了，第一节是马哲（马克思主义哲学）课！"

　　提到马哲，三个人更是生无可恋的表情。都说上了大学以后日子会变得很轻松，事实上的确是这样的，可是马哲课却是个例外。教马哲的老师是学校里鼎鼎有名的老教授，考勤格外严格。

邵乐和喻喜终于也跳了下来，三个人慌慌张张地洗漱过后做出了一个决定——迟到总比旷课好。于是，带着这样想法的三个人一同鼓起勇气往教学楼里走。

教学楼里静得可怕，只有老师上课的声音从门里面传过来。

"怎么办？我好紧张……"喻喜抿着唇，有些无助地看着面前的门。

要知道，她最害怕和老师打交道了。在喻喜的记忆当中，老师不但严厉而且陌生。

陆合欢抿了抿唇，最后小声地说："要不，你装病吧？"

闻言，喻喜连连摆手，脸上露出几分难色："别……我连跟陌生人说话都不敢，很容易穿帮的。"

"那……乐乐！"陆合欢将目光转向邵乐，可是看到她穿着的碎花洋裙以及高高扎起的头发，看上去也不像个病人啊。陆合欢深吸了一口气，最后决定自己装病。

咚咚咚——

伴随着沉闷的敲门声，喻喜扶着装病的陆合欢走进了教室。

老教授扶了扶鼻梁上啤酒瓶底般厚的眼镜，有点儿不高兴地问："去哪里了？"

"老师，她生病了，我们去医务室了。"邵乐临危不乱地回答。

可是下一秒老教授一句话就让三个人犯了难："请假条呢？"

邵乐顿了顿，急中生智的时候她们都把请假条给忘了。

她还在迟疑的时候，陆合欢已经"摔倒"在地，痛苦地呻吟着："老师……我们这不是没请假吗？"

她一边说，一边还"疼"得满地打滚。这次，老教授皱起了眉头。他上下打量了陆合欢一番，最后摆了摆手示意她们赶紧进去。

等落了座，陆合欢有点儿沾沾自喜地说："怎么样？我的演技还不错吧？"

喻喜睨了她一眼，没有说话。

陆合欢不甘心，又一次转头看向了邵乐。

邵乐顿了顿，小声地说："一看就很假！"

"啊……"陆合欢惊呼了一声，又立刻意识到现在是在课堂上，于是捂着嘴小心翼翼地问，"那岂不是……穿帮了？"

"应该。"邵乐有些不安地回了一句，随后翻开了课本。

陆合欢心虚地坐在那里，整整一堂课都有点儿恍惚，就连快要下课了也毫无察觉。

下课铃声骤然响起，陆合欢的肚子也发出了咕咕的叫声。她抿了抿唇，下意识地问邵乐和喻喜："去不去吃饭呀？"

邵乐转过脸来看了看她，然后小声地说："学生会那边有点儿事，我得去一下，你们去呗。"

刚开始的时候，陆合欢和喻喜都以为邵乐报名加入学生会是为了给学生们做点儿贡献，可是现在想来她根本就是冲着学生会里的牧歌去的吧？昨天论坛里清楚地写着："牧歌，学生会副主席。"

邵乐说完，收拾好东西自顾自地往外走。

见她走得如此匆忙，陆合欢和喻喜也不失落，"二货组合"手挽着手就这样旁若无人地走出了教学楼。虽然陆合欢早上的演技确实不太好，但也不能影响了自己吃午饭的好心情呀！陆合欢就是这么一个乐观开朗的人。

一路上她念叨着："今天想吃红烧肉，老天爷保佑今天有红烧肉吃。"

走进食堂,陆合欢先在食堂的玻璃橱窗前看了看，然后惊呼道："呀，今天有红烧肉，流口水。"

陆合欢说完就排到了喻喜后面，又一次开始许愿："希望到我的时候,还有红烧肉。"

喻喜咧着一排牙齿,露出了灿烂的笑容。

无论是谁跟陆合欢在一起的时候,总是有这么多的欢声笑语。陆合欢就像一颗开心果,让所有人都感受到快乐。

眼看着食堂窗口离自己越来越近,陆合欢踮着脚不停地往前面看。可就在这个时候,一个声音钻进她的耳朵里:"陆合欢同学,帮我买饭也不用这么着急吧?"

陆合欢一怔,一抬头就看到不远处竟然站着牧歌。

天可怜见,她明明已经许过愿不想见到他了,这人怎么这么阴魂不散?看到牧歌,陆合欢立刻翻了个白眼:"同学,请按照秩序排队。"

她没好气的几个字把牧歌给逗笑了。他眯着眼,像一只狡猾的狐狸:"你不是正在帮我排队吗?"

他说完,趁着陆合欢和喻喜不备,站在了她们前面。

陆合欢揉了揉额角。好在他只是插队,她还能忍。很快三个人就打好了饭,陆合欢拽着喻喜随处找了个位置,刚一坐下来就发现旁边桌上多了一个餐盒。

她蹙了蹙眉,有些不满地看着牧歌。

"做什么?"她的声音有些戒备。

不是陆合欢多疑,而是昨天的遭遇真切地告诉她——牧歌这个人心里就没什么好主意。

相比她的不淡定,牧歌就显得淡定多了。少年坐在她的身边,不温不火地回答:"吃饭。"

就这么简单?陆合欢仔细地打量着他,最后也只能坐下来。可是她刚刚拿起筷子,一双筷子就伸了过来。牧歌坐在那儿,正不停地把她碗里的红烧肉往自己的碗里夹。

这次陆合欢不淡定了，连忙捂住自己的碗，想要躲开他的魔爪。可是食堂的菜本来就分量少，等她后知后觉反应过来的时候，碗里就剩下一块红烧肉了。

陆合欢愤懑地抬起头看向牧歌，见他依旧含笑看着自己，简直整个人都不好了。她咬了咬牙，嘟着嘴气鼓鼓地说："你把我的红烧肉还给我。"

"不给。"牧歌的回答干净利落，不留情面。

这次陆合欢都要哭了。作为一个无肉不欢的小胖子，那可是她最喜欢的红烧肉啊。陆合欢就这么盯着牧歌，牧歌依旧在笑，反倒是旁边的喻喜有点儿想要息事宁人的意思："合欢，你吃我的吧？"

"不！"陆合欢和牧歌几乎是异口同声地说道。

随后陆合欢就咬着牙看着牧歌。

"你到底什么意思？"昨天她已经够惨了，为什么他今天还要这样对她？陆合欢决定和牧歌好好理论理论。

"我的意思很明确啊，红烧肉是我的。"牧歌看了她一眼，一本正经地说道。

陆合欢欲哭无泪，抿着红唇："那是你从我这里抢走的！"

话音还没落下，她就听到牧歌开了口："你想要？"

陆合欢小鸡啄米似的点头。她排了那么久的队，可不就是为了红烧肉吗？现在红烧肉肯定早就被抢完了。

"好呀。"他顿了顿，皱起眉来看向陆合欢，"不过我有个条件。"

果然，牧歌真的是无耻界的"极品"了。明明是他抢走了她的红烧肉，竟然还跟她谈条件。可是怎么办？她的口袋里已经没几个钱了，饭卡上的数字也是个位数，这个时候给爸妈打电话请求支援会不会挨骂？

陆合欢思忖良久，最后只能选择妥协。

她抿着唇，小声地问："什么条件？"

眼看着她就这么被自己牵着鼻子走，牧歌更是得意。他笑了起来，低声说："以后陪我吃饭啊。"

这算什么要求？陆合欢一脸惊恐地抬起头来看他。可是一想到自己的"人质"还在他手里，她就只能点了点头。不过她似乎已经看透了牧歌这个人，于是拿出手机打开了录音功能："我陪你吃饭，你就把我的红烧肉还给我？"

"是。"牧歌的回答言简意赅。

"那你以后还抢不抢我的红烧肉了？"

陆合欢没完没了的问题让牧歌哭笑不得。

"不抢。"看她那么认真地录音，牧歌也很认真地回答。

陆合欢看着他，随后似乎想起了什么，又一次开了口："那……"

她还没说完，就看到牧歌有点儿不耐烦地摁下了手机的锁屏键。

他笑着说："不但不和你抢，我的也给你行了吧？"

说完他把刚才夹走的肉全都放回了陆合欢的碗里。这次陆合欢有点儿小得意地笑了起来，也不多问，无比乖巧地低下头就吃饭。

两个人的举动自始至终都被喻喜看在眼睛里。不知道为什么，她总有种陆合欢被牧歌套路了的感觉。

可是在食物面前，陆合欢的智商几乎为零，即使她说了也无济于事。

吃过饭，陆合欢就掏出了手机。

在牧歌炙热的目光下，她把他的手机号添加到通讯录。

她先打了"牧歌"两个字，在看到他满意的表情后，又迅速删掉了屏幕上的名字，快速打上了"红太狼"三个字，随后直接点了保存。

"陆合欢！"显然，牧歌并不喜欢自己的新外号。

陆合欢咧着嘴傻笑："你什么时候把我的丑照删掉，我就什么时候给你改回来！"

和牧歌相处一天，陆合欢别的本事没学到，就学会了谈条件。

听到她的话牧歌微微一怔，笑着问："丑照？哪里丑了？在我眼睛里，你肯定是最美的，快给我改了！"

他这肉麻的话，听得陆合欢起了浑身的鸡皮疙瘩。

天可怜见，要不是他有事求她，她一定以为这是情侣之间的情话。

"想都别想。"陆合欢哼了一声，随后拽着喻喜往外走。

两个人无比欢快地离开，一直到走出食堂，喻喜才忍不住开了口："你真的准备陪他吃饭？"

"怎么可能！"刚才在食堂里陆合欢就打定主意了，先答应牧歌的要求，把红烧肉都吃了，然后……以后他去哪儿找自己还不一定呢，毕竟学校这么大！

"可是……"喻喜欲言又止地看着她。要知道刚才的一幕她可是全都看在眼里。

"没什么可是的，他先食言在先。"陆合欢说起话来神采奕奕。

看她这样子好像真的已经胜券在握了。

Chapter 2
喜欢你，是你

我想过陪你去浪漫的土耳其，然后一起去东京和巴黎。
因为喜欢，只要是你就好。

下午，S城迎来了久违的一场秋雨。
昨天还是烈日当头，今天就已经有了凉意。
陆合欢坐在阳台上玩手机，偶尔抬头看着窗外如注的大雨。几分钟以后，宿舍门忽然被人推开了。
"乐乐回来了！"面对陌生人的时候，喻喜总喜欢展现她的疏离，而面对朝夕相处的室友时，她的热情不可忽视。
陆合欢抿着唇，刚转头就听到邵乐问她："合欢，牧歌要你的课程表做什么？"

她这话一出口，陆合欢呆了。

在她以为自己算无遗策的时候，竟然忘了邵乐了！牧歌既然这么关注她，一定知道她和邵乐在一个班，甚至很有可能知道她们是室友。

"你……给了吗？"陆合欢一边问，一边在心里祈祷，天灵灵地灵灵，希望邵乐没有给才好。

听到她急切的问话，邵乐微微一怔，小声地说："给……给了啊。"

"不是吧？"陆合欢此时此刻只想抱头痛哭。

听到她的哀号，邵乐一头雾水地望着面前的人："怎么了？"

陆合欢抿着唇，讪讪地说："可……可能以后，我都不能去上课了！"

陆合欢这话一出口，邵乐就呆了。牧歌找她要课程表的时候，她的确也没多想啊，只以为自己又有机会和男神说话了，可是……

牧歌收到课程表转身离开的时候，她依稀听到他说："陆合欢，这下你要倒霉了！"现在再结合陆合欢这痛不欲生的表情，邵乐只觉得不祥之感油然而生。

"合欢，你到底怎么得罪牧歌了？"沉默了好一会儿，邵乐才终于鼓起勇气开口问道。这次，陆合欢更是生无可恋，鼓着腮帮子小声地说："这种人，我可得罪不起。"

陆合欢自然没说自己恬不知耻从牧歌碗里夹红烧肉的事情，毕竟事后回想起来，这种行为好像还挺暧昧的。陆合欢的话并没有引来邵乐的反驳，因为此时此刻她已经从陆合欢和喻喜的表情里感受到了不安。

最后，还是喻喜开了口："你看吧，我就说吧……"

喻喜的话音还没落，陆合欢一拍桌子："我知道了。"

她好像想到了见招拆招的办法，一双乌黑的眸像黑曜石一般闪闪发光。正当邵乐和喻喜以为陆合欢想到什么好主意的时候，却听到陆合欢给自己的逃课找了一个完美的理由:"明天你们帮我签到吧!专业课和公共课分开,两个人分工的话不容易被老师发现。"

"这……"喻喜的嘴角扯了扯,"你这和没有办法有区别吗?"

看到喻喜的表情,陆合欢有些颓废地坐了下来,一脸绝望地看着喻喜:"不然还能怎么办?佛烧一炉香,人争一口气。难不成真要我向牧歌那个人渣低头吗?"

看着她这模样,邵乐沉默了片刻终于开口:"不如这样,你早退吧。一般点名都是开始上课的时候,临近下课可就没这么多讲究了。"

闻言,陆合欢刚才黯淡无光的眸子里终于闪过了一抹光亮。她勾起唇,忍不住就要给邵乐点赞了:"对啊,下课之前走就不怕被牧歌堵住了。"想到这里,陆合欢觉得这个计策一石二鸟,兴奋得手舞足蹈,"邵乐,我就知道你最好了。嘻嘻嘻……"

"我看你也别高兴太早,牧歌哪里那么好糊弄?"这个时候,喻喜没有忘记给陆合欢泼冷水。在她眼里,与人交往是一件再困难不过的事情了。可是陆合欢呢?短短几天她竟然就和牧歌混在一块儿了。

尤为重要的是,明眼人都能看出来陆合欢和牧歌段位相差很大,偏偏陆合欢还没有这个自知之明。

"嘻嘻嘻,乐乐……"被喻喜这么一提醒,陆合欢好像又想起了什么,眉眼弯弯地看着面前的邵乐,小声地恳求,"下课的时候如果牧歌出现在教室门口,你就去黏着他呗?一方面解救我脱离苦海,另一方面你也可以多些机会和他接触,你觉得呢?"

听到陆合欢的话,刚刚还满脸迟疑的邵乐立刻点了头,毕竟能有一个和牧歌单独相处的机会,何乐而不为呢?

看到邵乐满脸笑容,陆合欢心里的大石头瞬间就落了下来。她咧着一排雪白的牙齿乐呵呵地看着邵乐:"救人一命胜造七级浮屠啊,乐乐你可真是帮了我的大忙了。"

陆合欢的如意算盘显然打错了。星期三的马哲课还没下课,她就蹑手蹑脚地准备从后门溜走,可是……

"那位同学。"老教授清了清嗓子,通过教室里的麦克风喊道,"上课中途,你这是要去哪里?"

老教授姓徐,是学校里最严厉的老师,没有之一。

一时间,陆合欢的双腿好像灌了铅一样。她呆呆地站在那里,最后为了避免尴尬,扯了扯唇角,转过脸来开口说:"老……老师,我身体有点儿不适,去一趟医务室。"

若换作其他课程的老师,眼看着只有十分钟就下课了,是绝不会为难学生的。可是陆合欢的如意算盘显然打错了,她支支吾吾地说完这句话,就看到教授推了推鼻梁上的眼镜框开了口:"同学,你身体不好吗?"

"这……"明明讲台和教室后门距离那么远,可是陆合欢却有种不好的预感。

果然,下一秒老师慢悠悠地开了口:"上次迟到也是因为你生病去医务室吧?这次怎么又是你?现在的年轻人也太娇气了,动不动就这里不舒服、那里不好,上次生病的病假条也没给我,这次又想跑?"

陆合欢抿着唇,一时间哑口无言。隔得这么远,老师还能一眼认出她是上次迟到的同学,这视力未免也太好了。陆合欢站在那儿,一时间走也不是留也不是。她就这么在众目睽睽之下站着,看着老师从讲台上走下来,一步一步向她走了过来。

陆合欢心跳如擂鼓,轻轻地抿着唇,小声嘀咕:"老师,你戴眼镜该不会是为了好看吧?"

陆合欢怎么也没想到,自己细如蚊蚋的声音还是被听到了。

徐教授看了她一眼,叹着气说:"这是老花镜!又名远视眼镜……"

陆合欢瞠目结舌，呆呆地看着面前的人，所谓进退两难大概形容的就是此时的自己了。陆合欢干笑了两声，最后小心翼翼地开了口："老师，我绝对没有别的意思……就……就是单纯的身体不舒服，您就饶了我这次吧！"

略带恳求的声音，倒是比她上次要真切一些。

陆合欢知道自己已经无路可退了，牧歌那种睚眦必报的小人如果知道她上课早退，一定会趁机敲诈勒索。想到这里，陆合欢的眉头更是死死地皱了起来："老师，我向您保证，下次一定不会了。"

她的声音软糯，让老师有点儿犹豫。

毕竟课堂时间比较紧张，最后徐教授摆了摆手："你们这些年轻人真的是太娇气了，动不动就这里不舒服、那里不好，这样期末考试怎么办？就这周我都遇到三个了……"他叹了一口气，一副恨铁不成钢模样，"算了，这次我也不为难你。下周起坐到第一排来找我报到，再有这种情况别怪老师不通情达理。"

他说完就转身走了。

陆合欢在后面吐了吐舌头，小声地说："老师，您就放心吧，不会再有下次了。"

这话说出来就连陆合欢自己都不信。看到老教授走回讲台开始做课堂总结，陆合欢暗喜。她蹑手蹑脚地走出教室，又小心翼翼地关上教室门，正站在走廊上拍着胸膛松一口气的时候，一个声音让陆合欢心惊胆战起来。

"你这做贼似的，准备去哪儿？"

"哪……哪有做贼……"陆合欢一转头，就看到牧歌慵懒地靠在走廊的墙上。他的动作很是潇洒，可是却让陆合欢暗呼不妙。她顿了顿，小声地说："这不是提前走了吗？"

不对，为什么牧歌会早到？陆合欢转脸诧异地看着面前的人。

"这么着急出来?"牧歌顿了顿,炙热的目光落在她白净的小脸上,"陆合欢,你别告诉我是迫不及待想见到我!"

他就知道这小丫头不会乖乖就范,所以早早地就在教室外面守株待兔了!

听到这里陆合欢整个人就傻了。她站在那儿支支吾吾老半天都没有说出一句话,最后小声地说:"我……我饿了还不行吗?"

多么拙劣的早退理由,要是被老教授听到估计她就算是一学期全勤都无法补救。

牧歌眯着眼,似笑非笑地看着她:"是吗?还不就是迫不及待想见我?"

"你……"陆合欢语塞,最后有点儿强词夺理地说,"没见过你这么自恋的人。"

没等陆合欢话音落下,牧歌已经转了身:"走,去吃饭。"

他的声音很低,很好听。陆合欢心不在焉地跟在他的身后,却没有忘记小声地嘀咕:"这运气也太背了,明明我都早退了怎么还会被他抓到?浑蛋……"

"你说什么?"牧歌的脚步忽然停了下来。

骤然响起的话音并没有让陆合欢回过神来,她低着头如同行尸走肉一般跟在他的身后。牧歌转过身来,陆合欢毫无防备地撞在了他的胸膛上。

她这才抬起头来,看着一米八几的牧歌:"没……没说什么……"

重重地撞在牧歌的肌肉上,陆合欢下意识地就抬起手想要摸一摸自己的额头,可是却被另一个人抢先了。牧歌用骨节分明的手在她的额头上轻轻地摸了摸,低沉的声音让陆合欢不知所措:"疼吗?"

简简单单的两个字,顿时让她脸颊滚烫。陆合欢一把拍开了他的手,支支吾吾地开了口:"不……不疼。"

一时间，气氛好像变得诡异起来了，她如同触电一般下意识地向后退了一步。然后牧歌听到她断断续续地说："男……男女授受不亲，你懂不懂……"

没看出来，这小丫头思想还挺保守的，牧歌转过脸来打量着陆合欢，更是让她如芒在背。

陆合欢不得不故作无事地转了身："快点儿吧，一会儿食堂人很多的。"

软糯的声音让牧歌的唇角不自觉地勾起了一抹弧线。他注意到陆合欢的脸红了，面红耳赤的她看上去依旧那么好看，红扑扑的小脸像个苹果一般。

陆合欢低着头，此时此刻她的脑海里可谓是一团乱麻。刚才牧歌问她的那句话，就好像男生在问自己受伤的女朋友……

想到这里，陆合欢忽然就冷静下来了。就算牧歌这人不怎么样，可毕竟是这所学校无数少女心中的"白月光"。除非他瞎了眼，否则怎么会看上她呢？

所谓人贵自知，在认清自己这件事情上，陆合欢还是相当优秀的。

满脑子奇奇怪怪的想法串在一起，导致陆合欢压根儿没有注意到牧歌什么时候走到自己前面去了。不知不觉两个人竟然走进了食堂外面的小超市，陆合欢不知所措地跟着他，最后牧歌停在了一排货架前面。

陆合欢站在那里一动不动，时间一点一滴流逝，最后牧歌终于不耐烦了："你要哪个牌子？日用还是夜用？"

陆合欢如梦初醒。抬起头的一瞬间，她整个人都不好了。

小超市说大不大说小不小，零食、日用品一应俱全。可是此时此刻，陆合欢才后知后觉地发现他竟然领着自己站在卫生巾货架前面。护舒宝、七度空间，就连平日里苏菲包装袋上那只萌萌的小兔子，都让陆合欢觉得尴尬。

她诧异地抬起头："牧歌，你做什么？"

这人不会是变态吧？陆合欢正腹诽着，就听到他说话了。

"带你买卫生巾啊。"牧歌理直气壮地回了一句。

下课铃已经响过了，陆陆续续赶来食堂的学生们纷纷向这边的两个人投来异样的目光。陆合欢恨不得立刻找个地缝钻进去，牧歌这人该不会是带她来出丑的吧？

脑海里一团乱麻，最后她听到牧歌开了口："你平日里不是张牙舞爪的吗？今天安静得太过分了！不是生理期，我想不到别的理由了！"

陆合欢咬牙切齿，还真是人至贱则无敌啊！自己一天不怼他，他就要上房揭瓦了？萌生出了这样的念头，陆合欢终于忍不住开了口："牧歌，你这个人还真自以为是啊。"

"嗯？"牧歌挑眉，若有所思地看着她，"所以你还没告诉我你是不是生理期？"

他说这话的时候，声音高了好几个分贝。陆合欢更加无地自容起来，咬了咬牙，下意识地伸手去掐牧歌的胳膊让他闭嘴。可是牧歌这人腹黑的程度已经远远地超出了陆合欢的想象——

他一脸无辜地看着她："掐我是什么意思？"

"牧歌！"陆合欢咬牙切齿，环顾四周，目光落在了对面货架的薯片上面，"你不要脸我还要呢！作为补偿，你得请我吃零食。"

丢出这句话，陆合欢迅速转移目标，快速从货架上拿了薯片，匆匆忙忙就往收银台走。可是到了要付钱的时候，牧歌人却不见了。

"渣男！"他害她出糗就算了，一到买单的时候人就不见了。

陆合欢正在心里默默地"问候"牧歌呢，就听到收银台的阿姨问："你这些东西还要吗？"

"要。"

为什么不要？受了这么大的委屈，还不得赶紧用零食安慰一下自己吗？陆合欢匆忙递出了自己的饭卡，看到饭卡上的数字不断变少，心中莫名有点儿小难过。

她每次都以为自己能从牧歌那里占便宜，哪儿承想每次被坑的都是自己。

陆合欢提着塑料袋从小超市里一出来，就看到牧歌站在那里。

他眯着眼凑了过来："买零食了？"

他分明知道她买了零食的，等她付钱的时候却溜走了，现在又死皮赖脸地贴了上来。陆合欢不理会他，气鼓鼓地往前走。

"陆合欢，你怎么不说话呢？"牧歌笑起来的时候，像一只狡猾的狐狸。

陆合欢觉得用"狡猾"两个字来形容他简直再合适不过了！毕竟她长这么大还是头一次见人嘴巴这么讨厌，还这么一毛不拔！

见她依旧不说话，牧歌长腿一迈，索性挡在了陆合欢的面前："生气了？"

"不然呢？"陆合欢忍不住回了一句，"明明你说请客的。"

"是啊，我请客你买单呀。没错呀！"如此厚颜无耻的一句话让陆合欢连翻了两个白眼。

她依旧不说话，却听到牧歌说："买都买了，高兴点儿，难不成你还想回去退货吗？"

这下，陆合欢的脚步顿住了。

"对哟。"被他这么一提醒，陆合欢后知后觉地回过神来。

随后牧歌拽着她的衣袖说："走了，去吃饭了。"

就这样，陆合欢被他生拉硬拽地进了食堂。周围人来人往，无不向这边的人投来诧异的目光。要知道，牧歌可是学校里的风云人物，跟在他身边的陆合欢此时此刻自然也成为众人关注的焦点。

大家都有些惊讶，陆合欢站在那里一时间也不知所措。明明自己就是为了躲避牧歌才早早离开了老教授的马哲课，可是此时却有种偷鸡不成蚀把米的感觉。她正迟疑着，就看到两个人风尘仆仆地进了食堂。

一看到陆合欢，喻喜立刻就开了口："合欢，你不知道……下课的时候，老教授点名了。全班……全班就你没到。"

她气喘吁吁，要知道马哲课可不是每个人都有胆量逃的，所以老教授很少点名。

偏偏陆合欢不怕死，一次迟到一次早退，不被老师记住才怪。

"啊……不是吧？"陆合欢生无可恋地看着面前的喻喜和邵乐。所谓倒霉时喝凉水都塞牙缝，牧歌欺负她就算了，连老师也这么对她……

"哎，不对……"邵乐忽然注意到了站在陆合欢身边的牧歌，有些惊讶地看着面前的两个人，"你……你不是提前溜了吗？"

喻喜下意识地推了推她的胳膊，邵乐立刻心领神会，识趣地闭上了嘴巴。陆合欢揉着头发，一肚子的气没处撒，偏偏牧歌这个说话刻薄的人却还往枪口上撞。

他故作好奇地问："怎么？作为饭桶的你今天进了食堂怎么不积极了？"

"你才是饭桶！"陆合欢气急败坏地说道。就冲牧歌这句话，她终于有了一个撒气的机会。她重重地踩了牧歌一脚，随后就拽着喻喜去排队打饭了。

邵乐站在那儿小心翼翼地看着牧歌："牧歌，你……"

话还没说出口，她就听到面前的人开了口："她就这脾气，你别介意。"

这话若是邵乐说出口的，尚且还能理解。毕竟是一个宿舍里生活的人，她比牧歌更加了解陆合欢。可是如今这话却是从牧歌的口中说出来，邵乐瞬间就顿住了。

她呆呆地转过脸去看面前的人——所谓一头雾水大概就是形容此时的她了吧？

牧歌丢下这句话，转身就跟上了陆合欢的脚步。

这时的牧歌，就像是陆合欢的一条小尾巴。

他是什么人陆合欢不知道，邵乐不会不知道。牧歌十八岁开始就包揽了各种各样的奖项，会弹钢琴、拉小提琴和大提琴、吹萨克斯。他大学一进校就和室友许博然创立了一家新型公司。如此忙碌的一个人怎么会为了吃午饭在这里和陆合欢"冤家路窄"？

在邵乐看来，牧歌做这一切分明就是故意的！

牧歌这举动，算不算是司马昭之心了呢？

从小窗口钻出来，陆合欢挑了个位置，坐在那里狼吞虎咽。

牧歌跟在她后面坐下来，不知从哪里弄来一听可乐，小声地说："你慢点儿吃，又没人和你抢。"

"才不……碎（谁）基（知）道你会不会和我抗（抢）？"嘴里包着饭，陆合欢说话都变得可爱起来了。

牧歌坐在旁边若有所思地看着她。他温柔的目光落下来，陆合欢在埋头吃饭自然是看不见了，可是这表情却被邵乐和喻喜看得一清二楚。

"合欢……"沉默了片刻，喻喜终于忍不住开了口。

四个人对坐在一个小饭桌便边，可是气氛却诡异到了极致。

陆合欢终于抬起头，后知后觉地看着面前的人："肿（怎）么了？"

她嘴里的米饭还没咽下去，两个腮帮子鼓鼓的，看上去就像一只可爱极了的小仓鼠。米饭和菜里腾腾升起的热气蒙在她原本又大又圆的眼睛上，水汪汪的。

"那个……你……"喻喜也不知道这话究竟应该怎么说,支支吾吾好半天,却还是没能说出口。

陆合欢终于在这个时候将嘴里的饭菜咽下,可是却被噎住了。她几乎是想都没想,直接就打开了刚才牧歌拿的那听可乐。

"好了,两元钱。"旁边的人真是一点儿面子都不给她留,这种时候居然还不改奸商本色。

陆合欢呆呆地看着牧歌,声音高了好几个分贝:"牧歌,你是来推销可乐的吗?"

"不是,"他的回答言简意赅,随后不知道从哪里又拿出来两听可乐放在喻喜和邵乐的面前,镇定自若地对陆合欢说,"只有你的这听收钱,别的都是我请客。"

"你……"陆合欢气得牙痒痒,直接丢了手里的筷子。她快速拍下两个硬币在桌上,随后起身就走,嘴里絮絮叨叨地说着:"牧歌,我这辈子都不想见到你了。没见过你这么抠门儿的男生,抠门儿就算了嘴还欠!麻烦你有多远给我滚多远,我以后再也不想看到你了!"

她今天可真是倒霉透了,偏偏自己都已经这么惨了,牧歌还故意在这儿看笑话。

陆合欢是真的气急了。对于一个吃货而言没有什么比吃更重要,可是她今天竟然连饭都没吃完就走了。喻喜和邵乐坐在椅子上,满脸震惊地看着牧歌,要说他是为了陆合欢来的,可是现在他的所作所为更像是——为了气陆合欢来的。

"牧……牧大神……"沉默了片刻,喻喜终于克服了自己的陌生人恐惧症,呆呆地看着牧歌开了口,"有……有人教过你怎么追女孩子吗?"

"没有。"牧歌的回答直截了当。

一听这话喻喜就懂了,所以他算是间接承认在追求陆合欢了吗?

喻喜抿着唇，用同情的眼神看着他，那表情就好像在说"你简直就是凭实力单身呀"！

"喻喜，你少说两句。"邵乐是个通透的人，牧歌此时此刻的表情分明已经说明一切了。她看得明白，可是却又不愿意接受现实。她笑起来，露出脸颊上两个甜甜的酒窝："牧歌，我们吃饭吧！"

牧歌显然没打算回答她的话。他坐在那儿，不知道究竟是在和自己赌气还是和陆合欢赌气。反正没了这小丫头片子，牧歌觉得自己整个人都没有了食欲。最后还是牧歌的室友许博然过来把他叫走了。

许博然穿着一件风衣，装扮整洁，坐在之前陆合欢的位置上："走，我们去打篮球。"

有人说，女孩子忘掉不愉快的事情最有效的办法就是 shopping（购物），而对男孩儿而言忘掉不愉快的事情最好的方法则是进行一场酣畅淋漓的球赛。

牧歌终于扔下了手里的筷子，站了起来。

一直到人走远了，喻喜才拽着邵乐小心翼翼地开了口："刚才那个人是谁呀？以前怎么没见过？"

邵乐哪里有心思管这些？她如梦初醒般从位置上站起来："我去看球赛，你去吗？"

"不……不去了。"喻喜扯了扯嘴角，还没说完话就看到邵乐迫不及待地往外走。

今天这一群人还真是各怀心事呀。

吃过午饭，喻喜就回了宿舍。

陆合欢缩在床上，见她回来了也不愿吭声。偏偏喻喜最了解她不过，床下面传来细碎的响动，没一会儿房间里就弥漫着方便面的味道。

喻喜掀开陆合欢的床帘，冲她做了个鬼脸："午饭没吃多少就走了，快下来吃泡面。"

"哇！"一听说有吃的，陆合欢瞬间两眼放光，"我就知道喜喜对我最好了。"

她从床上跳下来，和喻喜坐在桌子前面。等陆合欢吃了面，准备起身去扔盒子的时候，喻喜才终于忍不住开了口："合欢，你觉得牧歌这人怎么样？"

"人渣！典型的人渣！"提起牧歌，陆合欢就有一肚子气。不等喻喜询问缘由，陆合欢便又开了口："你不知道他今天带我去小超市买卫生巾，那个尴尬……而且抠门儿，上次说好请我吃火锅，买单的时候他却跑了。而且这人莫名其妙，今天还……"

意识到牧歌今天在走廊那关切的话，陆合欢欲言又止。她好似忽然意识到了什么："喻喜，你怎么问这个呀？"

陆合欢一脸蒙地看着自己最好的闺密。

喻喜沉默了片刻，最后还是摇了摇头："没什么，随便问问。"

听她这么说，陆合欢自然也没多想。牧歌处处和她过不去，可是偏偏她又不是牧歌的对手，如此一来，就显得自己非常被动。陆合欢揉了揉脑袋，气鼓鼓地说："反正我以后再也不想见到他了。"

她后悔了，后悔自己当时没听喻喜的劝非要去和牧歌吃火锅。他就像个不速之客，闯进了她的世界里，偏偏自己还不是他的对手。萌生出这样的念头，陆合欢更加痛不欲生。可是这个时候喻喜却开了口："你难道就没觉得他喜欢你？"

这次，陆合欢呆了。

在喻喜以为她正在思考这件事，甚至已经开始往那方面想的时候，陆合欢一拍桌子笑了："这怎么可能？拜托，那可是牧歌啊。"

"是啊，他很优秀啊。"喻喜几乎想也没想就脱口而出。

可事实证明，陆合欢的脑回路和寻常人的不太一样。她抿着唇，若有所思地看着喻喜："优秀没看出来，坏毛病一大堆。自以为是、小肚鸡肠、睚眦必报……"

试问，有哪个女孩儿会找一个这样的男朋友？

喻喜被她说得哑口无言，一时间竟有些不知所措。陆合欢说完这句话，就转脸看向了喻喜："你不会被邵乐洗脑了吧？这种男生怎么能做男朋友呢？我以后要找，也是要找一个有绅士风度的，看起来高贵典雅……"

她的话还没说完，旁边就传来了喻喜的嘀咕声："我怕你没机会选了……"

"什么？"陆合欢显然没听清她的话，狐疑地看着面前的人。

这次喻喜才后知后觉地转过头来："没……没什么……你还是好好想想以后马哲课怎么办吧。"

一语惊醒梦中人，这下陆合欢更难受了。她噘着小嘴，一脸绝望地坐在那里，模样倒是非常可爱。喻喜没多说什么，在椅子上坐了一会儿就回到了电脑前面。

陆合欢歪着头看着窗外，不知究竟过了多久，才听到喻喜开口说："合欢，这里有份兼职你和我去吗？"

陆合欢几乎想都没想就开了口："去。"

银行卡和饭卡上的余额都所剩无几，一想到又要厚着脸皮找爸爸妈妈要生活费，陆合欢就恨极了牧歌。为今之计，她也只有跟喻喜去兼职养活自己了。

"今天这么爽快？"听到陆合欢的话，喻喜显然有点儿惊讶。

她凑过来，就听到陆合欢小声地抱怨："人在屋檐下，不得不低头。不过咱俩可说好了，再也不去鬼屋扮鬼了。上次被牧歌打那一下，我现在还在疼呢。"

听到她这话，喻喜捂着嘴哈哈大笑。陆合欢嘟了嘟嘴，一脸可怜巴巴的样子。

喻喜笑过了才爽快地答应："好，不去扮鬼，不过……"她故意顿了顿，小声地说，"我可不保证不会遇到牧歌。"

所谓一朝被电击，十年怕电线。一提到牧歌，陆合欢的眉头就死死地皱了起来："你能不能别提牧歌了？今天是怎么了？两句话离不开他！"

被陆合欢这么一问，喻喜反倒有些无奈。她下意识地耸了耸肩，最后选择了沉默。

陆合欢上下打量了喻喜一番，最后有点儿不高兴地开了口："你该不会被他收买了吧？"

"怎么会？我是那种人吗？我连跟不认识的人多说一句话都害怕。"喻喜连忙摆摆手。

不等她解释完，陆合欢就哼了一声："你可不许出卖我啊，咱俩是最好的闺密。"她一边说，一边抬起头，好像忽然想起了什么，嘟着小嘴说，"要不然以后有零食我就不分给你吃了。"

陆合欢这话一出口，喻喜可谓是啼笑皆非。也是，对于一个吃货而言还有什么惩罚比这个更严重的呢？

两个人正你一言我一语地说着，宿舍门忽然被人推开了。

邵乐横冲直撞地闯了进来，却丝毫没有要和陆合欢、喻喜打招呼的意思。她迅速拉开了书桌下面的抽屉，面色惊慌，可是一顿翻找却无果。邵乐直起身开始自言自语："奇怪了，我明明放在这里呀。"

"什么呀？"陆合欢打断了她的话，有些惊讶。

"红花油呀。"邵乐迅速回了她一句，这才解释说，"牧歌打球摔了一跤，手臂扭伤了。"

陆合欢和喻喜都笑了起来。

见两个人笑得前仰后合，邵乐开始有点儿着急了："你们笑什么？"

"摔了一跤应该是扭了脚啊,扭伤手臂算什么?"

这拙劣的谎言好似被喻喜拆穿了,可是邵乐却依旧满脸严肃:"不是,是摔下去的时候……"

她忽然顿住了,一时间不知究竟如何解释,最后甩了甩手:"真的,我看得真真切切的,没骗你们……"

看她这样,陆合欢终于收住了脸上的笑容,指了指不远处的那个抽屉:"上次我打扫卫生看到在那个抽屉里。"

听她这么一说,邵乐连忙拉开抽屉,拿了红花油匆匆忙忙就往外走,背后传来喻喜和陆合欢的声音。

"这下好了,可以安心去做兼职了。"

"'红太狼'受伤了,大概是这几天以来最让我开心的事情啦!"陆合欢很不厚道地笑了起来。非但如此,她还伸了个懒腰,心满意足地打开了自己的刷剧清单。

邵乐离开没多久,陆合欢正追剧呢,就听到喻喜开了口:"欢欢……"

喻喜只有在恳求陆合欢的时候,才会这样叫。陆合欢一怔,转过脸去,错愕地看着喻喜:"又怎么了?"

天灵灵地灵灵,可别是什么坏消息啊。

正当陆合欢祈祷的时候,喻喜面色为难地开了口:"这周的兼职都报完了!"

"啊?"陆合欢看着她。屋漏偏逢连夜雨,以前她不穷的时候,兼职都会剩下好多名额等着她的,怎么自己口袋里的钱才刚一见底,就一个名额都没有了?她下意识地发出一声哀号:"完了完了,这下完了……"

口袋里那点儿散碎银子,哪里还够她撑到下周?

陆合欢生无可恋地看着喻喜。

半响喻喜终于开了口:"这里倒是还有一个,机器人协会举办的。"

喻喜细若蚊蚋的声音让陆合欢瞬间两眼放光。

可是她还没来得及高兴就听到喻喜再一次开了口:"但是没收入啊,他们要的是志愿者。"

"你……"陆合欢差点儿一口气没上来,瞪了喻喜一眼,"说话别大喘气,没收入我可不去……"

"别啊。"一听她不去,喻喜就着急了,"合欢,你陪我去嘛。这个机器人大会看上去很有意思啊,而且……"

她还没说完话,就看到陆合欢拨浪鼓似的摇头。

喻喜想了想,凑上前来小声地说:"虽然没有工资,但是有盒饭啊,管两餐呢!"

果然,喻喜太了解陆合欢了。陆合欢喜欢什么想要什么,她都知道。

听到这话,陆合欢呆了。她咬咬牙,小声地嘀咕:"那……那我也是看在盒饭的面子上,勉为其难陪你去的。"

一听这话,喻喜就笑了。她凑到陆合欢的面前,竟然撒起娇来:"啊,我就知道合欢你最好了……"

"不是我最好了,是盒饭最好了。"

陆合欢耿直的回答并没有惹怒喻喜,她反倒是凑上来小声地说:"你别口是心非了,我知道就算没有盒饭你也会和我去的。"

两个人你一言我一语聊得正开心呢,陆合欢的手机就发出了"哀号"。

"警报!警报!魔鬼来啦!"这是牧歌才有的特殊待遇,将他的手机号存入手机的时候陆合欢就设置了一个非常惊恐的铃声。

刚才的喜悦在手机铃声响起之后荡然无存,陆合欢冷静下来小心翼翼地看着放在书桌上的手机。那里就好像摆着一个定时炸弹,随时都有可能要了她的小命。

"你……不接吗？"就连喻喜都猜到了电话那头的人是谁，小心翼翼地问。

"不……不接了吧？"陆合欢觉得自己就连说话的声音都在颤抖，话音还没落下，电话铃声戛然而止，整个房间沉浸在死亡一般的寂静当中。正当她准备长舒一口气的时候，电话又响了。

陆合欢欲哭无泪地看着喻喜："完了完了……"

"要不，我帮你接？就说你出门了没带手机？"终于，喻喜给陆合欢出了一个好主意。

闻言陆合欢立马捣蒜似的点头。

喻喜拿了手机，直接开了免提，紧接着电话里就传来了一个毫无绅士风度的声音："陆合欢，你要是再不接电话，信不信我把你的丑照发到学校论坛上？"

人生最大的痛苦就是授人以柄，陆合欢现在最后悔的事情莫过于和牧歌去餐厅吃饭了。

她哭丧着一张脸，最后还是拿过了手机。

"'红太狼'，你究竟想怎样啊？"陆合欢都快要哭了，觉得自己就像惹上了一块牛皮糖。

"红太狼"这个称呼，自然让牧歌有些不高兴。他低沉着声音说道："陆合欢，你可真是个没良心的！我受伤了你都不来看我！"

"牧歌同学，你那点儿雕虫小技糊弄糊弄乐乐就不错了。摔跤扭了手？谁信啊？"陆合欢理直气壮地回答。

这次电话那头陷入了沉默。陆合欢正在为自己的机智沾沾自喜的时候，牧歌又一次开了口："平时看上去挺笨的，关键时候居然智商在线了？"

"牧歌！"陆合欢拿着手机咆哮，"你说谁看上去挺笨的？"

"陆合欢，你要是再不飞奔着来见我，我就……"牧歌想了想，随后没好气地说,"那可就不是把照片发去学校论坛那么简单了,说不准是相亲网站。"

他压根儿就没给陆合欢思考的机会,又咄咄逼人地说:"到时候你可不是学校名人那么简单了,说不准就是网红了。"

"'红太狼'!"陆合欢咬牙切齿地说道,可是却没了再和牧歌作对的勇气。她讪讪地笑了笑,小心翼翼地问:"您……现在在哪里呢?我一会儿……哦,不!我立刻、马上飞奔着去!"

陆合欢挂断电话,立刻就换了鞋子匆匆忙忙地往外跑。

为防止自己一见到牧歌就伸手掐死他,陆合欢还不停地告诫自己,一路上都在碎碎念:"千万别为小事气,世间傻瓜处处遇。别人生气我不气,气出病来没人替……"

可是无济于事,面对牧歌"超凡脱俗"的挑衅,任凭她念什么口诀都没用!

陆合欢怒气冲冲地站在医务室外面的时候,牧歌已经在女孩儿们的簇拥之下走了出来。

她远远地站在人群外面,嘴里却没有一句好话:"'红太狼'啊'红太狼',你可真是个贪心的人呀!这么多人围着你,还非得威胁我。"

她正说着呢,牧歌开口了:"麻烦各位让一让。"

他温柔的声音让陆合欢头皮发麻。难怪女生们都将他当作"白月光",原来只有在她陆合欢的面前牧歌才会原形毕露啊!她咬了咬牙,却看到他在众目睽睽之下走向了自己。陆合欢的大脑飞速转动着,怎么办?要怎么样才能抓到牧歌的把柄呢?几乎是同一时间,陆合欢的脑海里冒出了一个想法。

她勾了勾唇角,随后立马融入那些女孩子的行列,略带微笑,小心翼翼地看着牧歌:"牧学长,你的伤还疼吗?要不找个地方坐下来,我帮你揉揉？"

如此谄媚的一句话让陆合欢自己都起了浑身的鸡皮疙瘩。

她深吸了一口气，小心翼翼地凑到牧歌面前："或者我扶你回去啊。"

牧歌的眉头皱了起来。陆合欢本以为他会被自己恶心到，谁承想这人无节操无底线，居然无比欣慰地点了点头："好啊。"

陆合欢抽了抽唇角，小心翼翼地走到了他的身边。看到牧歌用那种心满意足的眼神看着自己，陆合欢终于忍不住嘀咕了一声："扭了手而已，让这么多人为你服务也不怕折寿。"

明明只是很小的抱怨声，陆合欢以为牧歌听不见的。

可是没想到他勾了勾唇角，低沉的话音钻进了她的耳内："陆合欢，听你这话怎么好像吃醋了？"

"牧歌！"她吃谁的醋？他的？

陆合欢抬脚，没好气地在他的白色板鞋上狠狠地踩了一脚。

牧歌忽然停下了脚步，若有所思地看着陆合欢，最后一字一顿地对刚才抱团儿送他出来的女孩子们说："你们先回去吧，这里有她一个人干苦力就行了。"

他这话一出口，陆合欢就觉得自己对上了女生们刀子一样的目光。

她咬了咬牙，没好气地瞪牧歌。

几个女生匆匆忙忙转身了，这时陆合欢叫住了人群中的邵乐："乐乐。"

邵乐的脚步顿住了，她转过脸来看着陆合欢。

陆合欢感觉到了，就连室友邵乐的目光也多出了几分凉意。

陆合欢咬了咬牙，小心翼翼地对她说："你和我一起吧，我……我一个人害怕啊。"

陆合欢的话还没说完，牧歌就抬手拍了拍她的头，力气不小。一时间陆合欢整个人都蒙了，错愕地看着面前的人。紧接着，她听到牧歌没好气的声音:"陆合欢,你还怕我吃了你不成?"

"那谁知道……说不准……"

被牧歌看穿了心思,陆合欢也不打算再兜圈子。可是后半句话还在喉咙里,她就听到牧歌说:"放心吧,我对肥肉没兴趣。"

这下,陆合欢整张脸都黑了。

她恨恨地看着牧歌,咬牙切齿地问:"你说谁是肥肉?你把话说清楚了。"

两个人你一言我一语地斗嘴,却不知道这一幕对其他人来说究竟有多刺眼。一旁的邵乐终于忍不住转身了,她这突如其来的动作让陆合欢一惊,连忙叫她:"乐乐。"

邵乐没有回头。陆合欢着急了,连忙要追过去,可是刚才被自己搀扶的牧歌却死死地拽着她,好像抓着最后一根救命稻草。

"牧歌,你究竟想怎么样?"陆合欢气急败坏地看着他,同宿舍的姐妹情被他这么一弄都不好了,以后自己还怎么生活?陆合欢咬牙切齿地看着他:"你不知道邵乐喜欢你吗?"

这直白的话,让牧歌死死地皱起了眉头。

最后,陆合欢听到他理直气壮地说:"她喜欢我又怎么样?我又不喜欢她。"

牧歌说完这句话,本还想说点儿什么,可是千言万语一时间卡在了喉咙里。他正迟疑的时候,陆合欢已经一把甩开了他的胳膊。

她没好气地看着他:"牧歌,喜欢你的女生那么多,请你别再给我拉仇恨了。尤其是乐乐,她是我的朋友!"

就连陆合欢都不知道自己究竟哪里来的勇气,居然敢用这种口吻对牧歌说话。

她说完,直接就转身离开,独留下牧歌在风中凌乱。

陆合欢走出去不到五十米就后悔了。牧歌不会生气了吧?他不会报复自己吧？萌生了这样的念头，陆合欢就不敢再抬脚了。她站在那儿愣了好久，最后才成功地说服自己："生气就生气吧，休想让我向牧歌那个浑蛋服软。"

她说完，就兀自走进了女生宿舍楼。

接下去的两天，陆合欢的生活似乎又恢复了平静。

没有了牧歌的"虐待"，她的日子过得简直不能再惬意了。

就这样一天天过去，转眼就到了周六。闹钟铃声骤然响起，陆合欢极不情愿地从被窝儿里钻出了毛茸茸的脑袋。

喻喜已经起来了，匆匆忙忙走到陆合欢的床边催促着："快点儿，我们该走了。"

陆合欢揉着惺忪的睡眼，小声地问了一句："去哪儿？"

"当然是去机器人协会啊。"喻喜凑上来问，"你不会是忘记了吧？"

她这话一出口，陆合欢就瞪大了双眼，下意识地揉了揉头发，支支吾吾地回答："我……我给忘了。"

话音刚刚落下，陆合欢就弹坐起来。距离和牧歌吵架已经过去三天了，三天里陆合欢的生活似乎又回到了正轨上，她忘了要陪喻喜去机械人协会做志愿者。

"我这就收拾一下，我们现在就去。"陆合欢掀开被子，爽快地道。

喻喜刚才神色复杂的脸上这才露出了笑容，她可是很期待去这次机器人大会呢。

简单地洗漱过后，陆合欢就跟着喻喜出门了。

"你认识路吗？"一出门，陆合欢就小心翼翼地开了口。要知道，她是个名副其实的路痴。常去的地方陆合欢自然不会陌生，可是出门兼职就只能靠喻喜带路了。

在她质疑的目光里，喻喜信誓旦旦地拍了拍胸口："放心吧，我认识。"

听喻喜这么说，陆合欢提到嗓子眼儿的心落了下来。

可是原本二十分钟的路程，两个人却足足走了四十分钟。喻喜看着手里的导航仪说："不对啊，这个地方我们怎么好像来过？"

她这一句话，可谓是逼疯了陆合欢。

陆合欢耷拉着脑袋，早上的起床气已经被喻喜的路痴行径给打败了。她小声地凑到低头看导航的喻喜的耳边问："那个通知我们去上班的电话你存了吗？"

一语惊醒梦中人，喻喜如梦初醒一般抬起头来："有啊，可是打电话过去也说不清我们在哪里呀。"

陆合欢深吸了一口气，最后直截了当地说："那就让他们来接。"

听到这话，喻喜惊呆了。

她错愕地抬起头来看着陆合欢，然后支支吾吾地说："你……你……你疯了吧？我们只是志愿者，是去接人的，怎么会来人接我们？而且……"喻喜突然将手机塞进了陆合欢的手里，又一次小声地开了口，"要打你打，我……我害怕。"

"我知道了。"陆合欢接过手机，在通讯录里翻找着。

喻喜有陌生人恐惧症，就算是打电话给陌生人也会害怕。陆合欢至今还记得有一次喻喜叫快递小哥上门寄快递，结果足足蓄力一个小时都没敢把电话拨出去。

陆合欢拿了手机，匆匆拨通了电话，没想到的是，听筒那头的人却爽快地答应了她们的请求。

时间一点一滴地流逝着，眼看已经九点半了，喻喜紧张万分："怎么还不来呀？都迟到半小时了。"

她的声音里透着无助和焦急，倒是陆合欢显得难得的从容，索性直接坐在了路边的花坛上，还不忘安慰喻喜说："急什么？反正又不扣工资。"

话音还没落呢,她们就看到空荡荡的马路上走过来两个人。

陆合欢下意识地别开了目光,牧歌怎么会出现在这里?完了完了,她可千万不能被他发现啊,否则今天又要倒大霉了。她想着,不忘将喻喜拽了过来:"喜喜,你最好了!你可千万要给我挡住啊……"

陆合欢在心中暗暗祈祷着。

被她这么一说喻喜也有点儿错愕,下意识地转过脸去,看着不远处走过来的人:"牧歌啊?"

喻喜的话里带着难掩的惊讶。

陆合欢着急了,连忙将喻喜往自己这边拉了拉:"你也别转过去啊,牧歌他认识你!"

刚才理直气壮打电话的陆合欢一看到牧歌立马就怂了。她这话一出口,喻喜就明白了,转过脸回避牧歌的目光小心翼翼地问:"你怎么那么怕他啊?"

"废话。"陆合欢深吸了一口气,提到牧歌就来气,"遇到瘟神你躲不躲?"

刚才她还有勇气偷偷瞄那边的人。此时此刻他们的距离已经很近了,陆合欢自然不敢再抬头。可是她怎么也没想到自己这句话竟然被牧歌听到了,话音都还没落下,一个慢悠悠的话音就钻进了耳朵里:"你说谁是瘟神?"

低沉的声音似是微风拂柳,别人听来无比悦耳的声音,却让陆合欢如临大敌。她扯了扯唇角,抬起头来看着牧歌:"怎……怎么又……又是你……"

陆合欢僵在脸上的笑容别提有多勉强了,就连喻喜都看出了陆合欢对牧歌的不待见。

"怎么就不能是我?"牧歌没好气地看着她。

果然这丫头一点儿自觉性都没有。自己不找她,她就永远不会主动联系他。

陆合欢心中暗呼不妙,就在这个时候站在牧歌身边的人却先开了口:"快走吧,一会儿机器人展示要开始了。"

他这话一出口,陆合欢和喻喜齐刷刷地向他们投去了目光。

"机……机器人协会?"喻喜率先开了口。刚才牧歌和他的朋友出现在这儿,她就自然而然地躲到了陆合欢身后,现在一张脸上更是写满了惊讶:"牧……牧学长,这位是?"

其实上次他来食堂找牧歌的时候,喻喜就已经注意到他了。

少年和牧歌截然不同。他穿着场馆的制服,看向所有人的时候,都带着与生俱来的优雅,喻喜觉得这人一定是个绅士!

"忘了自我介绍。"站在牧歌身边的人眸光里带着温润的笑意,那种让人如沐春风的笑容让任何人都无法躲避,"机器人协会馆长,许博然。"

简单的几个字从他的唇齿之间蹦了出来,喻喜的脸颊一瞬间就红了。她抿着唇,小心翼翼地对上许博然的目光。但是看到他向自己伸出手的时候,喻喜还是下意识地往后退了退。

"许博然还有另一个身份啊,我室友!"看到喻喜这么怕许博然,牧歌连忙给他了一个更平易近人的身份。

但喻喜依旧小心翼翼地拽了拽陆合欢的衣袖。

最后还是陆合欢和许博然完成了这次尴尬的握手:"许学长,你好。"

天可怜见,和牧歌比起来这个许博然简直就是人畜无害啊。

如果天下人都像这许博然一样可亲可近,她也不会这么悲惨了呀!

陆合欢才刚刚反握住许博然的手,就被牧歌一把拽开了。他有些不高兴地开了口:"陆合欢,你这手也太肥了,还敢伸出来和人握手?"

陆合欢咬牙切齿地瞪牧歌,转身就想走,哪儿承想牧歌却已经看透了她的心思:"你还想去哪儿?说了来做志愿者的,如果你今天不去,我们许大馆长可是有权罚款五百的。"

"牧歌,你坑人呢吧?"陆合欢看到他就气不打一处来,但他这一句话落下她还是蔫了。毕竟一分钱难倒英雄好汉,她口袋里的"银子"早就所剩无几了,再罚款五百,自己回家怎么跟爸妈解释?她耷拉着脑袋,最后小声地说:"还不赶紧带路。"

听到这句话,牧歌的唇角就勾了起来。他像是一只狡猾的狐狸,等待着自己的猎物进入陷阱。很快四个人就一起向机器人会馆走去,陆合欢拽着喻喜,依旧维持着看到牧歌之后生无可恋的表情:"你说我怎么那么倒霉啊,居然在哪儿都能遇到他。"

陆合欢喋喋不休的话许博然和牧歌听不到,可是喻喜却觉得自己耳朵都快要起茧子了。她转过脸去看着陆合欢小声地说:"你就认命吧!所谓一物降一物。"

平日里,陆合欢那可真是天不怕地不怕,尤其是在喻喜的眼里。至少与陌生人交流的时候,陆合欢是毫不胆怯的。

"得了吧,我给你说啊……"陆合欢深吸了一口气,一本正经地看着喻喜,"就牧歌这种妖孽,是个人都收不了好吗?你看看,喜羊羊害怕灰太狼,可是灰太狼呢?却也在红太狼的食物链上。所以说,牧歌简直就是食物链顶层的生物。"

被她这么一分析,喻喜忽然笑了。

陆合欢这一板一眼的分析分明就是从林墨语那里学来的,可是哪儿有人用动画片做分析的?

"你放心,我迟早会想到对付他的办法的。"陆合欢信誓旦旦地承诺道。

喻喜将信将疑地转过脸来看着她:"是吗?我怎么觉得你很快就会……"

她的话还没说完,就被陆合欢打断了。

陆合欢蹙着眉,一本正经地看着喻喜:"你可不许长他人志气灭自己威风!"

两个人你一言我一语的时候,他们已经走到了机器人协会的门口。往来的人络绎不绝,许博然和牧歌立刻就投入了机器人展示的工作中。看到牧歌走了,陆合欢这才长长地松了一口气。

看到她这模样,喻喜终于忍不住开了口:"要……要不……一会儿你提前回去吧?反正会议三点就结束了!"

她的声音几乎都在颤抖,毕竟跟在陆合欢身边能克服自己的陌生人恐惧症,可是如果陆合欢走了,喻喜一个人很难应付眼前这些事情。

"我走了,你搞得定吗?再说了,罚款五百呀!"

陆合欢的话音还没落,喻喜就歪着头若有所思地问:"那如果是事出有因呢?"

陆合欢忽然眼前一亮:"对啊,就说我身体不舒服。"喻喜这话提醒了陆合欢,上课请假都能用这个借口,何况志愿者呢?陆合欢忽然就乐了:"一会儿吃了午饭就走怎么样?你陪我一起溜吧?"

"啊,我?"喻喜后知后觉地看着陆合欢。她可没想过自己要溜走啊。

陆合欢凑到她跟前,小声地说:"你一个人在这里,不害怕吗?你不是害怕跟陌生人说话的吗?刚才连握手都得我替你不是吗?"

被她这么一说,喻喜陷入了沉默,顿了顿,小心翼翼地看着陆合欢:"我……我考虑下吧。"

"这还用考虑吗?"陆合欢在一旁喋喋不休地说着,把喻喜弄得更是不知所措。

两个人正说着,就听到不远处传来了一个声音:"你们俩干吗呢?快点儿来帮忙,今天真的是忙死了。"

被小组长这么一吼,陆合欢和喻喜才投入了工作当中。

Chapter 3
牧歌这人的恋爱套路可真深

总有人问她:"你为什么单身?"

陆合欢想了很久,都没有想到一个合适的理由。

再后来,她想到一个合适的借口:"因为有对象之后,就得把零食分给他吃。"

可是正因为这个让人哭笑不得的借口,她等来了真爱。

陆合欢再见到牧歌,已经是午饭的时候了。

餐盘里的食物逐渐见底,正狼吞虎咽的陆合欢丝毫没有注意到身边多了个人。一直到盘子里多出了一块炖牛肉,陆合欢才后知后觉地抬起了头:"牧歌?"

一看到他，她就如临大敌。

她不明白，为什么自己走到哪儿都能遇到牧歌？他这样阴魂不散应该不是巧合吧？瞥了一眼身边穿着一件白色西装的人，陆合欢赶紧咽下了嘴里的食物："你……你……"

被牧歌虐的次数太多，以至于陆合欢直觉他给自己夹菜就是黄鼠狼给鸡拜年。她的瞳孔放大，满嘴的油还没来得及擦，牧歌觉得每次看陆合欢吃饭都好像一次"视觉盛宴"。

"我怎么了？"

缄默良久，陆合欢听到牧歌开了口。

"你……你来做什么？"陆合欢纠结了老半天，才说出这一句话。

随后她就听到牧歌风轻云淡地说："我来吃饭。"

这话让陆合欢真是一点儿反驳的理由都没有！她深吸了一口气，连忙捂着肚子装出一副要死不活的样子："哎哟，肚子好疼，肯定是吃坏肚子了，我……我先走了啊。"

陆合欢说完，想都没想就往外走。

可是走得慌乱，她正好和刚刚进来的喻喜撞了个满怀。喻喜立刻拦住了她："合欢，你去哪里呀？"

"不行了，我看到牧歌就心虚，计划提前进行，你走不走？"陆合欢直截了当地说。

这下喻喜被她吓得不轻："你不跟小组长那边说一声，就这么走了？"

"没办法啊，牧歌啊……"陆合欢觉得自己还是趁着牧歌还没来找麻烦的时候赶紧溜走吧，否则他指不定又要想出什么幺蛾子来了。她这样子，就好像身后跟着洪水猛兽一样："你……你要是不走，帮我请假啊，我得闪人了。"

见陆合欢慌慌张张地开了口，这次喻喜无奈地摇了摇头，爽快地应道:"你去吧,我给你请假。"

听到她的话,陆合欢才算放心下来,冲着喻喜讪讪地笑了笑,立刻开启了吹捧模式:"我就知道你最好了,那我就先撤退了啊。"

说完这句话,陆合欢就慌不择路地往外跑。

喻喜看着陆合欢远去的背影,最后无奈地摇了摇头。她一步一步地走到了牧歌面前,虽然心跳如擂鼓,可是话还是不得不说:"牧学长,合欢她病了,我帮她请……请个假……"

果然,即使和牧歌已经见过好几次了,喻喜和他说话还是磕磕巴巴的。一想到自己这心虚的模样很有可能出卖了陆合欢,喻喜就恨不得抽自己一个耳光。她正思忖着,就听到牧歌开口了:"真病假病?"

他又不傻,怎么可能看不出来陆合欢的演技有多浮夸?

不单单如此,喻喜此时这表情不就已经说明一切了吗?

"真……"喻喜的话还没出口,就听到牧歌哼了一声。

"是吗?"

这次喻喜更加紧张了,甚至浑身都在发抖,密密麻麻的细汗从手掌心里渗出来。她本就不擅长与人打交道,现在又撒谎!喻喜后悔了。她觉得自己还不如直接跟着陆合欢脚底抹油溜走的好。

"喻喜。"正当喻喜遭受着良心的拷问的时候,牧歌忽然又开了口,"你是不是……"

他凑上来直勾勾地盯着喻喜,语速却慢了下来。正当喻喜紧张万分,心上如同遭受千万只蚂蚁攀爬的时候,牧歌说出了后半句让她大跌眼镜的话:"喜欢许博然?"

"啊?"喻喜大惊失色,抬起头来惊恐地看着牧歌。

明明只是两面之缘,可是许博然的名字却好像烙印在了喻喜的心上。她躲避和许博然的握手原因之一是害怕与陌生人近距离接触,之二就是一见钟情时的害羞。

可是喻喜怎么也想不到自己心里的小九九居然这么快就被牧歌看穿了！她咬了咬牙，矢口否认："没……你别胡说八道。"

"是吗？"牧歌将信将疑地盯着她，"那为什么我一提到许博然，你就脸红？"

论猜别人的心思，牧歌排第二还真没人敢排第一了，猜陆合欢的心思如此，猜喻喜的心思也如此。

喻喜怀疑牧歌是学刑侦的，抿了抿唇，还没解释就被牧歌抢了先："不如这样，你告诉我陆合欢去哪里了，我一会儿安排你去给许博然做帮手？"

他这话可谓是直截了当。

"不……不太好吧……"喻喜开始动摇了，面露难色地看着牧歌。

本来她是在认真考虑他的提议，没想到牧歌却开了口："所以，你承认你暗恋许博然了？"

这直白又露骨的话，让喻喜后知后觉地意识到——自己被牧歌套话了。她面红耳赤地抬起头来瞪着牧歌，可是他却不以为意："好了，既然你默认了，告诉我，陆合欢去哪儿了？"

他这么说让喻喜彻底没了退路。

她低下头小声地回答："她说这周要回家，现在应该去公交站了吧？"

"她一个路痴，还知道怎么回家？"牧歌一点儿面子都没给陆合欢留，只是直勾勾地盯着喻喜。

最后她不得不说出了实话："早上合欢特地问过林墨语回家的公交线路，现在应……应该在路上了。"

她被牧歌盯得头皮发麻，说出了实话。

这下牧歌勾起唇角得意地笑了。他转身就要走，却又像想起了什么转过脸来对喻喜开了口："谢谢，我会转告许博然你暗恋他的。"

"啊？"他这话一出口，喻喜整个人都惊呆了，可是再想去追牧歌已经来不及了。喻喜站在原地，如同热锅上的蚂蚁："完了完了，这下我死定了。"

果然陆合欢说得一点儿都没错，牧歌这浑蛋不但引诱她背叛闺密，而且还要去许博然面前说她暗恋的事……他简直就是个瘟神，现在不单单陆合欢有这种感觉，就连喻喜都这么想了。

车站的站牌边，陆合欢也是一头雾水。

尽管已经向室友请教过了公交路线，可是她却连公交车站都找不到究竟是哪一个。

她正眉头紧皱分不清方向呢，背后就忽然传来了一个声音："陆合欢，你说吃货加路痴是不是自生自灭的标准配置啊？只要一出门就迷路，只要一迷路就饿，只要一饿就想回家，可是却又找不到回去的路……"

身后突如其来的话让陆合欢更加紧紧地皱死了眉头。非但如此，她还听到牧歌有些戏谑地说："这简直就是个恶性循环呀。"

"牧歌！"陆合欢回过头来，愤懑地看着他，"你怎么总是阴魂不散？你是跟踪我吗？"

找不到车站，陆合欢已经够绝望了，偏偏这个时候。还有人跑来说风凉话。陆合欢觉得，世界末日也不过如此了。

"我哪儿有阴魂不散？明明是你愚蠢至极，居然连车站都找不到！我从会场里一出来，就看到你了！"看到她这么不待见自己，牧歌心里自然有些不悦。

可是陆合欢却偏要在这个时候强词夺理："这不就是车站吗？站牌都在这里。"

她指了指站牌，一派理直气壮的模样。

这下，牧歌眉头紧紧地皱了起来："大小姐，你回家的车要在对面坐啊，这是反方向！"

他真是败给陆合欢了，真不知道她是怎么长这么大的。

被他这么一说，陆合欢忽然瞪大了眼睛："你……你怎么知道我回家啊？还有，你怎么知道我家住在哪里？"

陆合欢的话一出口，牧歌就暗呼不妙。

这陆合欢看上去呆头呆脑的，可是这样的小细节居然还是逃不过她的眼睛。也是，如果她是真傻，自己又怎么会看上她呢？

"喻喜！你居然出卖我！"陆合欢愤愤不平地哼了一声，转身就往马路对面走。

牧歌连忙跟了上来："反正你也找不到路，不如我送你回去啊？"

为防止陆合欢陷入自己刚刚所说的恶性循环当中，牧歌决定重色轻友一回。

可是陆合欢却忽然转过脸来瞪着他："牧歌，你有那么好心吗？那句话怎么说来着？"她若有所思地抬起头，苦大仇深地想了好久，"黄鼠狼给鸡拜年，没安好心！"

可是牧歌真是一块不折不扣的牛皮糖，都被陆合欢这样说了，竟然还没有要离开的意思。他快步跟了上来，站在她的身边。

陆合欢终于忍无可忍了："我……我不回家了，我要回学校。你带路吧！"

就牧歌这性格，让他把自己送回去，还不得出事呀？陆合欢思来想去，还是回宿舍比较稳妥。

听到她这话，牧歌反倒笑了起来。

"好。"他憋着笑，有点儿无奈地应了一声，随后就领着陆合欢往学校的方向走。

一路上陆合欢都极不情愿地跟在他的身后，时不时地还小声地嘀咕:"牧歌,我是上辈子欠你的吧?怎么走到哪儿都能遇到你……"

身后传来的聒噪声并没有让牧歌皱眉。他难得没有说话刻薄,竖着耳朵听完了陆合欢一路的抱怨,最后就连送她上楼的时候,都勾着嘴角带着笑。一直到走上女生宿舍楼的台阶,陆合欢才如蒙大赦。

她连跑带跳冲进了电梯里,完了还不忘拍了拍自己的胸口:"瘟神走了,我还没挂……"

陆合欢大口大口地喘着气,一直到站在宿舍门口才算彻底平复了心中对牧歌的不满。

她从口袋里掏出了钥匙,缓缓打开了门。几乎是同一时间,一个小家伙直接就扑到了门边。陆合欢定睛一看,就看到个毛茸茸的小东西蹲在自己的脚边:"哇,好可爱!"

她惊呼了一声,蹲下来仔仔细细地看着面前的那只比熊小狗。就在这个时候,林墨语从床上跳了下来,看到陆合欢,立刻就眯眼笑了起来:"来介绍一下,我们宿舍的新成员喜满。"

"对了,乐乐回来了吗?"陆合欢一边逗狗,一边小声地问。

自从上次被牧歌那样一闹,邵乐就回了家,好几天都没见到人了。她心里莫名觉得有点儿愧疚,可是转念一想自己对牧歌的确没什么非分之想啊,又有什么可愧疚的呢?等邵乐回来解释清楚就好了。

陆合欢还在思忖着,就听到林墨语开了口:"所以,这不以你的名义把喜满买回来了?记得拿去哄哄她。"

林墨语这话一出口,陆合欢就两眼放光。毕竟是女生宿舍,大家都喜欢可爱的东西。林墨语愿意帮自己这一把,她自然是要感激的。陆合欢眯着眼,连连道谢:"墨语,你对我可真好。"

"客气什么!"林墨语言简意赅。

她从第一天进宿舍就被冠上了"大姐大"的称号,做事雷厉风行,为人又圆滑,俨然就是从职场剧里走出来的成功人士。

陆合欢将小狗放在了地上，刚起身就看到旁边摆放的写满了日文的箱子："这是什么呀？"

"好吃的。"林墨语想都没想就回了三个字。

陆合欢打开了箱子，看到一大堆充气包装的袋子："什么啊？薯片吗？"

比可爱的宠物狗更有吸引力的自然是食物了，尤其是对一个吃货来说。看到林墨语带了这么一大箱食物回来，陆合欢立刻打定主意要蹭饭。她跟在林墨语的身后，听到林墨语轻描淡写地说："算是吧，说不定煮成火锅就更好吃了。"

"哇……"陆合欢心满意足地眯起了一双眼，凑上来无比谄媚地对林墨语说，"墨语，我就知道你最好了。你不会介意我蹭饭的吧？"

她这话一出口，林墨语就有点儿不明所以地转过了头来。

"蹭饭？"她重复着这两个字，随后就看到陆合欢点头如捣蒜。林墨语想了想，最后爽快地回了一句："可以啊。"

她说完，还不忘揉了揉头发："怎么话题转换这么快啊？合欢今天怎么了？"

陆合欢自然没有听到林墨语的话。她手舞足蹈地转身走到了箱子旁边，随后无比纠结地开了口："今天吃呢还是明天吃呢？"

箱子里的充气塑料袋和店里的薯片包装一模一样，陆合欢咬了咬手指，最后理智地说服了自己："算了，还是明天再吃吧。"

话音还没落，她就看到房间门被人推开了。

喻喜一脸沮丧地走了进来，看到陆合欢，立刻开启了抱怨模式："陆合欢，你可得管管牧歌！他实在是太过分了，说好让我给许学长做助手，一转眼的工夫人就不见了……"

她不提倒还好，提起这件事陆合欢就来气："你还说！是不是你把我卖了？"

卖给谁不好，喻喜居然将她卖给了"红太狼"。陆合欢咬了咬牙，盯着喻喜开口："枉我对你那么好，你居然为了一个男人就把我卖了？对象还是牧歌？等等……"陆合欢忽然意识到了什么，瞪大了一双眼睛看着喻喜，"你刚才说……许博然！"

她立刻勾起了唇角，意味深长地冲着喻喜笑。

这次，喻喜也意识到了什么，心虚地转移话题："哎呀，合欢你不是回家的吗？怎么又回来了？"

"牧歌都跟来了，难不成我还引狼入室吗？果断回宿舍啊。"陆合欢理所应当地回答。

正当喻喜准备长舒一口气的时候，却听陆合欢直截了当地开了口："赶紧坦白从宽，我就不跟你计较了。"

两个人嬉戏打闹的话林墨语自然听在耳朵里。可是她却只是笑，毕竟"二货组合"互相打趣也不是一天两天了。

"那个……"喻喜还不肯说实话，依旧在转移话题，"乐乐回来了吗？她什么时候消气呀？"

"没回来。"陆合欢不假思索地回答，直勾勾地盯着喻喜，"你不会是喜欢上许博然了吧？一见钟情？"

"没有，怎么会……"喻喜矢口否认。

可是在八卦这一点上，陆合欢可比牧歌更难应付。她哼哼了一声："来，说实话，否则……否则我再也不陪你去做兼职了！"

果然是强有力的威胁，喻喜一秒就沉默了。

她下意识地低下了头，脸颊上露出几分羞怯："是，我……我……对……许学长一见钟情。"

所谓的一见钟情就是，上次在食堂她就已经对许博然动心了。

她的声音越来越小，最后直接咬住了嘴唇。在八卦面前，陆合欢内心立刻沸腾了，面上却故作严肃地问："所以，这就是你出卖我的原因吗？作为亲闺密，你这样我心好痛。"

"那……"喻喜咬了咬牙，"我帮你打一个星期的热水吧？"

她讪讪地看着陆合欢，生怕对方再拿许博然说事。

"半个月。"陆合欢开始讨价还价。

闻言，喻喜想都没想就点了点头。可是半秒钟之后她似乎意识到了什么，小心翼翼地拽了拽陆合欢的衣袖："合欢，还有个事想……找你帮忙。"

"什么？"陆合欢若有所思地看着她，似乎在思索这笔买卖是否合算。

喻喜抿了抿唇，红着脸说："找'红太狼'帮我约一下许学长呗。"

陆合欢和林墨语都对喻喜刮目相看了。

感受到两个人炙热的目光齐刷刷地投在了她的脸上，喻喜低着头小声地解释："人家毕竟是机器人协会的会长，研究机器人啊，这么有趣……而且还是牧歌的创业伙伴，收入应该不低吧……"

她的话还没说完，就被林墨语打断了："是机器人有趣吗？我看是某人有趣吧！"

"就是啊，我怎么也觉得是许学长比较有趣呢？"

两个人你一言我一语地说着，喻喜只觉得脸颊更烫了。她咬了咬牙，抬起羞红的脸颊看着陆合欢："你就帮帮我呗。"

喻喜软软糯糯的声音里带着恳求，陆合欢眯了眯眼，立刻就答应下来："好，毕竟是你说的嘛，大学就要谈一场轰轰烈烈的恋爱。为了你下半辈子的幸福，这个忙我帮定了。"

"真的吗？太好了。"听到陆合欢爽快的回答，喻喜立刻凑了上来。

喻喜正欣喜若狂的时候，旁边的林墨语开了口："合欢，喻喜都找到白马王子了呢。你呢？你为什么还单身？"

她这突如其来的话，把陆合欢噎住了。陆合欢抬起头，讪讪地看着林墨语，最后，一字一顿地说："我一个人多好啊，恋爱以后就得把我的零食分一半出去了。"

说这话的时候，她觉得自己的手掌心都在冒汗。

有人说，女孩子所谓的不想恋爱说到底就是没有找到真正喜欢的那个人。陆合欢想，也许那个对的人迟到了吧？

"我看啊……"宿舍里八卦的气息越来越浓，林墨语也加入了八卦的行列。可是她的话还没说出口，邵乐就站在了宿舍门口。以前的周末，四个人都是各忙各的，倒是今天全都聚齐了。

宿舍里的气氛一时间尴尬到了极点，陆合欢颤颤巍巍先开了口："乐乐，你……你回来了啊？那个，我给你准备了小礼物，你别再生气了好吗？"

听到这话，邵乐下意识地皱起了眉头。她看到陆合欢趴在地上，将喜满从桌子下面抱了出来。

陆合欢小声地说："看到它这么萌，你怎么忍心跟我生气呢？"

她一边说，一边学着喜满冲邵乐做出了一个无辜的表情。

"我没生气……"邵乐欲言又止地看着陆合欢，最后伸手将喜满接了过来。

不是陆合欢的错觉，此时此刻的邵乐显得心事重重。她小声地问："既然没生气，为什么你看起来一点儿都不开心呀？"

"没有啦。"邵乐摆了摆手，僵硬地挤出了一个笑容，"真的，合欢你不用放在心上的，我没有生气！"

邵乐是个恩怨分明的人。她和陆合欢一起生活了两年，怎么会不了解陆合欢的性格？

她是不可能去倒贴牧歌的，唯一的理由就是——牧歌喜欢陆合欢。

邵乐写满了忧伤的脸让陆合欢一时间不知所措。很多年以后陆合欢才明白，邵乐的闷闷不乐源于无奈，因为牧歌不喜欢她，甚至连看她一眼都觉得多余!

"好了,既然没生气,皆大欢喜了!"听到两个人的对话,林墨语立刻站出来做和事佬,"收拾一下,庆祝喻喜找到白马王子,我请你们吃烧烤。"

"哇——"邵乐和陆合欢异口同声地惊呼。

邵乐的惊呼源于对喻喜白马王子的八卦,而陆合欢……自然是对食物的兴奋。

"什么白马王子,快,我要看照片!"提到这件事,宿舍里又一次恢复了平日里叽叽喳喳的热闹。邵乐拽着喻喜,陆合欢跟着林墨语,四个人一前一后有说有笑地走出了宿舍。

骤雨初歇,刚刚被雨水冲刷的城市透着一股植物的芬芳。

玻璃窗内,酒足饭饱的陆合欢终于放下了筷子。眼看她吃饱了,喻喜小心翼翼地凑了上来:"合欢,你给那谁发个微信呗?帮我问问好不?"

陆合欢是个很仗义的小伙伴,除却偶尔容易犯傻别的都好。听到喻喜的恳求,她自然也没拒绝:"好。"

她爽快地说完,立刻就拿出手机给牧歌发了一条微信:"红太狼,帮个忙呗。"

微信发过去以后,陆合欢就看到喻喜如坐针毡。她凑上来小心翼翼地问:"你这样能行吗?有事求人怎么能叫外号呢?"

她这忐忑的模样还真是可爱至极。陆合欢眯了眯眼,正要开口手机就发出了嗡嗡的振动。她打开屏幕,就看到牧歌惜字如金地回了两个字:"什么?"

陆合欢手指飞快地在键盘上敲击着:"帮我们家喜喜约一下许博然。"

这回复言简意赅，可是却格外露骨。喻喜坐在那里焦急得不行，伸手捂了捂脸颊："会不会太露骨了，不矜持啊？"

她这话一出口，陆合欢和邵乐没忍住都翻了一个白眼。

林墨语则捂着嘴笑："果然是恋爱中的人啊。"

"说什么呢？我这不是还没追到许学长吗？"

这边几个人聊起了天，那边手机却没有收到回复。眼看着时间一点一滴地流逝，却迟迟没有收到牧歌的回复，喻喜开始有些着急了。她抓耳挠腮的模样，更是给了其余三人打趣她的机会。

"怎么还不来呀？"也不知喻喜究竟是第几次开口，陆合欢的手机终于响了起来。

上面简单的一行字让她头皮发麻。

"可以，不过你得和她一块儿来。星期五，百花公园。"

"太好了……"喻喜还没来得及拍手，就被陆合欢给打断了。

她咬了咬牙，若无其事地问："好什么？"

能把去公园的时间定在星期五，说明牧歌清楚地知道那天她们没课。可是陆合欢想不明白，他为什么叫自己一起去？难不成，牧歌觉得喻喜和许博然之间缺一个又胖又圆的大灯泡吗？

"喀喀。"喻喜轻咳了两声，最后谄媚地凑到陆合欢的耳边小声道，"不得不说，这'红太狼'还是很贴心的，知道我有陌生人恐惧症，居然叫你一块儿……"

"贴心什么啊？！"陆合欢咬牙切齿地说。可是眼角的余光扫过邵乐的时候，她忽然又想起了什么，小心翼翼地开了口："乐乐，你别生气，我和牧歌真的没什么，而且……你知道的，我才不会眼瞎到看上他呢！"

她这直截了当的话明明是要安慰邵乐的，可是气氛却有些诡异。最后还是林墨语出来打了圆场："安心啦，合欢向来说一不二，说不喜欢牧歌，就绝不会喜欢他的，放心吧。"

被她这么一说，邵乐心里才算好受一些。她笑了笑："时间不早了，我们回去吧！"

"走，回去。"陆合欢立马附和，毕竟离开这里自己才有机会想办法摆脱牧歌的魔爪不是吗？萌生了这样的念头，陆合欢就从椅子上站了起来。

四个人各怀心事地从餐厅走了出去，林墨语一路上都在安慰邵乐，而陆合欢则拽着喻喜："喜喜啊，不是我不厚道啊。你知道的，我对'红太狼'过敏，我就不去了吧？"

她的声音里带着试探，可是这次喻喜却显得有些失望。

她抿了抿唇，小心翼翼地开了口："可是我……一个人，我害怕呀。"

陆合欢觉得自己真的快要被逼疯了，正想开口解释，就看到喻喜小心翼翼地拽了拽她的衣袖，有点儿撒娇的意思："你就和我去呗。"

看到她这样子，陆合欢终于忍不住问："你究竟喜欢他什么呀？"

喻喜喜欢谁不好，偏偏看上了牧歌的朋友。根据A大网站上的八卦，听说这两人是室友，还从小一起长大。

"喜欢他……"喻喜抬头，像是遇到了人生最大的问题，"长得好看，风度翩翩……"

喻喜写满"花痴"两个字的脸让陆合欢有点儿无奈。

她忍不住推了推喻喜的胳膊："赶紧擦擦你的口水。"

"喻喜，可别怪我没提醒你啊，骑白马的可不一定是王子，还有可能是唐僧啊。所谓物以类聚，人以群分，许博然和牧歌关系那么好，说不准也是个人渣。"

陆合欢这话一出口，喻喜就不乐意了，嘟着嘴有些不满地看着陆合欢："你可得了吧，我看牧歌对你也不错啊！今天不是还把你送回学校了吗？"

"什么叫送……"陆合欢咬牙切齿地说。要不是牧歌,她现在应该坐在家里吃着老妈做的晚饭。

"你啊,就是身在福中不知福。"喻喜说完就松开陆合欢,加快脚步,追上了走在前面的林墨语和邵乐。

陆合欢不明所以地揉了揉头发:"哪里来的福,我怎么不知道?"

在喻喜的死缠烂打下,陆合欢最后还是不得不答应陪她去百花公园。

十月已经是入秋的季节,微风一过就吹得树上的叶子纷纷落下。大门口的长凳上,喻喜拿着小镜子一个劲地抱怨:"一定要打扮成这样吗?我好难受啊,一会儿吃东西的时候不会把口红吃到肚子里去吧?"

作为喻喜神助攻的邵乐,今天一大早起床就为她化了个妆。可是也正因如此,喻喜一路上都在抱怨,生怕以后卸了妆就不能出来见人了。陆合欢在一旁憋着笑,没好气地看着她:"为了你,我们可都快使出浑身解数了。你可得争气点儿,早点儿把你的'唐僧'拿下。"

"你说谁'唐僧'呢?"一听到陆合欢说许博然的坏话喻喜就不干了,噘着小嘴愤愤不平地看着陆合欢。

陆合欢笑了起来:"怎么?还没在一起就开始维护他了?"

这次喻喜的脸唰的一下就红了。

两个人正说着,就看到许博然和牧歌各骑了一辆自行车停在了长凳前面。

"早啊。"牧歌一上来就是那副贱兮兮的模样。

陆合欢连翻了三个白眼,没好气地提醒说:"你们迟到了。"

她这话一说出口就后悔了,提醒牧歌迟到,岂不证明自己希望早点儿见到他?

她正暗呼不妙,就听到牧歌开了口:"怎么?你这么迫不及待想要见我吗?"

"牧歌!"陆合欢气急败坏地说道。她长这么大就没见过如此厚颜无耻之人。

可是她还没来得及找他好好理论,就听到牧歌又开了口:"陆合欢,要我骑自行车载你,你就不能让我先有点儿思想准备吗?"

果然,他就是狗嘴吐不出象牙。

陆合欢看了看胖乎乎的自己,最终自觉理亏,小声地说:"那……好吧,只要不是让我载你就行。"

她这句话把牧歌给逗乐了。他眯起眼若有所思地看着陆合欢,最后看了一眼站在一侧的许博然:"行了,走吧。"

少年一手扶着单车,一手潇洒地插在裤袋里,眉宇间似是带着轻柔的笑意。陆合欢不知所措地看着他,有那么一瞬她的心好像颤抖了一下。她想,如果牧歌不是这般说话刻薄,这般让人讨厌,或许他就是自己要找的那个人吧?

想到这里,陆合欢重重地摇了摇头。她怎么能产生这种想法呢?

陆合欢脑海里的天使和恶魔正在打架呢,喻喜已经红着脸坐在了许博然的自行车上。反倒是陆合欢,站在那里迟迟没有要上车的意思。

牧歌看了陆合欢一眼,问:"怎么?你打算载我?"

一听说要让自己载牧歌,陆合欢连忙扯着嘴角笑了笑:"才不要。"

她说完,坐在了自行车的后座上。

可是牧歌显然低估了陆合欢的体重——当他踩上脚踏板的时候整个人都不好了。牧歌咬着牙,挣扎了好几次无果,最后转过脸来看着陆合欢:"叫你平时少吃点儿你还不听!"

陆合欢嘟着嘴,盯着牧歌看了半天,最后一句话都没说出口。

牧歌笑了。眼看着许博然和喻喜已经没了踪影,他才慢悠悠地骑着车走了。

陆合欢愣了好半天。一直到她惴惴不安地搂着牧歌的腰穿过百花公园的大街的时候,才意识到自己被他耍了!

她咬着牙,故作生气地问:"牧歌,你是故意的吧?"

背后传来陆合欢带着怒火的话,牧歌一下子就笑了。就在陆合欢准备继续好好找他理论一番的时候,牧歌爽朗的声音传入她的耳内:"没事,你多沉我都载得动。"

这话牧歌若是对别的女孩儿说,恐怕对方都感动得落泪了。可是偏偏陆合欢是个不开窍的榆木脑袋。她就没有考虑过这句话里的深意,而是信誓旦旦地向牧歌保证:"牧歌,你放心吧,以后我再也不要你载我了,这是第一次也是最后一次。"

她正说着,就听到前面传来了的笑。

牧歌这反应,就好像她陆合欢在说一件永远不可能发生的事情。她咬了咬牙,有点儿急了:"以后你走你的阳关道,我过我的独木桥……"

"丫头啊,别傻了,独木桥你一踩上去就会断,还是老老实实跟哥走阳关道吧。"牧歌这人简直就是见缝插针地损她。刚才还振振有词的陆合欢突然就闭嘴了,喻喜说的没错,牧歌根本就是老天爷派来收拾她的。

想到喻喜,陆合欢蹙了蹙眉,放眼望去只有公园里松柏苍翠的绿,梧桐枯落的金,哪儿有喻喜和许博然你侬我侬的场景?

陆合欢立刻暗呼不妙:"牧歌,喻喜他们人呢?"

"他们?"牧歌理所应当地回答,"自然是去我们找不到的地方约会了呀!"

牧歌对当电灯泡从来就没有什么独特的爱好,只是陆合欢这么想罢了!

"喻喜!"这个重色轻友的浑蛋,居然已经第二次出卖她了!陆合欢咬着牙:"那我们回去吧,反正我们又不是来约会的!"

"谁说不是呢?"牧歌几乎是条件反射地接了一句。这次陆合欢整个人都呆了,心里的小鹿还没来得及到处乱撞,就听到牧歌爽朗的笑声:"哈哈哈哈,陆合欢你不会被吓傻了吧?"

"你……"陆合欢一时语塞,这种低级趣味的玩笑牧歌居然还能一本正经地说出来。陆合欢突然不说话了,不知道自己究竟应该欢喜还是愤怒。她惴惴不安地坐在自行车的后座上,微风从耳边吹过,空气中满是植物的清香。她隐隐约约听到牧歌温柔的歌声,从风中传到她的耳中。

伴着微风,自行车稳稳当当地骑向了公园的湖边。

车子还没停稳,陆合欢就从后座上摔了下来。她噘着嘴,不满地揉着自己的膝盖:"牧歌,你就是故意的!"

她正满心怨愤,就看到牧歌扔掉了自行车。他走过来,无比温柔地蹲在她的身边:"没事吧?"

所谓黄鼠狼给鸡拜年没安好心,陆合欢不得不处处提防牧歌。她下意识地向后退了退,警惕地看着面前的人:"你……你离我远点儿。"

不是陆合欢不领情,而是以她对牧歌的了解,他才不会这么好心呢。

陆合欢对牧歌的避如蛇蝎并没有让他感到沮丧。他凑了过来,眉眼带笑:"可是……怎么办?陆合欢,你的小伙伴把你卖给我了,今天就咱俩玩耍了。"

说到这件事,陆合欢就气不打一处来,咬牙切齿地看着牧歌:"你又用什么收买她了?"

陆合欢了解喻喜,她的陌生人恐惧症给她盖上了"老实"的印章,如果不是受到牧歌的蛊惑,喻喜是不可能想出这些鬼点子的。

果不其然,下一秒牧歌若有所思地看着她说:"许博然的微信号以及……"他顿了顿,凑到陆合欢的耳朵边说,"他们今天的约会机会啊。你觉得别人约会,真的会带上你这个一百三十斤的大灯泡吗?"

一百三十斤!牧歌就连她的体重都这么了解!其实对一个身高一米七的女孩子而言,一百三十斤的体重也只能算得上是微胖。可是被牧歌这么一说,陆合欢就不开心了,嘟着嘴,小声地说:"我也只是微胖好吧……"

声音越来越小,就连陆合欢自己都开始不安起来。几乎是同一时间,陆合欢意识到了什么,侧过脸去直勾勾地盯着牧歌:"不对啊,喻喜的陌生人恐惧症被你治愈了?她怎么可能这么轻易地答应你?难不成……"

陆合欢还没来得及当名侦探柯南,就被牧歌打断了:"在爱情面前,哪儿有什么陌生人恐惧症?她拽着你来,就是我安排好的!"

果然,她走过最长的路就是牧歌的套路。

陆合欢坐在地上,如同醍醐灌顶般清醒过来。弄了半天,这就是牧歌安排的一个局!而自己最亲爱的小伙伴,居然毫不留情地出卖了她。陆合欢仿佛遭遇了人生最大的挫折,一副生无可恋的模样。

牧歌过来想要让她起来,却无济于事。

他有些无奈地看着陆合欢:"怎么?不想走了?"

听到牧歌这么问,陆合欢索性将计就计。她坐在地上,咧着一排雪白的牙齿笑:"牧歌,我脚崴了,要不你背我?"

这话一出口,陆合欢就觉得脸颊微微有点儿发热。可是这么好的虐待牧歌的机会,她怎么会错过呢?

陆合欢不怀好意的笑容已经向牧歌说明了一切。他皱起眉头,在陆合欢以为他会立刻拒绝自己的无理要求时毫不犹豫地开了口:"好啊。"

就这么简单的两个字?陆合欢整个人都傻眼了。

刚才他骑车的时候,她都险些被他摔得眼冒金星。现在换成他背她岂不是更要命？思及此处，陆合欢不安地咽了咽口水："那……那什么，我的脚忽然好像不那么疼了。我……我休息一会儿自己应该可以走。"

陆合欢这话一出口，牧歌就笑了。他凑过来，用带着笑的声音对她说："你可千万别跟我客气，毕竟今天一整天你都得和我在一起。"

话音还没落，牧歌就看到陆合欢从地上站了起来。她拍了拍衣服上的灰尘，认命地跟着牧歌。

牧歌转身走到了湖边的售票大厅。眼看着牧歌钻进了售票大厅的人群中，陆合欢连忙转身就往回走："牧歌，你还是自己去坐游船吧，可爱的我现在就要脚底抹油溜了。"

让她和牧歌单独相处，简直就是本年度最虐心的事情了。这笔账她还是回去再和喻喜慢慢算吧。陆合欢哼了一声，自顾自地往回走。

初秋的公园四处都弥漫着植物的清香，陆合欢还挺享受这种感觉的。毕竟在学校关了太久，已经快要忘记大自然的温柔了。

半个小时以后，当陆合欢一头雾水地站在刚才来过的同一个路口的时候，终于意识到——自己迷路了。

手机的电量已经所剩无几，可是凭公园的路牌和手机的导航都没能让陆合欢顺利走到大门口。她颓废地坐在了公园的台阶上，口中还振振有词："该死的喻喜、牧歌！气死我了！"

陆合欢说着就踢掉了自己的鞋子。尽管是穿运动鞋来的，可是孤身在公园里转了四十多分钟，陆合欢觉得鞋底都快要走破了。她坐在那里，不知所措地看着远处。以前她还能找喻喜帮忙，让喻喜接自己，可是现在呢？她翻遍了手机通讯录，除了自家老爹，还真不知道该给谁打电话了。可是这个时候，爸爸应该在上班吧？手指在通讯录上徘徊，最后陆合欢选择了放弃。

"果然是天要亡我啊！"她长长地叹了一口气，无助地坐在那里。

几乎是同一时间，有个人从树丛里钻了出来。他一只手提着她的鞋子，一步一步地走了上来："陆合欢，你又迷路了？"

这贱兮兮的声音，除了牧歌恐怕没别人了。陆合欢咬了咬牙，老天爷这哪里是要亡她？分明就是要她生不如死啊。

"喀喀。"陆合欢吸了一口气，"牧歌，你怎么这么慢啊？我都走了这么远了，你才追上我。这捉迷藏可真不好玩儿……"

毕竟还指望牧歌带她出去，陆合欢不得不讪讪地开了口。

牧歌上下打量了她一番，没好气地打断她："陆合欢，你是不是傻？这么大的公园，你一个人到处乱跑。你真以为就你那个位数的智商能够指引你从公园里走出去吗？"

最关键的是，陆合欢居然还敢不接他的电话，刚开始是被挂断，后来她直接把他拉进了黑名单。牧歌气急败坏——他见过没脑子的，却没见过她这么没脑子的。

陆合欢被他骂蒙了，坐在那里整个人都傻眼了，抬着头错愕地看着牧歌。

他大口大口地喘着气，将从草丛里捡起来的鞋子扔在了她的面前："你知不知道我问了多少人，满世界地找你。"

刚才还嬉皮笑脸的陆合欢笑不出来了。她想过自己在公园里自生自灭，可是从未想过牧歌竟然会找她。陆合欢一时语塞，只能定定地看着牧歌。

他深吸了一口气，强制自己保持平静，坐在了陆合欢的身边："行了，以后别乱跑了，知道吗？"

他的声音柔软下来，表情却无比严肃。

陆合欢抿着唇，极不情愿地回答说："好，我知道了。"

话毕，陆合欢垂头丧气地坐在了那里。

牧歌顿了顿，耐着性子安慰她："还能走吗？回去吃火锅吧？"

大概这种时候能够给陆合欢"充电"的，也就只有火锅了。牧歌说完，却不见陆合欢脸上露出喜色。

她有些焦虑地抬起头来看着牧歌说："我实在是走不动了。"

在树林里玩"丛林逃生"简直是一件让人身心俱疲的事情，陆合欢觉得自己还活着就已经是老天眷顾了。可是正当她坐在那里连说话的力气都没有了的时候，牧歌突然站了起来："来，我背你。"

陆合欢被雷得外焦里嫩。

她咬着下唇，无奈地提醒："牧歌，我很重的。"

所谓人贵自知，陆合欢可不想把门牙摔掉下来。她本以为，经过自己这么一提醒，牧歌就该看清事实了，可是没想到一米八几的牧歌站在温柔的阳光下满含微笑地说："没关系，我不嫌弃你。"

牧歌这话一出口，陆合欢整个人都要呆了。她抬起头眼巴巴地看着牧歌，以为自己听错了。

可是他就站在那儿，用温柔的表情告诉陆合欢，这并不是一个玩笑。她深吸了一口气，最后小心翼翼地拒绝："不……不太好吧，被你女朋友知道会生气的！"

这次，牧歌的脸色沉了下来。他将一只手插进了裤袋里，严肃地看着她："陆合欢，你明知道我没有女朋友，故意这么说的？"

"啊……"陆合欢一时语塞。她还没想好回答牧歌的措辞，就听到他有些不耐烦了："少废话了，赶紧的，我背你出去，我们打车走。"

这次陆合欢不敢再多话了。她抿着唇站了起来，最后被牧歌背了起来。他背着她，从公园里的小路穿过。越是到了这个时候，陆合欢心里的小鹿越是到处乱撞，手掌心渗出了密密麻麻的细汗，就连心跳都在不断加快。陆合欢不安地趴在他的背上——隔着一件牛仔夹克的距离，她甚至已经清楚地听到了牧歌的心跳声。

陆合欢的不安就连牧歌都感觉到了。

他有些不耐烦地问她:"你乱动什么?"

陆合欢被这突如其来的问题问傻了,支支吾吾好半天想找一个合理的理由。

"我……我……"脑海里灵光乍现,最后她嬉皮笑脸地回答,"就想看看你是不是也是穿衣显瘦脱衣有肉的身材啊!"

她说完,没有忘记在牧歌的身上揩油,振振有词地得出结论:"看样子没让我失望啊。"

陆合欢这么说,简直就是给了牧歌臭美的资本。她本以为这个自恋狂会不吝其词地自夸一番,可是没承想他关注的重点却和自己截然不同。

牧歌的脚步慢下来,他轻轻地吸了一口气:"也是?陆合欢,还有谁这么背过你?"

被他这么一问,陆合欢哑口无言。她迟疑片刻,貌似除了牧歌自己还真没和其他异性这么近距离相处过。她扯了扯唇角,理所应当然地回答:"那倒没有,不过我见过电视明星的写真啊,八块腹肌、人鱼线……"

她的话还没说完,就被牧歌打断了。

他冷冷地丢出来一句话,好似有些生气了:"以后少看那些少儿不宜的节目。"

"哪有少儿不宜?电视上的帅哥很多的……"陆合欢没有感觉到空气中弥漫的火药味。牧歌不说话了,偏生她还在后面无比聒噪:"我觉得很好看啊,牧歌你是不是从来不看电视啊?"

牧歌不说话,气氛尴尬到了极点。

不知究竟过了多久,他们终于走出了公园。牧歌将陆合欢放了下来,拦下一辆出租车就再也没有多余的话了。

两个人一起坐在出租车的后座上，陆合欢终于按捺不住，小心翼翼地探头看着牧歌："你……你怎么不说话呀？你这表情好像我欠了你五百万一样。"

"那不然呢？"

牧歌那一脸高傲相让陆合欢有些摸不着头脑。

可是不等她理清头绪，牧歌就开启了敲诈模式："为了犒劳我千辛万苦把你从公园里背出来，你请我吃火锅吧！"

"牧歌，你这是敲诈。"陆合欢咬了咬牙，立刻就表示抗议。可是抗议无效，牧歌对她的控诉置若罔闻。陆合欢立刻开始打同情牌："牧歌啊，我这月的生活费真的已经所剩无几了，未来几天我还想活呢。"

和牧歌出门开销如此之大，陆合欢终于领教了。

她觉得哪怕现在牧歌叫她AA制，自己也会毫不犹豫答应的。

可是牧歌却瞥了她一眼："所以呢？"

"所以……"陆合欢觉得自己连说话的勇气都没了，"我们能AA吗？"

"不能！"牧歌的回答言简意赅。

陆合欢呆了。她长这么大就没见过像牧歌这样软硬不吃的人，可真是不好对付。

"牧歌，就当我求你了……"陆合欢只能厚着脸皮继续和他谈判，可是直到出租车稳稳当当停在美食街，牧歌都没有松口。钱包里屈指可数的"毛爷爷"让陆合欢恨不得现在就开溜——可是已经迷过一次路的陆合欢实在是不想悲剧再次重演，最后也只能认命地坐在了火锅店里。

接下来，陆合欢的心理活动是这样的：

完了完了，要付账了，让牧歌少点点儿菜可以吗？我可以以减肥为理由,少吃一点儿。

哎呀,他点了好多菜。这下死定了,我一会儿没钱买单怎么办?

看小票上的价格,钱应该够了吧?可是接下来的几天我要喝西北风了吗?

算了吧,都已经到这里了,躲也躲不掉了,回去我再想办法吧。

想到这里,陆合欢心一横就拿起了筷子。既然未来几天可能要挨饿了,今天还是吃饱吧。萌生了这样的念头,她毫不顾及形象开始狼吞虎咽。刚开始她还只是从火锅里夹菜,后来觉得烫,索性就拿了一个空碗来装菜。眼看着陆合欢将拿来的碗都装满了,牧歌也没多说什么。陆合欢大快朵颐,丝毫没有注意到自己小碗里的菜越堆越多,最后堆成了一座小山。

等碗里的肉丸子装不下掉在桌子上的时候,她才错愕地抬起头来。

眼前的一切,让陆合欢目瞪口呆。牧歌拿着勺子的手近在咫尺,大约也没想到她会突然抬头,他的动作忽然僵在了半空中。

"喀喀……"映入眼帘的牧歌惊慌的表情让陆合欢彻底噎着了。她错愕地看着面前的人:"牧……锅(歌),你干吗……"

陆合欢的腮帮子鼓鼓的,她这表情看上去可爱极了,就像是一只小仓鼠,在热腾腾的水汽里眸光灵动。

"我吃饱了,你多吃点儿。菜挺多的,千万别浪费了。"沉默了半晌,牧歌冷静下来,面不改色心不跳地叮嘱陆合欢。

可是任凭陆合欢再傻也看得出他眼睛里的宠溺。她放下了筷子,又擦了擦嘴,盯着他问:"牧歌,你该不会是暗恋我吧?"

被说中了心事的牧歌并没有脸红。他抬起头来看了陆合欢一眼,依旧云淡风轻:"陆合欢,人贵自知。"

"那……你为什么陪我逛公园?"

"帮你助攻喻喜啊。"

"为什么背我?"

"因为你走不动了。"

"为什么给我夹菜?"

"因为我想喂猪!"

这次,陆合欢不淡定了,火锅店里传来她的咆哮声:"牧歌,你个浑蛋!你才是猪呢……"

陆合欢的声音高了好几个分贝,她突如其来的举动让周围所有人都将目光投向了这边。牧歌坐在那里,似笑非笑地看着她。这次,陆合欢的脸唰的一下就红了。牧歌那些看似甜蜜值高的话都没能让她害臊,可是如今这柔情似水的目光,简直就是对付少女的撒手锏啊!陆合欢慌慌张张地低下头:"那……那什么,食不言寝不语懂不懂?吃饭,快点儿吃饭!"

如果不是面前还摆着火锅,陆合欢觉得自己可能真的要找一条地缝钻进去了。她低下头,终于不再大快朵颐,而是小鸡啄米似的吃起了东西。牧歌就这么看着她,炙热的目光好似一汪春水。

扑通扑通,陆合欢甚至能够清楚地听到自己的心跳声。不断尝试躲避着牧歌的眸光却无济于事,她下意识地伸手去拿桌上的茶杯,却手一滑,杯子掉在了地上,发出清脆的响声。

"小姐,你没事吧?"有服务员过来关切地问,可是陆合欢却不敢抬头。

牧歌这人今天究竟是怎么了?她总觉得他哪里怪怪的!

陆合欢终于忍不住放下了筷子。为了防止牧歌再偷拍她的丑照,这一次她决定赶紧脚底抹油先溜。她擦了擦嘴,立刻站了起来:"我……我去买单。"

她说完,就攥着钱去了收银台。一边走,陆合欢还一边小声嘀咕:"我又不是你,我不会跑单的,要不要那样目不转睛地盯着我……"

她越走越远,却成功把牧歌逗笑了。

他坐在那儿,静静地看着她连跑带跳地往柜台走,唇角却不自觉地勾了起来。

这个陆合欢真是越来越有意思了。

一回到宿舍,陆合欢就躲进了自己的蚊帐里。

喻喜满脸欢喜地从外面回来的时候,陆合欢正在为自己口袋里所剩无几的零花钱发愁。找兼职最快也要周末了,她这日子还怎么过呀?所谓一分钱难倒英雄好汉,陆合欢已经隐隐约约看到了未来几天凄惨的自己。

"喻喜!"喻喜一进门,就被林墨语抓了个正着。看她满面春风和陆合欢形成鲜明对比,林墨语就嗅到了八卦的味道:"今天的约会怎么样?看你这样子,是有进展了?"

林墨语话里的八卦就连陆合欢都感觉到了。她抿了抿唇决定好好吓唬喻喜一下,免得下次对方又故技重施。脑海里正思绪万千呢,陆合欢就听到一句如同平地惊雷的话:"对啊,我们在一起了。"

"哇,这么顺利?"别说陆合欢了,就连林墨语都非常惊讶。

平日里不显山不露水的喻喜竟然这么快就拿下了许博然?!陆合欢虽然惊讶却依旧没有说话。

"对呀,还得感谢合欢呢。咦,她人呢?"喻喜脱掉外套,无比欢喜地在宿舍里环顾了一圈,没有看到陆合欢的影子,就立刻将目光投向了林墨语。

林墨语笑了起来:"她呀,心理阴影面积估计有点儿大吧!"

她说着,没有忘记指了指陆合欢的蚊帐。

紧接着喻喜就扑了过来,一把掀开了陆合欢的蚊帐,冲着她嬉皮笑脸地说:"合欢,你生气啦?"

"没有。"陆合欢生气明明就是写在脸上的事实,可是嘴上却依旧死要面子。

喻喜看到她这样,立刻就开了口:"牧歌人不是挺好的吗?我从公园里出来的时候,还看到他把你背出来了。你崴脚了?还是受伤了?"

对此时的陆合欢而言,喻喜这话简直就是猫哭耗子假慈悲。

她深吸了一口气,然后转头看向喻喜:"我的心灵受到了一万点暴击!"

"啊?"喻喜一头雾水。

下一秒她听到陆合欢气愤地说:"我们俩友谊的小船已经翻了,你还是先好好想想你做了什么对不起我的事情吧!"

被陆合欢这么一提醒,喻喜有些不好意思了。她下意识地抬起手,揉了揉自己的头发:"我……不是故意的。"

她说着就冲陆合欢挤出了一个甜甜的笑容。

没想到陆合欢依旧嘟着嘴:"你的确不是故意的,你分明就是精心策划的!"

"呃……"被陆合欢说中了心事,喻喜一时间有些语塞。她想了想,随后转身从自己的双肩包里找出了一大包零食递到陆合欢的面前:"合欢,你就原谅我呗,我发誓同样的事情不会出现第三次了。以后不管牧歌怎么忽悠我,我一定和你统一战线,决不叛变。"

看到了零食,陆合欢开始动摇。可是一想到自己未来几天连吃饭都成了问题,她就气不打一处来:"我不听!我不听!"

她捂着耳朵,一副即将撒泼的模样让喻喜有点儿哭笑不得。她凑到陆合欢面前,小声地说:"那你要怎么样才肯原谅我?你看我这么可爱,你舍得无视可爱的我吗?"

喻喜软软糯糯的声音让陆合欢有点儿无奈。她拽了拽蚊帐的帘子,略带不满地说:"那我可得好好想想,我想静静。"

"是吗？"喻喜眯了眯眼。从陆合欢说出这句话开始她就明白陆合欢并没有真的生气，于是就开玩笑似的问陆合欢："静静是谁？"

这次，陆合欢差点儿憋不住笑了出来。她勉强绷着一张脸，拉了拉自己的蚊帐："你不认识。"

"哦？"喻喜将信将疑地应了一声，随后硬将自己手中的零食全部塞进了陆合欢的怀里，"那你边吃边静吧。"

果然，拿人手短，从零食袋被塞进怀里的那一刻，陆合欢就觉得自己即将沦陷。她抿了抿唇，最后躲进了蚊帐里。

林墨语和喻喜两人在下面挤眉弄眼地笑着。

脑海里乱糟糟的，陆合欢在床上躺了一会儿就爬了起来。她惴惴不安地拿着手机给自己家的老爹发了一条微信："粑粑（爸爸），我没有生活费了。你能救救我吗？"

发完这条消息，陆合欢就如坐针毡。毕竟父母都是工薪阶层，每个月十五号准时给她发生活费。可是今天才三号，她就已经腰包空空了。妈妈一直教育陆合欢要节约，要学会自食其力。正因如此，陆合欢也只能找老爹江湖救急了。

嗡嗡，大约过了五分钟，老爹的短信了："可以，要多少？"

这简单的一句话，却让陆合欢瞬间心头一暖。她没想到，爸爸竟然这么爽快就答应给她打生活费了。于是陆合欢开始绞尽脑汁地思考要多少生活费的问题，最后在对话框里打上了："1000元。"

正当陆合欢美滋滋地靠在床头等待自家老爹回消息的时候，手机又一次发出了振动。她打开屏幕一看，就看到来自父亲的语重心长的话："丫头啊，你也老大不小了，怎么还能犯这种低级错误呢？一百块，你多打了个零！"

看到这里，陆合欢整个人都蒙了。可是她老爹却清醒得很，文字信息才刚发出来半秒钟不到就给她发了一个红包。陆合欢心情忐忑地点了开来，果然里面只有一百块钱。

陆合欢无奈地摇了摇头，事到如今也只能另想办法。一筹莫展的时候，陆合欢看到林墨语从下面那个装着膨化食品的箱子里拿出了一个袋子，脑海里立刻就回想起了那天林墨语的话——

"说不准煮成火锅就更好吃了！"

她立刻眼前一亮，不如在宿舍里煮火锅吃吧？既省钱，又美味。有了林墨语那堆膨化食品，说不准老爹给的这一百块钱还能支撑好几天呢？萌生了这样的念头，陆合欢连忙打开了手机，用银行卡里所剩无几的余额买了一个电热锅。

一接到快递的电话，陆合欢就风风火火地换上了外套准备出门。可是她刚从床上跳下来，就被喻喜抓了个正着。

"合欢，你去哪里呀？"喻喜平日里和陆合欢都是形影不离的，看到她这样自然好奇，凑了上来，小心地拽了拽陆合欢的衣袖，"你别生气了啊，我都知道错了。"

陆合欢向来是个耐不住别人软磨硬泡的人，侧过脸定定地看了看喻喜："行吧，不过事不过三，如果你再出卖我……"

"我发誓，如果我再出卖你，这辈子吃方便面没有调料包！"喻喜立起了三根手指，一本正经地开了口。

对于吃货而言，大概没有比这更让人痛苦的事情了吧？陆合欢抿着唇，最后摆了摆手："好了，这次原谅你了。"

一听说她原谅自己了，喻喜就两眼放光，无比兴奋地看着陆合欢："我就知道你最好了，你就知道你最爱我了。"

陆合欢早就对她这些"甜言蜜语"自带了屏蔽系统，哼了一声立刻开口问："我买了个电热锅，拿回来煮火锅的。你陪我去拿好不好？"

"电热锅？"喻喜呆了。

陆合欢可是名副其实的吃货。她买了早餐机,买了面包机,甚至买了电磁炉,前不久又刚刚买了平底锅,现在竟然又买了个电热锅?这些东西本来就是违禁物品,可是她却还不知收敛。看到喻喜一脸震惊,陆合欢立刻重重地点了点头:"就是那种插电煮火锅的,不会跳闸。你放心吧,我搜过了,宿舍专用!"

她似乎根本就没意识到事情的严重性,还强调了"宿舍专用"。

喻喜抹了一把额头上的汗,有什么办法,谁让自己理亏在先呢?还是陪她去拿吧。想到这里,喻喜惴惴不安地又问了一句:"不……不会跳闸吧?"

"不会,你就放心吧。"在陆合欢信誓旦旦的保证面前,喻喜终于认输了,抬起脚,跟在陆合欢的身后走出了宿舍。

快递刚一拿回来,陆合欢就迫不及待地去了学校附近的生鲜超市,各类蔬菜应有尽有。可是让喻喜捉摸不透的是,作为一只无肉不欢的"食肉动物",陆合欢竟然连一盒午餐肉都没买。回到宿舍,喻喜正纳闷儿呢,就看到陆合欢走到了林墨语的箱子面前:"写的全是日文,应该不会让我失望吧?"

"啊?"喻喜还没反应过来,就看到陆合欢已经拿了一袋零食出来。

"喻喜,你还愣着做什么?快点儿拿碗来啊!煮了一定好吃!"

闻言喻喜整个人都震惊了,错愕地指着箱子:"你……你确定这是吃的?"

"充气包装不是吃的还能是什么?再说了,你没看到上面画着肉吗?肯定就是什么类似于火腿肠的东西!"陆合欢一边拆包装,一边向喻喜解释,"那天你没回来,墨语都跟我说了。这个煮火锅可好吃了!她答应分我一点儿,快别愣着了。"

她说着,就把充气包装的狗粮丢到了喻喜面前,随后想都不想插上了电热锅插头。

喻喜还是一头雾水,错愕地拿着手中的袋子,小声地嘀咕了一句:"我怎么觉得这不像是火腿肠?"

陆合欢哪里听得进去?早已经饥肠辘辘的她,在火锅底料倒进电热锅的那一刻就按捺不住了。她将盘子里的蔬菜都倒进了锅里,正准备拍手叫好的时候,门外却突然传来了急促的敲门声。陆合欢警惕地抬起头:"这个时候是谁呀?"

下午五点,学霸林墨语应该在图书馆,而宿舍里的小公主邵乐最近则很少回宿舍,这个时候会是谁呢?

就在这个时候喻喜开了门。

顾长的身影出现在门口,让陆合欢一怔。她怎么也没想到,站在门外的人竟然会是——牧歌!牧歌穿了一件薄荷绿的夹克,吊儿郎当地站在宿舍门口,好似有备而来!

"你……你怎么来了?"一看到他,陆合欢浑身的汗毛就竖了起来。

"怎么?自己煮火锅也不叫我来尝尝你的手艺?"牧歌大摇大摆地走进来,分明就是赶在饭点过来登门拜访的。

女生宿舍很少允许男生进入,但也不是没有例外,就是把身份证押在值班室,再由宿管老师把人带上来。像牧歌这样大摇大摆上楼的,陆合欢还是头一次见。

"牧歌,你跑过来不……不会就是为了吃火锅吧?"陆合欢立刻守着自己的锅,生怕被牧歌抢了去。

他直接走了进来,一手夺过了喻喜手中的包装袋,紧接着说出的那句话让陆合欢再也没脸见人:"狗粮你们也吃?煮火锅味道好吗?还是准备磨牙?"

"狗粮?"陆合欢整个人都惊呆了。她错愕地看着牧歌,然后就听到他的奚落声。

"陆合欢,你已经饥不择食到这种地步了吗?"

所谓人倒霉时喝凉水都塞牙缝,陆合欢现在宁可吃狗粮,也不愿被牧歌这样羞辱!她咬了咬牙,双手叉腰,理直气壮地看着他:"牧歌!要不是你把我口袋里的钱都花完了,我也不会沦落到自己做饭的地步!这件事说到底,都怪你!

"再说了,作为一只单身我吃点儿狗粮怎么了?"

虽然陆合欢心里庆幸自己还没把狗粮倒进锅里,但是在牧歌面前是打死都不会松口的!

"你没钱了?"

陆合欢以为自己会被牧歌无情地数落一番,可是牧歌没有。他定定地看着陆合欢,似乎有些惊讶。

事到如今,陆合欢嘴硬也无济于事。她咬了咬牙,一字一顿地问牧歌:"是什么给了你我家有矿的错觉?"

被他这样敲诈勒索,她早就没钱了。

陆合欢把一双手死死地攥成了拳头,倔强而又固执地看着牧歌。她这模样倒是真让人有些心疼。

跟在牧歌身后迟迟没有说话的喻喜终于开了口:"合欢,没事的,你不是还有我……"

"陆合欢,想不想把你那些钱都吃回去?"喻喜的话还没说完,就被牧歌打断了。他精心策划了这么好的一个局,可不能被喻喜给破坏了!萌生了这样的想法之后,牧歌连忙继续说:"来,我给你一个把钱吃回去的机会!"

听到这话,陆合欢立刻两眼放光。

她满脸堆笑地问:"什……什么机会?"

给她一个机会——她一定可以吃穷牧歌!一想到报仇雪恨的机会近在眼前,陆合欢整个人都来了精神。她两眼放光地看着牧歌,随后就听到他直截了当地说出了一句话:"做我女朋友啊!"

"噗!"陆合欢一口血差点儿没喷出来,还没来得及开口就听到"啪嚓"的一声脆响。宿舍里的三个人齐刷刷地回了头,就看到邵乐站在门口,手中的玻璃水杯摔了个粉碎。她呆呆地站在那里,随后头也不回就往外跑。

"乐乐!"陆合欢也着急了。

邵乐对牧歌的喜欢都已经不算是暗恋了,她的心意整个宿舍都知道。因为自己,邵乐已经很少回宿舍了,现在竟然还闹出了这样的乌龙!陆合欢几乎想都没想就追了出去。

紧接着就是牧歌的声音:"陆合欢!"

他也跟了出去,毕竟在自己跟她说这么重要的事情的时候,她却忽然跑了。这算什么?自己变相被拒绝了吗?

最后,和关门声一起响起的是喻喜的声音:"哎,你们等等我啊。"

喻喜不知道自己究竟应该帮谁,只是害怕陆合欢会和邵乐打起来。毕竟,如果陆合欢心里真的喜欢牧歌的话……

她和邵乐就是名副其实的情敌了。

几个人纷纷从宿舍里跑了出去,却压根儿没有注意到角落里插着电的电热锅。汤底已经煮沸了,锅里的泡泡翻滚着……

Chapter 4
这个世界上唯一不会抛弃我的就是肚子上的肉肉

牧歌人生遇到过的最难的题应该就是——他和食物在陆合欢心中的地位哪个更高。

不过答案嘛,好像已经显而易见了。

可是牧歌却还不愿意接受这个事实!

彤云密布的黄昏,邵乐的脚步最终停在了学校大门外的人工湖边。陆合欢追了上来,气喘吁吁地叫她:"乐乐。"

邵乐回过头来。

站在风里的她显得那么沧桑。

陆合欢一时间有些无措,最后小心翼翼地开了口:"牧歌他……"

陆合欢思前想后,却找不到一个合理的解释。就连她都觉得,牧歌做了一件非常不可思议的事情。他怎么能让她做他的女朋友呢?她深吸了一口气，话到嘴边又生生咽了回去，最后换成了一句："脑子进水了！"

陆合欢这话好巧不巧就被牧歌听到了。

可是他并没有追过去。这个世界可真小，为什么自己喜欢的女孩子同宿舍里也有人喜欢自己呢？牧歌想不明白。

"合欢。"邵乐看着陆合欢。明明早就已经知道的事情，可是当亲耳听到牧歌说出口的时候，她还是做不到无动于衷："我没事，你回去吧。"

邵乐突然不知道自己究竟应该找谁出气，毕竟从陆合欢无辜的表情来看，她的确是不喜欢牧歌的。

可是陆合欢没有走，而是站在邵乐身边开了口："乐乐，对不起……真的，我从来没想过会伤害你……"

"你也没做错什么呀！"邵乐几乎想都没想就打断了她的道歉。

陆合欢抿着唇，忍不住抬手就往自己脸颊上扇耳光："乐乐，对不起，我不该和喜喜去做兼职，更不应该贪小便宜去和牧歌吃火锅，是我对不起你……"

陆合欢真的愧疚极了。她长这么大就没做过这样对不起别人的事情。

看到她的动作，邵乐也是一怔，随后立刻抓住了陆合欢的手："合欢，没有人能预料到以后发生的事情，这不怪你！"

"想蹭牧歌的饭就像一件偷鸡不成蚀把米的事情！"陆合欢深吸了一口气，一字一顿地说，"被坑得体无完肤也就算了，还惹你不开心了。你放心，我今天就跟他说清楚，或者我躲回家……"

她的声音软软糯糯的，这下邵乐笑了，伸手拍了拍陆合欢的肩膀，安慰她说："合欢，这件事真的不怪你，感情里本来就没有谁对谁错！"

邵乐的语气听起来很平淡，其实充满了失落，令陆合欢一时间有些不知所措。以前她就听过类似的话——爱情是如何努力都得不来的。现在事实就这样摆在眼前，她不知应该如何安慰邵乐。

陆合欢正呆呆地站在那里，邵乐的手机就响了起来。邵乐犹豫了片刻，最后还是接起了电话。

听筒那头立刻传来了急切的声音："乐乐，陆合欢和你在一起吗？让她接电话！"

林墨语永远都是这么雷厉风行，邵乐也被她这火急火燎的样子吓得不轻，握着电话支支吾吾地开了口："在……在呢，你等等。"

她直接打开了免提，随后就听到了林墨语的怒喝声。

"陆合欢，你还不赶紧滚回来？你的电热锅关了吗？你是不是准备把宿舍烧了？！"

被她这么一问，陆合欢整个人都傻眼了。

走得仓促，她竟然忘记了电热锅还插着电，这下死定了："我忘了……"

"你快回来，电热锅起火跳闸了。好在火势不大，要不然我看你怎么办！"

林墨语无情的催促让陆合欢害怕不已。她深吸了一口气将目光转向了旁边的邵乐："那……乐乐，我先回去了。"

事情总要分个轻重缓急，现在宿舍都起火了，她还有什么理由不回去？

"我和你一起吧。"邵乐也意识到了事情的严重性，跟在陆合欢身后匆匆忙忙地回了宿舍里。

眼前的一片狼藉和滚滚浓烟让陆合欢整个人都傻了眼，电热锅起火烧了旁边的几本书，好在书旁边并没有什么可燃物……

"合欢，你也太不小心了！这么重要的事情，你都能忘记！幸好我回来得及时！"林墨语有些无奈地看着陆合欢。她这话将陆合欢的心情推到了冰点。陆合欢捂着脸，发出哀号："完了，这次死定了！"

她说着重重地拍了拍脑门，千算万算却忘了电热锅拔电这茬儿！可是陆合欢还来不及伤心自己的电热锅就这样"牺牲"了，就看到门口站着个身穿睡衣且头上裹着卷发器的阿姨。陆合欢惊慌失措地看着面前的人："周……周阿姨……"

她就连说话的声音都在颤抖,所谓屋漏偏逢连夜雨,明明已经要靠在宿舍煮火锅过日子了,偏偏还发生了短路起火这种事情,自己真是倒霉透顶了!

"给你们说了多少次了?宿舍里不能煮火锅,用电安全都不懂?这栋宿舍楼可不止有你们一个宿舍,要真的出了什么事谁来负这个责任?"

陆合欢还没来得及认错,周阿姨骂骂咧咧的话就已经无情地钻进了陆合欢的耳朵里。

她低着头,一句话都不敢说。陆合欢依稀记得,上一次早餐机被没收的时候,周阿姨就已经提醒过她了——

"如果再有下次,就给你记过!"

陆合欢眼眶都红了,整个人都在颤抖。学校里被记过的人不少,可别人都是打架斗殴、作弊……到了她这里,不会煮个火锅就要"死翘翘"了吧?陆合欢想,如果世界上有后悔药,自己一定要买它十瓶八瓶回来以求心安。

"周阿姨……"陆合欢小心翼翼地开了口,"我……我知道错了,您就饶过我这一次吧!"

1309宿舍就和宿管阿姨在同一层,一墙之隔。平日里已经混了个脸熟,陆合欢想,为今之计也就只有好好向周阿姨求个情了。

"陆合欢,不是我说你,学校的小火锅也不贵,你就不能去食堂里吃吗?非要在宿舍里自己弄!"周阿姨依旧不依不饶地训着。

陆合欢听到周阿姨的话心更是凉了半截。这次死定了,陆合欢心里如同千万只蚂蚁在爬,甚至连喻喜什么时候离开的都不知道。她站在那里,眼眶红了,略带无助地看着周阿姨:"阿姨,我这不是没钱了吗……您就饶了我这一次吧!我以后再也不敢了……"

话还没说完,陆合欢就被周阿姨骂了:"我看他们说的乖巧认错但坚决不改就是说的你!这都给你们交代过多少次了?!"

"阿姨,这次真的是不小心的,以后再也不会了,算我求您了,千万别给我记过呀……"被她这么一骂,陆合欢就更无助了。她可怜巴巴地看着宿管阿姨,希望能够获得同情和怜悯。

可是对方却忽然沉默了,一句话都不说只冷着一张脸。如此一来,陆合欢就更加害怕了。

"阿姨……"她低着头,一句话都不敢说的屎样让人恨铁不成钢。

周阿姨正准备好好数落她一番,就听到了一个声音:"阿姨,您就饶了她这一次吧!"

这声音有点儿耳熟!陆合欢一惊,随后立刻一个激灵。

宿舍门没关,牧歌就站在宿舍门口。陆合欢恨不得买块豆腐撞死,在谁面前出糗都行,唯独在牧歌面前不行!

陆合欢咬了咬牙,趁着牧歌和宿管阿姨说话的时候,直接钻到了书桌下面。这种时候怎么能让牧歌帮她求情呢?以他伪君子真小人的性格,事后还不得对她进行敲诈勒索吗?

陆合欢的眼泪都要出来了,她刚躲进书桌下面,就听到牧歌开了口:"你看她不懂事,我替她向您保证,以后再也不会发生这种事情了。"

牧歌可是学校的风云人物,从教务主任到校长,大概就没人不认识他,宿管阿姨也不例外。牧歌这彬彬有礼的模样还真是让人无法拒绝,宿管阿姨眉头紧皱最后才松了口:"你确定她能听你的?"

"确定。"牧歌泰然自若地回答。

这次周阿姨也没多问,索性就直接点了点头:"行,那你可得好好教育教育她,以后别再发生同样的事情了!这次虽然是虚惊一场,可是还是要有防范意识!"

她说完,就叹了一口气自顾自地往外走。

房门没有关,她出门的时候牧歌清楚地听到周阿姨颇为不解地开了口:"这牧歌怎么说也是学霸,难不成瞎眼了?"

"陆合欢,你出来。"周阿姨一走,牧歌就像宠物饲养员对宠物下命令一样喊着。

牧歌略带命令的话让陆合欢无地自容:"我才不呢!"

这种时候,陆合欢更不会出去了。为了表示自己的决心,她甚至直接就坐在了地上。

"陆合欢,你今天晚上就打算躲在桌子下面了?"牧歌有些不解,这种时候她躲到桌子下面有什么用吗?他的眉头紧紧地皱着。

可是陆合欢依旧无动于衷,蜷缩在那里,俨然一副与世隔绝的模样。

他蹲下来,声音也柔了几分:"陆合欢,听话,赶紧出来!"

牧歌柔下来的声音在宿舍里显得格外尴尬,邵乐直接就转身往外走,林墨语慌慌张张地追了出去,如此一来,宿舍里就只剩下陆合欢和牧歌了。

"牧歌,我凭什么听你的话,你是谁呀你?"

他把她的生活弄得乱七八糟!现在这个罪魁祸首居然还在这儿说什么要她听话!

被陆合欢这么一问,牧歌的动作僵在了半空中。他错愕地看着陆合欢,最后直接转身走了出去。

陆合欢正准备松口气,从桌子下面钻出来,虚掩的门又一次被人推开了。牧歌走了进来,这次也不叫她出来了,居然就站在那里和她僵持着。

咕咕——

陆合欢的肚子不争气地叫了起来,毕竟生活费早已经捉襟见肘,她连午饭都没吃,更别说晚饭了。

牧歌站在那儿一动不动,丝毫没有要走的意思。

陆合欢终于忍不住了,理直气壮地开了口:"喂,你还在这里做什么?这儿可是女生宿舍。"

牧歌索性不理会她,直接坐在了她的椅子上:"既然你决定不出来了,我在这儿陪着你。"

陆合欢觉得,自己的小伎俩在牧歌面前总会弄巧成拙。

她深吸了一口气,强制自己保持冷静,最后只能认命地躲在桌子下面。可是这还不算完,半分钟后房间门被人敲响了。

咚咚咚——

一想到应该是室友们回来了，牧歌再也没有理由继续待在这里了，陆合欢就一阵窃喜。可是牧歌倒也不拿自己当外人，直接从椅子上站了起来，走到了门边。房间门打开的那一瞬，陆合欢简直欲哭无泪。门外传来一个陌生的声音："您好，您要的外卖……"

那个人说完，宿舍门就被牧歌关上了。

他拿着餐盒走回了陆合欢的桌子边，打开外卖盒，里面就传来浓郁的烧烤香。陆合欢整个人都不好了，几乎是同一时间，她的肚子又一次不争气地发出了咕咕声。

陆合欢咬着牙，只能暗暗祈祷牧歌没有听到。可她越是害怕什么就越是来什么——

牧歌蹲下来看着陆合欢："你的肚子可比你诚实多了！"

"牧歌！"陆合欢咬牙切齿地说，"这里是我的宿舍，不是给你吃烧烤的地方！"

听到陆合欢的控诉，牧歌倒是一点儿都不生气。他微微勾了勾唇角："谁说不是？毕竟为了你，我连晚饭都没吃呢！"

牧歌这话一出口，陆合欢不乐意了，恶狠狠地瞪着牧歌："这话应该是我说吧！如果不是你捣乱，我的火锅……我的电热锅……我的肉……"

她的话还没说完，就被牧歌无情地打断了："那是狗粮！"

狗粮！

陆合欢才管不了那么多呢，哼了一声："我不管，反正……"

"不过你说得没错，单身狗吃狗粮也是对的，要不我现在给你拿一包？"

牧歌又一次打断了她的话，这种毫无绅士风度的行为让陆合欢恨不得现在就冲出去掐死他。

可是牧歌还在继续损她："陆合欢，你居然连日文都不认识！"

吐槽她没对象也就算了，他竟然还羞辱她的文化程度。

陆合欢气得一句话都说不出来，坐在那里连眼神都沉了下来。就在这个时候，牧歌却拿了一串肉串在她面前晃悠："闻起来好香啊，小食堂那家的烧烤可真是不错。"

这阴阳怪气的一句话简直要了陆合欢的小命。学校小食堂的烧烤她怎么会不知道，那家烧烤不但有名而且贵，学校的学生很少去买，主要就是因为消费比较高，倒是老师们提起那家烧烤都赞不绝口。陆合欢好几次想去尝尝，碍于生活费屈指可数，最后选择了放弃。

"陆合欢，你要是再不出来我可一个人吃了！"牧歌的套路很深，他非要用食物诱惑她。

陆合欢已经饥肠辘辘了，牧歌却还在这个时候给了她一万点暴击。她死咬着牙不肯松口，光是表情就让牧歌想笑。竹扦子在眼前不停地晃悠，扑鼻而来的香味让陆合欢咽了咽口水。她在心中小心翼翼地告诉自己：这是牧歌的阴谋，你不能沦陷！

可是，往往在食物面前，陆合欢都是没有原则的。她咬着牙垂着头，大约过了三十秒，终于忍不住抬起手一把抢走了牧歌手中的烤串，声音也理直气壮："牧歌，你欠我的多了！吃你一顿烧烤怎么了？"

"我就知道……"牧歌笑着看到陆合欢从桌子下面爬出来。

他的话还没说完，陆合欢就踮着脚直勾勾地盯住了他："你知道什么？"

"知道你的自制力超不过一分钟啊！"

陆合欢一怔，随后整张脸都红了。她咬了咬牙，开始为自己的贪吃找借口："人是铁饭是钢，一顿不吃饿得慌！何况可爱的我已经饿了两顿了……"

"是吗？"牧歌将信将疑地看了她一眼，那眼神分明带着浓浓的笑意。

陆合欢懒得理会他，坐下来就是一番胡吃海喝。她这模样，当真是让牧歌心头一软。他从桌上拿了她的小猪杯子，为她接了一杯水，又耐心地安慰："你慢点儿吃！小心噎着。"

可是陆合欢哪里听得进牧歌的话呢？在食物面前，她从来都不会客气的!

从宿舍里刚一出来,邵乐就被林墨语抓住了胳膊。

外面不知何时下起了淅淅沥沥的小雨,雨水落下来,轻轻地拍打着邵乐的脸颊。时至今日,自己还不肯清醒吗?牧歌对陆合欢的一言一行,都足以说明他对她的爱。一个男孩子,为了她去说服宿管阿姨,这还不够表明一切吗?

"乐乐。"

身后响起的声音让邵乐觉得心情沉重而又复杂。是该看透事实了,可是她也是人,也会有私心。她一遍一遍地告诉自己,牧歌不是那种没有品位的人,他怎么会喜欢上陆合欢那种不起眼的小丫头?但……

邵乐回过头,写满沮丧的脸已经说明了一切:"墨语,你怎么来了?"

她颓然看着面前的人,目光分明痛苦不堪。

前两天林墨语还在配合喻喜调侃陆合欢,现在却终于意识到了事情的严重性。

"乐乐,你给我说实话。"林墨语直截了当地说。作为宿舍里的大姐大,她从来都是说一不二的:"是不是牧歌欺负你了?所以你才这么难过?我去帮你找他算账!"

林墨语这话一出口,邵乐整个人都傻眼了。

她不知道林墨语为什么会有这种想法:"没……没有……"

牧歌算欺负她吗?不算吧?毕竟这段感情从头到尾都是自己一厢情愿。

可是林墨语一贯都是个仗义的朋友,她的眉头紧紧地皱起来,眼眸里透着浓浓的冷漠:"我知道了!"

想想也是,邵乐这么喜欢牧歌,怎么会承认自己被他欺负了呢?看到邵乐这表情,林墨语基本上就明白了。

不等邵乐问清林墨语知道了什么,林墨语已经撸起袖子转身了。她一面走,一面冷冷地说:"这浑蛋竟然敢脚踏两条船,看我不给他打成猪头!"

"两条船?"邵乐意识到了事情的严重性,深吸了一口气慌忙要去追林墨语。可是林墨语这人向来说风就是雨,邵乐只怕自己去了会越描越黑。想到这里,她连忙拿出了手机拨通了喻喜的手机号:"喜喜,你快拦着墨语!她找牧歌算账去了!"

"算……算什么账?"电话接通的时候,喻喜正在宿舍楼下。

她旁边,许博然手里提着一袋糯米糕在等她。

"一时半会儿说不清楚,你可得把人拦住了,千万别闹出什么事情来!"

林墨语这人哪里都好,就是性格直。这个人讲义气,却非常容易冲动。如今林墨语误会牧歌脚踏两条船,还不得把人打到坐轮椅?!为防止悲剧发生,邵乐现在只能求助喻喜。

闻言,喻喜只能带着些小失落地点了点头:"行吧。"

喻喜的声音很轻,却让邵乐松了一口气。

宿舍里的四个人来自不同的地区和家庭,可是却非常团结。邵乐并不希望因为自己的暗恋,让陆合欢尴尬。

喻喜说完,挂断了电话,略带歉意地看着许博然:"对不起啊,我室友这边出了点儿事!今天晚上可能不能和你去看电影了。"

"什么事?"许博然和牧歌是两个性格完全不同的人——比起牧歌的骄傲和刻薄,他显得更加稳重。一听说自己的女朋友有事,他自然是要施以援手的。

喻喜抿了抿唇,小心翼翼地解释:"大概是我室友和牧歌之间有什么误会吧,听说要去找牧歌算账了。"

她的声音很轻,却让许博然死死地皱起了眉头。

下一秒,他满含柔情地说出了一句话:"既然如此我就更不能离开了,一会儿如果真的打起来了我兴许还能帮上忙呢!"

"真的吗?你太好了!"许博然这缜密的心思,这清晰的逻辑,瞬间就让喻喜两眼放光。

从她进学校以后，都是舍友们一直在照顾她。不过林墨语大部分时候早出晚归，邵乐当惯了小公主很少管闲事，只有陆合欢和她一起。虽然大部分时候，陆合欢只有在食物面前才有动力。这还是喻喜第一次听到别人主动说要帮她，此时的许博然就好像一把坚不可摧的伞，为她遮风挡雨。

"嗯。"他牵着她的手，将糯米糕塞进她的手里，"本来想带去看电影吃的，看来没机会了。"

他稀松平常的话里，并没有失落。恰恰相反，从他的话里喻喜却感觉到了一种无言的温柔。她轻轻地抿起唇，正欲开口就看到林墨语从不远处急匆匆地往这边走，那表情严肃到让人脊背发凉。如果将宿舍的人排成食物链的话，喻喜觉得自己一定是食物链最底端的生物。她都不知道邵乐怎么会把这个重要的事情交给自己。

"墨语！"来不及酝酿了，喻喜只能叫住了林墨语。

林墨语先是一怔，随后转过脸来直勾勾地看着喻喜，最后眸光又落到了许博然的身上。这次，林墨语明白了："准备出去约会？"

喻喜向来是个脸皮薄的人，被林墨语这么一问不免有些害羞起来。不过现在可不是矫情的时候，喻喜咬了咬牙直截了当地开了口："你上去找牧歌？"

"嗯。"林墨语也没打算拐弯抹角，咬了咬牙像是恨极了牧歌，"我上去找牧歌那个浑蛋算账，他竟然敢脚踏两条船！我今天打得他满地找牙……"

"那……你……你会原谅他吗？"

大概是受到了林墨语气场的干扰，喻喜开始慌不择言了。意识到自己的口误，她正想纠正却听到林墨语开了口："原谅他？想都别想！"

"那句话怎么说来着，原谅他是上帝的事情，我只负责送他去见上帝！"

林墨语说话从来都是这么霸气十足。喻喜瞪大了一双眼错愕地看着面前的人，并认定关键时候掉链子大概说的就是自己了。此时此刻她只觉得自己脑海里一片空白，半天才从牙缝里挤出了一句话："牧歌他没有脚踩两条船，从一开始喜欢的就是合欢啊！"

"啊？"林墨语看着喻喜。

喻喜根本不知道该怎么和林墨语解释。她正不知所措的时候，身边的人开了口："林同学是吧？"

林墨语将目光投向了站在一边的许博然，他倒真是够绅士的，竟然在旁边站了这么久。如果不是喻喜解释不清楚，恐怕许博然还不准备开口吧？

他看着林墨语露出了一个淡然的笑容："我是许博然。"

这简单的自我介绍在林墨语这里简直就是多余的，因为从机器人展会开始，喻喜就已经偷拍过他的照片了。

林墨语看了他一眼，还没来得及问候，就听到许博然开了口："这件事可能是有什么误会。牧歌喜欢陆合欢是我们大家都知道的事情，至于你说的脚踩两条船，应该是完全没有的事情。"

终于，想说的话被许博然说了出来，喻喜长长地舒了一口气："对，没错！乐乐是喜欢牧歌，可是牧歌不喜欢她呀！是你误会了，真的！"

话说到这里，林墨语才勉强算是明白了。

她顿了顿，最后一句话都没说出口。那天吃饭的时候，陆合欢提到牧歌那一副生无可恋的模样，他们这感情还真是……略微有些曲折呀。林墨语正思索着，就听到喻喜开始抱怨。

"我以为你早都知道了呢，你怎么现在才回过神来啊？"

喻喜不是一个会找重点的人，可是这次却一眼就看透了林墨语的想法。林墨语抿了抿唇，自顾自地解释："我开始也没多想，但是乐乐……"她顿了顿，最后长叹一口气，"她看上去很失落。"

林墨语的声音里透着浓浓的无奈，最开始她从没想过这件事情的严重性，直到今天看到邵乐的时候，她的心里忽然有个声音——或许是牧歌脚踏两条船吧？否则邵乐怎么会那么难过呢？

林墨语的话让喻喜忽然陷入了沉默。

最后许博然慢悠悠地开了口："有时候，失去自己暗恋的对象，可比亲口被拒绝更加残忍！"

他的声音很低。

谁说不是呢？失去自己的暗恋对象，意味着接受他和别人走到了一起，岂不是比亲口被拒绝更让人心碎？林墨语站在那儿，千言万语如鲠在喉。

吃过烧烤，送走了大瘟神，陆合欢洗了个澡就开始收拾书桌上的一片狼藉。餐盒堆得到处都是，可是这并没有让她感到沮丧。恰恰相反，酒足饭饱的陆合欢自言自语："没想到牧歌这家伙还是个小土豪，居然买了这么多好吃的。"

回味着刚才的那些美食，陆合欢现在都还有些意犹未尽。

她勾着唇角。

经过今天这一餐之后她大概不会再为自己那两顿火锅耿耿于怀了。

陆合欢还没来得及高兴，手机就开始振动。她错愕地接起了电话，电话那头立刻就传来了咆哮声："陆合欢，你都多久没来驾校了？你是不是担心你考过了买不起车？我告诉你啊，明天你要是再不来练车，以后就都别来了！"

听筒那头的怒吼声让陆合欢整个人都僵在了原地。高中刚一毕业老妈就给她报了个驾校去学车，可是两年过去了陆合欢还卡在科目二。一想到要去驾校排队学车，她就头大。本来她就不是个有方向感的人，可是老妈还不相信，竟然给她报了个驾校学车。陆合欢连驾校的位置都不能准确找到，更别说以后开车上路了。她的脑海里正一片空白呢，电话就被挂断了。

几乎是同一时间，宿舍门被人推开了，林墨语和喻喜两个人有说有笑地从外面走了进来。

看到陆合欢垂头丧气地站在那里，喻喜开了口："合欢，你的约会好像不太顺利？"

"约会？"陆合欢瞪大了一双眼睛看着喻喜，咬了咬牙，"你哪只眼睛看见我和牧歌约会？兔子还不吃窝边草呢，何况这草这么让人讨厌。"

喻喜憋不住笑了出来。

看到喻喜笑自己，陆合欢忍不住开了口："我不高兴是因为教练叫我去练车，不是因为牧歌！"

不知道为什么，陆合欢真是讨厌极了她们这八卦的样子。她忽然意识到了什么，一脸坏笑地看着面前的两个人："明天你们谁有空吗？陪我去驾校好不好啊？"

这次，宿舍陷入了无比尴尬的沉默当中。

林墨语看了看喻喜，喻喜也看了看林墨语，最后两个人转过脸来异口同声地对她说："不去！"

两人干净利落的话让陆合欢垂下了头，想想也是，练车这种事连自己都不愿意去，更何况林墨语和喻喜呢！她无奈地叹了一口气，最后耷拉着脑袋爬到了被窝儿里。

头顶上方明晃晃的太阳晒得陆合欢头脑发昏，明明昨天已经落了雨，可现在天空又是一派万里无云的景象。

"果然应了那句话，只要练车，便是晴天……"烈日之下，陆合欢忍不住小声地嘀咕着。

话音还没落下，她就听到旁边的教练催促起来："陆合欢，你还愣着干吗？还不赶紧？到你了！"

被教练一吼，刚才还睡意正浓的陆合欢终于一步一步地走到了车子前面，按照教练的要求小声地嘀咕着："开门、安全带、离合器、发动……"

"你干吗呢？没睡醒呀？"

陆合欢正小心翼翼地念叨着，就被教练呵斥了。她嘟了嘟嘴，有些萎靡不振地回答："是啊……"

老妈给她报的驾校远在距离学校二十几公里的郊区，陆合欢九点到驾校的话必须早上六点就起床。她向来是个喜欢赖床，又有起床气的宝宝，能够如约出现在这里已经实属不易了。

"陆合欢，你大脑还没发育完整吧？除了吃和睡，你还知道什么？"教练在她耳边喋喋不休。

陆合欢艰难地发动了车子，顺着规定的线路一路行驶着，可是速度却慢得可以。

教练又忍不住了，凶神恶煞地看着陆合欢："喂，我说你能不能快点儿？你这慢吞吞地乌龟爬以后能上路吗？我时间很紧的，后面还有好多师兄师姐等着你呢！"

他这么一说，陆合欢不得不手忙脚乱地换挡。几乎是同一时间，方向盘不受控制地向右边倾斜。

紧接着就是轰的一声巨响，车子的右侧前车胎直接冲上了旁边的花坛，剧烈的颠簸之后汽车熄火了。陆合欢还没回过神，就听到教练又一次开始对她进行"灵魂洗礼"："陆合欢，你带头出来就是为了显得自己比较高是吗？你把脑子放在家里了？这么简单的换挡，我教过你多少次了？你居然还能犯这样的低级错误！"

陆合欢被教练劈头盖脸的一番痛骂怼得一句话都说不出口。谁说牧歌说话刻薄？和教练比起来，他虽然是朵奇葩，但也是一朵温柔的奇葩呀。

教练推门走了下去，弯腰在车胎上检查了一番，最后神色凝重地看着陆合欢："这车胎不能用了！"

"啊？"陆合欢的困意此时彻底消失殆尽了，她错愕地看着教练，下一秒更是欲哭无泪。

"这属于你的个人行为，不属于正常损耗，车胎得由你来赔了！"他一边说，一边重重地摇了摇头。

陆合欢和教练相处怎么也有两三年了，虽然对方嘴上得理不饶人，可是对她还算不错。以前那些师兄师姐给教练买烟，她也有样学样，可是他却语重心长地看着她说:"你一个学生,还没有收入,好好学吧,这东西我不能要。"

所以现在她明白,教练说的都是事实,不是有意要讹她。

沉默许久,陆合欢终于点了点头,小声地说:"好,我明白了。"

她抿了抿唇,最后找了个角落拨通了林墨语的电话。

嘟嘟声过去之后,电话那头传来了林墨语的声音:"合欢?怎么了?"

陆合欢一听到林墨语的声音,眼眶就红了。本来车子撞上花坛已经够吓人了,可她还得来料理后续事项。被爸妈这么多年一直捧在手掌心里的陆合欢,哪里遇到过这么大的事情。她呜咽了一声小心翼翼地说:"墨语,你帮帮我好不好……"

"怎么了?"陆合欢突如其来的话把林墨语吓得不轻,眉头紧紧地皱了起来,继而温声细语地问,"发生什么事情了?你别吓唬我。"

对方温柔的声音让陆合欢更加委屈。

她抿了抿唇,小声地说:"我把教练的车胎撞坏了,现在怎么办呀?"

陆合欢竟然连换车胎这种事情都不知道?听到这话,林墨语就笑了。她耐着性子说:"既然是车胎坏了,那就重新买一个赔给他,一般也就几百块钱吧。你如果找不到地方买,就直接给教练钱就行了,这种事情很常见的!"

一提到钱,陆合欢就感到无助了。

她垂着头,支支吾吾好半天:"墨……墨语,你可以……"

她可以借她点儿钱吗?

陆合欢后半句话还没说完,就听到林墨语那头传来了一声惊呼。

"啊,你会不会看路?"

随后听筒里又传出林墨语的声音:"合欢呀,我现在还有点儿事!就不和你说了。"

"别……啊!"陆合欢还没来得及阻止她,电话就断线了。陆合欢拿着手机,不知所措地看着屏幕,事到如今也只能给家里打电话了。

陆合欢在心里祈祷——就算老爹一直说她是垃圾桶里捡回来的，发生了这么大的事情应该也不会见死不救吧？

想到这里，陆合欢不得不深吸了一口气，迫使自己冷静下来之后，拨通了家里的电话。

嘟——嘟——

电话迟迟无人接听。

旁边几个师兄师姐此时早已怨声载道："怎么回事啊？我们大老远跑过来，可不是看教练换备胎的。这小丫头一出了事就躲起来，这算怎么回事啊？"

此起彼伏的声音让陆合欢更加焦急。

她跺着脚，可是家里的座机依旧无人接听。

"老爹，接电话呀！"陆合欢小声地祈祷着，可是无济于事。家里没人，陆合欢只能拨通了老爹的手机号码，可是听筒那头传来的却是一个冰冷的声音："对不起，您所拨打的电话暂时不在服务区。"

这次陆合欢傻眼了。爸爸的电话打不通，她只能去拨老妈的电话，可是结果却是一模一样，老妈也不在服务区！

"这两人跑到哪里去了？"陆合欢百思不得其解。自从她上了大学之后爸爸妈妈的手机还没有同时不在服务区过呀？最后，陆合欢只能打开了微信的视频聊天儿，一段急促的铃声过后，视频电话通了！

"宝贝儿。"屏幕前的老妈带着遮阳帽，穿着波西米亚风的长裙，竟然还满是热情地冲陆合欢摆手。

她一下子就崩溃了："妈，你去哪里了？家里电话没人接，你和老爸的手机都不在服务区。你们就这样失踪了，不怕我报警吗？"

听到陆合欢的话，老妈这才拍了拍脑门儿："宝贝儿，忘记给你说了，我和你爸出国旅游去了，办了国外的电话卡，估摸着还有一个星期就回去吧！"

自己都火烧眉毛了，老妈居然和老爸出国旅游了！陆合欢红着眼眶开了口："妈，我没钱了。"

话才刚刚说出口,她就看到自家老爹凑了过来。

"不是才给你发了一千少一个零吗?这么快就用完了?"

陆合欢真是无力反驳,顿了顿小声地说:"我在驾校把车胎撞坏了,得赔车胎钱……"

算是为自己大手大脚地花钱找到了一个合适的理由,陆合欢终于松了一口气。可是她还没来得及高兴呢,妈妈就皱起眉头,有些无奈地说:"宝贝儿啊,妈妈和爸爸在国外旅游呢!转账的那张银行卡里没钱了呀,你说这可怎么办呀?"

"不是吧?"陆合欢生无可恋地看着视频里面的妈妈。

妈妈不好意思地揉了揉自己的长发:"是呀,爸妈现在年纪大了,忘性也大。这不是出来玩儿也忘记给你说了吗?国际流量挺贵的,好了不说了啊!你先想办法对付着,那句话怎么说来着?远水解不了近渴,妈一回来就给你打生活费啊!"

"妈……"陆合欢泪流满面。

爸妈一直有出去旅游的爱好,不过一直都是在国内旅游。没想到这次他们竟然出国了,还不告诉她。

现在怎么办?陆合欢甚至已经能够想象到教练训斥她的模样了!她颓废地走了出去,最后站在那里小心翼翼地向教练深鞠一躬:"教练,对不起,我爸妈出去玩了,轮胎钱暂时没法给您……您能不能宽限几天……他们一回来我就把钱给您……"

陆合欢简直都要哭出来了。

教练也迟疑了,蹙着眉:"小陆啊,不是教练要你这钱啊,这车是驾校的车,轮胎出了问题钱自然是要赔驾校的,不是我一个人说了算!"

眼看着教练的脸上也露出了难色,陆合欢不敢再多话。她小心翼翼地站在没人的地方,任头顶上方明晃晃的太阳晒得自己眼冒金星。

驾校依旧嘈杂,人来人往,丝毫没有人注意到一旁的陆合欢,就连刚开始排队在她后面的师姐都彻底将她无视了。

陆合欢就像是个局外人。她不敢去找教练,更怕自己继续闯祸。

Chapter 5
牧歌的爱情是砸门进来的

以前有人说过,当爱情到来的时候会敲响你的房门。

陆合欢怎么也没想到她的爱情是砸门来的。

牧歌精心算计,兜了一个大圈子,最后心满意足地搂她在怀了。

可是陆合欢从来不是个轻易妥协的人!她准备了一堆恶作剧等着牧歌,让他和她分手呢!

时间就这样一点一滴地流逝着,很快就到了中午。

肚子又一次不争气地发出控诉,师兄师姐们都已经去吃饭了,只有陆合欢还站在那儿,脑海里几乎是一片空白。头顶上的烈阳晒得她发晕,就连意识都逐渐模糊起来。陆合欢几乎就要这么摔倒了,可没承想却被一个突如其来的声音唤醒:"陆合欢,再这么下去你会中暑的。"

她乍一抬头,就看到牧歌站在自己的面前。

"嗯,一定是幻觉。"陆合欢伸手拍了拍自己的脸颊,小声地说,"果然,阎王爷都和牧歌长得一模一样了!"

她这话一出口,差点儿没把牧歌给气死。他眉头紧紧地皱了起来,手掌轻轻地拍了拍她的额头:"你就这么讨厌我?"

他低沉的话音里竟然透着莫名的失落。

陆合欢深吸了一口气依旧在自言自语:"是啊,牧歌你这个浑蛋!如果不是你,我现在用得着在这儿晒太阳吗?"

要不是他带着她高消费,处处逼着她掏腰包,她今天也不会连个车胎的钱都给不出。

"陆合欢!"终于对她的话忍无可忍的牧歌开口了,"醒醒吧!"他说着,还特地敲了敲陆合欢的脑门。

疼痛感清晰地从皮肤表层传来,陆合欢整个人都傻了,目瞪口呆地看着牧歌:"你……你……是人是鬼?"

"你说呢?"牧歌睨了她一眼,毫不客气地给陆合欢泼了一盆冷水,"你该不会觉得自己在这里晒了两个小时的太阳,就会死掉吧?"

"你还不如让我死了呢!"陆合欢觉得自己的生活已经没有阳光了,絮絮叨叨地开始了自己的抱怨,"我没钱了,爸妈还有一个星期才能回来呢。你让我怎么办?我现在还欠着教练一笔换车胎的巨款,你说我能怎么办?"

开启碎碎念的陆合欢,当真是让人哭笑不得。

牧歌看了她一眼,一字一顿地问:"你以为我为什么会在这里?"

被他这么一提醒,陆合欢似乎意识到了什么。她转过脸来,错愕地看着他:"对啊,你怎么会在这里?你也来考驾照吗?"

她正小心翼翼地问着,就听到旁边有几个女孩子正在议论。

"你们看到了吗?刚才从大门口开进来的那辆玛莎拉蒂,看牌子就很值钱。"

"是吗?我看到是那边那个帅哥开的呢!"

几个人说话的时候没有忘记向牧歌瞥了一眼。

陆合欢觉得可笑！虽然她不认识车标，可是牧歌怎么可能开得起那么高大上的车子？他一定是来学车的！她非常笃定这件事，否则怎么会在这儿遇到他？不过既然他都在这里了，先帮她解决一下燃眉之急吧。

她扯了扯嘴角，小心翼翼地看着牧歌："牧……啊不！帅学长，你手头宽裕吗？嘿嘿嘿！"

问出这话的时候，陆合欢都为自己的厚颜无耻感到恶心。可是怎么办？这偌大一个驾校，她就只认识牧歌一个人！

"你说呢？"牧歌看了她一眼，直截了当地问。

他依旧是一副吊儿郎当的样子，怎么都无法把他和"高富帅"联系到一起。所以在听到他的回答以后，她就摇了摇头："算了吧。"

"陆合欢，你不说怎么知道我能不能帮你？"牧歌直截了当地道。他知道以陆合欢的智商，她应该想不到问题的更深层次。

"那……那个……牧学长，您大人不记小人过！以前都是我不好，现在是你以德报怨的时候了，借我点儿钱行不行啊？"这绝对是陆合欢人生中最郁闷的时候了！她恨不得现在就抽自己两个耳光。想也知道，这牧歌锱铢必较，她找他借钱还不等于借了高利贷！说不准接下去就要开始利滚利了。可是人在屋檐下不得不低头，她也只能先解决了眼前的问题才行！

陆合欢睁着一双眼睛，可怜巴巴地望着牧歌。

沉默，死亡一般的沉默。

也不知究竟过了多久，她听到牧歌开了口："陆合欢，你是哪里来的信心觉得用这么丑的表情能借到钱？"

"晕！"她就知道牧歌这个铁石心肠的人是不会对她施以援手的。

陆合欢连翻了好几个白眼，最后识趣地闭了嘴。可是下一秒她听到了一句让她大跌眼镜的话："要我帮你也行，不过我有个条件！"

"什么条件？"陆合欢一下子来了精神，一双乌溜溜的大眼睛来回转动着。她立刻信誓旦旦地保证:"你放心,只要你的利息收得不离谱儿,我是一定会给的!"

牧歌自然没有理会她这些话,蹙着眉一字一顿地说:"钱可以不用还,我还管你吃喝,不过嘛……"

他依旧在卖关子,陆合欢只觉得心头有千万只蚂蚁在爬。她抱着一瓶水,小心翼翼地问他:"不过什么?你倒是说啊!"

陆合欢说完就喝了一口水,还没来得及咽下去,就听到牧歌趁火打劫:"做我女朋友!"

这是他第二次说出这句话,昨天被邵乐打断了,今天可没人能这么做。所谓踏破铁鞋无觅处,得来全不费工夫!牧歌正愁找不到机会"打劫"陆合欢,忙于工作的林墨语就给他发了微信。

"不是吧……"陆合欢深吸了一口气,简直怀疑自己幻听了。她抿了抿唇,最后小声地问:"牧歌,你是不是有什么不得已的理由啊?你家里逼你赶紧找个女朋友?还是……"

她接不下去了,牧歌可是学校里数一数二的男神啊。

如果没有迫不得已的理由,他怎么会找自己做女朋友?陆合欢惊奇的脑回路似乎给牧歌找到了一个合理的理由。

他勾了勾唇角,毫不避讳地说:"是啊,我家里希望我赶紧找个女朋友。"

"呼……"陆合欢悬在嗓子眼儿的心忽然就落了下来,这个理由还算是合情合理。她仔细地打量着牧歌,随后将信将疑地问:"你不觉得……找我容易亏本吗?我这么能吃,又爱闯祸!昨天电热锅,今天汽车胎……"

"无所谓。"

牧歌言简意赅的回答让陆合欢不怀好意地笑了起来:"嘿嘿嘿,那……"她顿了顿,随后毫不客气地说,"你去帮我把钱给了吧。我都快饿死了,然后我们出去吃饭!"

一说到吃饭，陆合欢简直就是两眼放光。

牧歌叹了一口气，拿着钱包就去找教练了。这下，陆合欢才静下来理清楚头绪！

"牧歌急需一个女朋友，我只要假扮他的女朋友就行了。嘻嘻嘻，包吃饭还管赔款，这笔买卖可真划得来。"和每一个女孩子一样，陆合欢纠结起来的时候也是没完没了的。她心中的小天使刚一说完，小恶魔就上线了："可是要怎么和这个浑蛋分手呢？要知道单身贵族的日子不能再惬意了！"

"或许，等他真正找到喜欢的人就可以解放了？"她歪着头，若有所思地看着牧歌的背影，继续自言自语，"可是如果他一直找不到真爱呢？也对，就牧歌那张臭嘴！那……"陆合欢脑中忽然灵光乍现："不如我让他尽快提出分手不就得了？"

想到这里，陆合欢简直觉得自己太聪明了，这智商就算是十个牧歌都追不上来吧！她正傻笑，就看到牧歌和教练一起走了过来。

"以后可得好好管管你女朋友，可不能再这么不小心了。"平日里板着脸的教练，竟然对牧歌有说有笑的。

陆合欢想不明白，嘴这么贱的一个人，为什么频频获得别人的喜爱？先是学校里一群花痴小女生，随后是宿管阿姨，现在就连她的教练都在他的三言两语之下折服了！

"好。"牧歌冲教练笑了笑，随后就大摇大摆地冲陆合欢走了过来。

她有些尴尬地站在那里，似乎还有些无法接受自己和牧歌的新关系。可是牧歌却并没有丝毫不适应，走过来的时候一条长长的胳膊直接搂住了她的肩膀："说吧，想吃什么？"

"吃……"陆合欢左思右想，为了让牧歌知难而退提出和她分手，一定要选贵的！她咬了咬牙，一字一顿地说："我要吃牛排，最贵的那种。"

"最贵的？"牧歌显然被她这个要求雷到了，转过脸来有些狐疑地看着她，"哪家最贵？"

"我不管，就要吃贵的！安慰一下我受伤的心灵。"

她强词夺理的模样可爱极了，牧歌倒也没反驳，直接打开了自己的车门。牧歌本以为陆合欢会像那些女孩儿一样，夸一夸他拉风的车子，一脸惊讶地看着他。

不过事实是——陆合欢的确一脸惊讶地看了看牧歌，然后小声地问："你有驾照啊？"

陆合欢非同常人的关注点忽然让牧歌的心情大好，果然是个率真没有心思的女孩子，连玛莎拉蒂的车标都不认识。

"不然我怎么来找你？"他见陆合欢就那样直勾勾地盯着自己，脸上写满了惊讶，甚至就连嘴里大概都能塞得下一个灯泡了。

"找我？我们不是来学车偶然遇到的吗？"陆合欢依旧沉浸在自己的幻想当中。

牧歌无奈地叹了一口气后发动了车子。

"牧歌，你是怎么找到我的？"

"你是特地来的吗？"

"还是你恰巧路过？"

陆合欢后知后觉地问出了一连串的问题，可是却都没能得到回答。牧歌自顾自地开车，丝毫没有要搭理她的意思。最后陆合欢自讨没趣，将目光转向了窗外。

可是陆合欢却越想越觉得不对劲，驾校本来就在四五环以外的郊区，从学校到这里开车都要一个小时，牧歌怎么可能会恰巧出现在驾校里？他既然有驾照了，那就只有一个可能——有人告诉他，自己在驾校。

陆合欢想到这里就是脊背一凉！她唯一能够想到的可能会和牧歌有联系的就是林墨语了！

想到这里，陆合欢整个人都呆了。

最后她小声地开了口："牧歌，你是有备而来吧？"

他千里迢迢跑到这里来给她解围，说到底就是为了趁火打劫！

刚才有那么一瞬，陆合欢竟然还觉得他是个正人君子！

"嗯。"牧歌不是个喜欢撒谎的人。

陆合欢瞪大了眼睛："喂，你……"

"你现在反悔已经来不及了！"牧歌没好气地打断了她。

陆合欢这个丫头什么都好，就是有时候太吵了点儿，比如现在，就像只小蜜蜂一般在他耳边嚷嚷个不停。

"我本来……"陆合欢顿了顿，"也没打算反悔。"

她说的是实话，就算要逼牧歌反悔也是一个星期以后的事情了，毕竟爸妈还没回来，这几天的伙食费还没着落呢。

"真的？"陆合欢这话倒是让牧歌有些惊讶。

见他转过脸来神采奕奕地看着她，陆合欢只得小心翼翼地点了点头——这下牧歌的脸上露出了爽朗的笑容。

陆合欢觉得，从自己认识牧歌开始，就没见他这么笑过。少年俊俏的面庞上透着高贵，幽深的眸子好似星辰。她忽然明白了，为什么那些女孩子一个个为他如痴如醉。这一瞬，仅仅是这如春风般的笑容便忽然乱了她的心。

二十分钟以后，当车子稳稳当当停在市中心的西餐厅门前，陆合欢推门下了车。

刚一下车，牧歌就走了过来。他耐心地为她关好车门，在陆合欢还没回过神来的时候一把就抓住了她的手。陆合欢莫名惶恐地抬头去看他，话到嘴边又被她生生咽回了肚子里。

毕竟自己现在是他的"女朋友"，牵手好像也合情合理。

"陆合欢，你好像很怕我。"坐在西餐厅的椅子上，牧歌才慢悠悠地开了口。

陆合欢抿了抿唇，强挤出一个笑容："怎么会呢？'红太狼'……"

她还没说完，就被牧歌打断了。他闷闷地哼了一声，对自己的外号表示不满。

陆合欢一怔,立刻心领神会。毕竟牧歌是个睚眦必报的小气鬼,她可不确定他一会儿会不会把她留在这儿洗盘子。

陆合欢扯了扯唇角,最后对牧歌的称呼差点儿没把他逼吐血:"大金主,这家牛排好吃吗?"

牧歌没有回答她的问题,一连翻了好几个白眼后就不再理会陆合欢。

她如坐针毡地看着对面的人,然后小心翼翼地问:"我……我有说错什么吗?你怎么看上去不是很开心啊?那我叫你什么?'红太狼'不让叫,'大金主'你会生气……等我好好想想……"

牧歌依旧没言语,只深吸了一口气后直接把菜单丢到了陆合欢的面前。

一看到菜单,小吃货陆合欢就转移了视线。她拿着菜单一口气点了好多东西,然后揉着自己空荡荡的肚子说:"真是饿死宝宝了。"

牧歌没有理会她,而是低着头在玩手机。

陆合欢自讨没趣,却又不肯低头认输,于是从椅子上站了起来。她小心翼翼地拉开了牧歌身边的椅子,安静地坐在了他的旁边,探头过去问他:"你在打游戏吗?"

"陆合欢,"牧歌忽然关了手机扭头过来,近在咫尺的距离让陆合欢忽然就慌了。她还没来得及往后退,就听到牧歌一字一顿地问:"你就这么想贴着我吗?"

果然,牧歌这个人总是这么自恋。

"我贴着你?"陆合欢没好气地重复牧歌的话,随后就起了身准备回到自己的位置上。可是牧歌一把拽住了她的手腕,陆合欢一个趔趄险些摔进他的怀里。还好她有先见之明,最后稳稳当当地坐在了椅子上。气氛一下就变得诡异起来,陆合欢慌慌张张地转过脸去看牧歌,却见他依旧面不改色地坐在那里。松开她以后,他甚至拿了一杯柠檬水慢悠悠地喝着。

空气突然安静下来之后,陆合欢几乎可以清楚地听到自己扑通扑通的心跳声。

　　她不安地侧过脸去看牧歌。明晃晃的阳光从窗户照进来，牧歌俊朗的侧脸让她忽然红了脸颊。陆合欢小心翼翼地别开目光，尽量使自己保持平静，可是心湖上好似被丢下了一块石头，湖面泛起涟漪，再难平静。

　　一顿饭吃得心不在焉，一回到宿舍陆合欢就哭丧着脸找喻喜求助。

　　"喜喜，这次你得帮我！"陆合欢一进门，就拽住了喻喜，在对方一头雾水的时候，小声地说，"我告诉你，你可不能告诉别人啊！"

　　"什……什么？"陆合欢神神秘秘的样子把喻喜吓得不轻。

　　"就是……就是……牧歌要我做他的女朋友。"

　　喻喜错愕地看着面前的人。

　　陆合欢也觉得这一切来得实在是太突然了，自己压根儿就没想过。

　　"女朋友？你答应了？"喻喜似乎对牧歌这个无理的要求并没有太过惊讶，反倒是陆合欢的态度让她有些诧异。

　　陆合欢抿了抿唇，有点儿抓耳挠腮的意思："答应了，不过，"她咬了咬牙，"是迫不得已的！"

　　这话一出口，喻喜就明白了。牧歌为了追求陆合欢，可谓是想方设法，陆合欢迟早都会掉进他的陷阱当中。

　　"那……你要我帮你什么？"喻喜小声地问道。

　　陆合欢侧过脸来小声地在她耳边开了口："当然是帮我分手啊，还有，你得向乐乐保密这件事。我也是万不得已才答应他的，要不然我今天可能就回不来了呢……"

　　"帮你分手？"喻喜的话音忽然高了好几个分贝，"合欢，宁拆十座庙不毁一桩婚啊！帮你分手，这种事情我不行的，你还是找别人吧……"

　　一想到要对付的那个人是牧歌，喻喜就想到了一个词——团灭！以她和陆合欢的智商，根本就不是牧歌的对手。

可是陆合欢好像压根儿就没意识到这一点，抱着牧歌为她买的薯片，在一旁吃得津津有味："我如果不是走投无路了，能来找你吗？"

陆合欢理直气壮的模样让喻喜哭笑不得。

她扯了扯嘴角小心翼翼地看着面前的人："那……或许算有办法吧。"

喻喜硬着头皮，小心翼翼地开了口。毕竟她已经出卖陆合欢两次了，这次如果再不帮忙，她们的塑料友谊会不会就这样走到尽头了？喻喜吸了一口气，小心翼翼地走到陆合欢的身边："你可别说是我出的主意……"

一想到自己有可能因为陆合欢得罪牧歌，喻喜就有种死到临头的感觉。她说完，凑到陆合欢的耳朵边，小心翼翼地说出了自己的计划。

陆合欢的瞳孔微微收缩着，最后她重重地拍了喻喜的肩膀一把："看不出来你竟然能想出这么好的主意呀，看我不好好和牧歌算一算这笔账……"

她还没说完，喻喜就死死地皱起了眉头："你……可不能说是我的主意啊！我还没想和许学长分手呢！"

"你得了吧！都在一起这么久了，还许学长许学长地叫呢！"陆合欢没好气地白了她一眼。

一听她这话喻喜就显得有些尴尬，努了努嘴，最后小声地说："你先管好你自己吧，如果牧歌知道你把钱花了还想着和他分手，以后你这日子恐怕就真的不好过了！"

"才不会呢，我和他本来就该形同陌路嘛……"

陆合欢理直气壮的回答并没有换来喻喜的安慰——她睨了陆合欢一眼，随后想都不想就转身出了宿舍。房间门忽然关上的那一瞬，陆合欢小声地嘀咕起来："难道不是吗？"

她在问喻喜，也在问自己。

几个星期前，牧歌对她而言还只是个陌生人。可是现在，他就像是个不速之客闯进了她的生活。

喻喜离开之后，宿舍里就陷入了一片寂静。陆合欢打开了自己的笔记本电脑，终于在搜索栏里输入了一行小字：情书模版下载。

陆合欢拿了粉色格子的信笺纸，又拿了钢笔，开始了逐字抄写。

一篇、两篇……

时间一点一滴地流逝着，就连陆合欢都不记得自己究竟抄写了多少篇情书的时候，房间门忽然开了。

她如同惊弓之鸟，下意识地就要将网页关闭，可却已经来不及了。

林墨语忽然走了进来，一脸诧异地看着她："你在做什么亏心事吗？"不是林墨语多想，而是陆合欢这做贼心虚的动作实在是太明显了。林墨语不等她回答直接就凑了上来："我对你的爱情就像这温暖的风……"

她没读完就耸了耸肩。

"陆合欢，你这也太肉麻了！写给谁的呀？"林墨语啧啧称奇，"怎么？你这榆木脑袋终于开窍了？快告诉我，谁家的帅哥这么倒霉，居然被你看上了。"

"林墨语！"陆合欢一看到她，就无法淡定。喻喜和牧歌联手，好歹只是推波助澜。林墨语倒好，直接就把她送给了牧歌。

"你还说！要不是你，我用得着这么大费周章吗？"

"我？"林墨语愣了愣，"我怎么了？"

她的声音里带着浓浓的诧异。

陆合欢直勾勾地盯着她："牧歌是怎么知道我在驾校的？"

被她这么一说，林墨语才终于想了起来。提起这件事，她就显得更加惊讶了："怎么？你突然想通了？给牧歌写情书吗？"

陆合欢被她这话气得一口老血差点儿就吐出来了，于是便不说话。陆合欢这人平日里大大咧咧、没心没肺，可这不说话只瞪人的时候却怪吓人的。

林墨语后退两步，最后试探着问："莫……莫非是牧歌逼你写的？"

陆合欢在宿舍里住了两年了,还是头一次见林墨语这样。她长长地叹了一口气:"怎么可能?!"

"那……你这是为什么?"林墨语越发不解了。

陆合欢折好了手中的情书转头看了看林墨语:"你可不能告诉乐乐啊。"

陆合欢欲言又止、心事重重的模样,倒真是让林墨语意识到了事情的严重性。她重重地点了点头,才听到陆合欢开了口:"我和牧歌在一起了。"

"什么?"林墨语瞪圆了一双美目望着面前的人,"在一起了?"

一声惊呼过后,她立刻满脸笑意地看着陆合欢:"我就知道,什么讨厌牧歌都是嘴上说说的。你看,这还不是在一起了吗?你得感谢我啊,姐姐我让你找到了真爱呢……"

陆合欢翻了个白眼,在林墨语沾沾自喜的时候打断了她:"我现在在想办法分手!"

所谓请神容易送神难,有了牧歌这块牛皮糖,自己还真是前途堪忧。

"什么?"林墨语的声音又高出了好几个分贝,不是她承受力差,而是陆合欢今天说的话实在是太惊人了,"合欢,你没事吧?既然你没打算和牧歌在一起,为什么还要答应他啊?"

"为了钱!"陆合欢不是个喜欢拐弯抹角的人,这一句话就说出了她所有的苦衷。

林墨语整个人都愣在原地了。

陆合欢说:"如果不是牧歌,我今天大概就被扣在驾校了吧!"

虽然牧歌帮了自己,可是陆合欢依旧不能容忍他这种趁火打劫的行为。陆合欢深吸了一口气,最后愤恨地看着林墨语:"我一定会想到让他知难而退的办法的。"

至于什么办法,陆合欢没有说。

毕竟林墨语已经出卖过自己一次了,她可不希望林墨语再跑去给牧歌通风报信。

"我看你还是认命好了……"林墨语说出这话的时候,似乎又想起了什么,拍了拍陆合欢的肩膀,小声地说,"乐乐搬回家里住了,让她冷静一段时间对你们都好。"

她说完,就留下陆合欢独自在风中凌乱。

乐乐回家住了?陆合欢惊慌地看着面前的人,只看到林墨语从口袋里掏出来一把系着粉红丝带的钥匙,直接挂在了邵乐的书桌旁。陆合欢知道,那是邵乐的钥匙。

大概邵乐真的对她很失望吧?陆合欢垂下了头,有些失落地坐在那里。

入校以来,邵乐一直对她不错。可她怎么也没想到,事情竟然会发展到今天这一步!尤其是自己竟然为了一个车胎钱毫无廉耻地就答应了牧歌的要求,现在回想起来陆合欢真是愧疚不已。

"墨语,你放心!"陆合欢忽然想明白了什么,无比坚定地看着面前的人,"我一定和牧歌分手!"

这突如其来的话,简直让林墨语目瞪口呆。可是她还没来得及问个清楚,就看到陆合欢拿着自己刚才手写的一盒子情书冲下了楼。

黄昏时分,台球室里一派嘈杂。周围来来往往的人无不向牧歌投来惊讶的目光,也不知是第几次台球落地,许博然终于忍不住开了口:"你最近……是不是做什么缺德事了?"

牧歌本就是个自带光环体,来来往往的女生们盯着他看也就算了,今天怎么连男生也盯着他们这一桌?

许博然的话音还没落,牧歌就一杆双球完成了一次完美绝杀。

他泰然自若地回答:"没有。"

他刚刚说完,不远处就传来一个声音:"什么?牧歌喜欢男孩子?那我岂不是没戏了?我特地穿这么清凉站在这儿,可不就是为了让他看见我吗?"

许博然循声望去,就看到一个穿着热裤的女孩子站在不远处。

她打扮得花枝招展,说起话来却是直截了当:"你们说他怎么会是断袖呢?我还……"

她还没说完,就被旁边的一个女生给打断了:"你小点儿声,这还能有假吗?我们班那个班草,特别帅的那个叫程然的,他都已经收到情书了!当时我还八卦是谁写的呢,谁知道落款就两个字——牧歌!"

另外那个女生说起这事来,也是有模有样的。

牧歌正津津有味地听着,许博然就已经冲了过去:"你们说什么呢?"突如其来的话音吓得那几个女生花容失色。

其中一个女生循声望向了许博然身后的牧歌,随后就面色尴尬:"牧……牧……"

对上牧歌冰冷的目光,刚才说话的女生就连呼吸都不畅了。她倒是机灵,笑了笑立刻开了口:"也不知道是什么人这么无聊,竟然敢造你的谣。我们也就是随口一说,你别……我们真不歧视同性恋!"

假话传一千遍,就成了真理。牧歌单手插兜,依旧是一副无所谓的模样:"你们刚才说的情书?"

"没……没有的事……"女生们的声音都在颤抖。

可是正当她们极力撇清关系的时候,牧歌却说出了一句让人大跌眼镜的话:"要回来给我看看!"

"啊?那不是你写的吗?"

这话没有得到回答,牧歌坐到了一旁的椅子上。他就那么安静地坐在那里,什么也不做也那么帅气。许博然也坐在了他的身边:"这件事情……"

"她闲了这么多天,是该找点儿事情做了。"牧歌的声音很轻,却让许博然如梦初醒。

他侧过脸来,错愕地看着牧歌:"你……你是说陆合欢?"

牧歌没有点头,也没有摇头。

他们从驾校回来,已经足足过去三天了。三天里,陆合欢除了上课和陪他吃饭就再也没做过别的事情。以她的性格,才不会轻易就被他算计了呢!牧歌早就知道她闲不住。

牧歌和许博然这两道风景线就这么坐在这儿,刚才那几个女生立刻开始风风火火地行动了。在男神面前,她们一个个都在争取表现的机会,不到二十分钟情书就被送到了牧歌的手里。他打开来,看着里面鬼画符一样的字迹就露出了微笑。

"牧歌!"许博然还没回过神来,就看到牧歌已经从凳子上站了起来,"你去哪里呀?"

"找她去。"牧歌的声音如同天籁,尽管他向来惜字如金,可是却依旧能够让那些女孩儿为他疯狂。许博然叹了一口气,和牧歌这么一比自己还真是幸运至极!

"陆合欢!"

牧歌出现的时候,陆合欢正坐在草地上。温柔的阳光从云层里洒落而下,身上就好似盖着一层薄薄的棉花。陆合欢深爱这种来自阳光的惬意,可是牧歌的突然出现却让她紧张起来。她睁开眼,鼓起勇气看着他:"做什么?"

这分明就是一句明知故问的话,牧歌挑眉看向了面前的人:"你说做什么?"

陆合欢做过很多过分的事情,可是牧歌从没有真正生气过。现在也是,他就像是一只狡猾的狐狸,等待着陆合欢不攻自破。

"我……"陆合欢顿了顿,眼角的余光瞥见他手中的那封情书顿时就哑口无言。

陆合欢不是个会撒娇的人,低下头,手指小心地转着圈。

牧歌坐在了陆合欢身边的草地上:"坦白从宽,抗拒从严!"

以他对陆合欢的了解,她就是只纸老虎,所谓的抵抗,不过就是嘴上说说而已。果不其然,没多一会儿陆合欢就低着头开了口:"你……你怎么知道的?"

"陆合欢,有一句话你听过吗?"

牧歌突然这么问,让陆合欢更加不安起来——他该不会要说心有灵犀什么的吧?正当她不知所措的时候,牧歌的大喘气结束了,他一字一顿地说:"字如其人!这字这么丑,简直和你长得一模一样!"

陆合欢觉得自己迟早有一天会被他气死。她咬了咬牙故作生气地说:"既然知道我丑,你还要我做女朋友?"

这次牧歌明白了,合着陆合欢是准备过河拆桥?他帮她交了补胎费,她这么快就要卸磨杀驴了?

"没事,我不嫌弃你!"

她本以为牧歌接下来就会和自己大吵一架,没承想他竟然说不嫌弃她。自己做了这么多,难不成都白费了?

陆合欢瞪圆了一双美目,还没来得及开口牧歌就抓住了她的手:"晚上礼堂有晚会,吃了饭你陪我去啊。"

如此从容的一句话,好似他们真的就是相濡以沫的情侣,所有的小打小闹都不用放在眼里。陆合欢蒙了,下意识地想要将自己的手缩回来,可是牧歌却将她攥得死死的。黄昏时分,可谓是操场上最热闹的时候了,陆合欢瞬间就有种如芒在背的感觉。

如果有人问起来,她要怎么解释?

难不成要她告诉他们自己是牧歌的亲妹妹?这说不过去啊!

找不到合理借口却又无法挣脱牧歌桎梏的陆合欢几乎整个人都陷入了无穷无尽的纠结当中。神情恍惚的她对牧歌而言,简直无比听话。他牵着她的手,一直领她走进了食堂里。迷迷糊糊地吃过晚饭,陆合欢又跟着牧歌去了学校的大礼堂。

令人大跌眼镜的是,今天的晚会竟然是由牧歌主持的。陆合欢坐在第一排的位置魂不守舍，隐隐约约还听到有人说牧歌是来代班的。

"陆合欢！"

她不过愣神的工夫，牧歌就已经换好了衣服从台上走下来。晚会还没开始，周围人来人往，唯有陆合欢一人显得格格不入。

她还没来得及回应他，牧歌就凑了上来："想不想去后台玩？"

他太了解陆合欢了，让她一个人坐在观众席上她会毫无新鲜感。

提及后台的时候，陆合欢眼前一亮。她小鸡啄米似的点了点头，随后跟着牧歌往后台走。

"牧歌，你今天为什么来代班呀？原来的主持人生病了吗？"

原本她只是随口问的一句话，可是牧歌的脚步却忽然顿住了。他就站在舞台右侧的通道口，转过脸来神情凝重地看着陆合欢："原来的主持人没有生病啊。"

"那是为什么？"陆合欢的脸上写满了好奇。可是几乎是同一时间牧歌往前走了两步，她跟跄退后却发现自己竟然被堵在了通道的墙上，这是什么姿势？陆合欢只觉得脑海里一片空白。

紧接着她听到牧歌一字一顿地说："因为你啊。"

"啊？"陆合欢瞪大了一双眼，不知所措地看着他。可是她怎么也没想到，牧歌竟然在这个时候低下了头来。他甚至连问都没有问过她一句，就直接将一个蜻蜓点水似的吻落在了她的脸颊上。

陆合欢的脸一下子就红了，她简直不敢相信自己经历的一切。

来不及多想，舞台下面更是闹声一片。陆合欢后知后觉地意识到，他们就站在通往后台的路口，还没进到里面去，也就是说，刚才那样亲昵的举止被人看到了……

"牧……牧……牧歌！"陆合欢连话都说不出口了，心跳好似汽车的转速。她支支吾吾好半天，却都没能说出一句话。可是抬起头，和牧歌四目相对的那一瞬，陆合欢从他的眼里看到了肆意的笑容。

"因为我得告诉大伙儿，我的性取向没有问题啊！"

这理直气壮的一句话让陆合欢立刻清醒过来，牧歌说什么带她参观后台都是骗人的！当众吻她才是真正的目的！可是自己呢？竟然连想都没想就答应了他的邀请！

她早该想到的……

陆合欢咬了咬牙，从牧歌的手臂下方钻了出去。

"禽兽！"她愤懑地丢出了一句话，似乎又意识到了不妥，盯着牧歌气急败坏地说，"不，是禽兽不如！"

陆合欢说完，就红着脸慌张地跑出了会场。

牧歌没有追出去。恶作剧得逞的他心情大好，理了理自己的衣领，就好似没事人一般大摇大摆地走进了会场的舞台幕后。

"陆合欢，你怕什么？"钻进会场的消防通道，陆合欢就靠在了冰冷的墙壁上。忽闪忽闪的白炽灯并没有让她立刻冷静下来，心中的小鹿四处乱撞，陆合欢只能给自己打气："不就是被他亲了一下吗？又不是亲嘴你怕什么？"

自言自语并没有让陆合欢立刻冷静下来。

她大口大口地呼吸着新鲜空气。

和会场的热闹截然不同，消防通道里一片冷清。

"没事没事……"接连几个深呼吸过后，陆合欢终于稳定了情绪。她环顾四周，确定没人之后才准备脚底抹油溜走。

可是她刚刚才从会场里走出来，就听到操场上有人在议论："那几个校花的抖音你们看了吗？听说牧歌将一个女生压在墙上，还亲上了呢。"

此起彼伏的声音一重高过一重，陆合欢只能在心中暗呼不妙。

所谓好事不出门，坏事传千里，事发突然，她的视频竟然被传到了抖音上面。

"是吗？那人是谁呀？"

所谓有人的地方，就有八卦。

"不知道,以前也没见过呀!"

好在自己在学校里不是什么名人,否则她现在连回宿舍的路都是荆棘满地。

正当她准备溜之大吉的时候,那几个拿着手机的人忽然开了口:"喂,我怎么觉得和那边那个小姐姐长得好像……"

一听这话,陆合欢顿时清醒过来。

学校追求牧歌的女生排成了长龙,如今自己被他压在墙上了,那岂不是等于成了女生公敌?

"对,没错就是她!"旁边几个人一拥而上。

陆合欢也没闲着,赶紧低下头,匆匆忙忙往宿舍里跑。好在陆合欢快人一步冲进了宿舍楼的电梯,才摆脱了身后像是洪水猛兽的一群女生。她靠在房门上大口大口地喘着粗气。

"你怎么了?"见她这个样子,喻喜凑了上来。

陆合欢死死地皱着眉头,气喘吁吁地回答:"牧歌这个浑蛋!"

再这样下去,她可就真的要穷途末路了。

喻喜已经对陆合欢的怒骂习以为常,努了努嘴,小声地开了口:"他又怎么你了?"

"他偷亲……啊,不!明目张胆地亲我了!"陆合欢翻了个白眼,气急败坏地回答。

他当着那么多人的面那么做,就为了证明他不喜欢男生?

陆合欢的话音落下,喻喜死死地皱起了眉头。她仔细端详了陆合欢一番,最后一字一顿地问:"所以你现在是恼羞成怒了?"

"喻喜!"陆合欢觉得自己明明只有怒,丝毫没有羞!可是被喻喜这么一说,她反而有点儿此地无银三百两的意思了。

没等陆合欢反驳,喻喜就笃定地看着陆合欢:"你不觉得你现在所说的每一句话都像是在撒'狗粮'吗?"

陆合欢捂了捂脸,觉得自己现在算是百口莫辩了。

"其实吧，"喻喜终于原形毕露，坏笑着看向了陆合欢，"视频我都看到了。你说，如果你没有和牧歌手牵着手从舞台往幕后走，他又怎么会有机可乘呢？"

"喜喜！"陆合欢急得直跺脚，"那明明就是牧歌拽着我啊！"

喻喜对陆合欢的解释嗤之以鼻，抖音小视频上可不会有人注意这种细节。

陆合欢正百口莫辩，林墨语就推门走了进来，也是一副看热闹不嫌事大的表情："合欢，可以啊！这么快你们就昭告天下了？"

陆合欢咬了咬牙，最后一句话都没说出口。

怎么解释都越描越黑，她认命地坐在了凳子上，那可怜巴巴的模样，好像真的被人欺负了一样。可是林墨语和喻喜可不会相信——毕竟这两人都已经被牧歌收买过一次了！

"怎么办？怎么办？"陆合欢在心里细细地盘算着，为今之计也就只有躲几天了。可是就算别的课可以不去，马哲课她可不能不去呀！最后，陆合欢咬了咬牙："管不了这么多了，先避避风头再说吧！"

其他年级有几个人喜欢牧歌陆合欢不知道，可是自己的同班同学就有一大堆喜欢牧歌的。

视频这样传出去，就算是唾沫星子都能把她给淹死！

陆合欢思前想后，最后决定逃课躲在宿舍里！只要林墨语进出的时候记得关门，她就可以躲牧歌一段时间，怎么也撑得到爸妈旅行回来吧？这样她就可以过河拆桥，和牧歌划清界限了！

想到这里，陆合欢心满意足地爬进了被窝儿里。可是她才刚躺下，牧歌就发来了微信："现在高兴了吗？"

"高兴什么？"陆合欢想都没想就回了一句。

"陆合欢，魔高一尺道高一丈你懂不懂？以后老老实实地做我女朋友，别以为用我的名义给男生写情书我就会和你分手了！"

即使隔着屏幕，陆合欢都能想象到牧歌那嚣张而又自恋的模样。

"那我们就走着瞧啊!"陆合欢哼了一声,最后自言自语道。

随后,她几乎想都没想就点击了微信的删除好友功能,就连牧歌的手机号都索性直接拉进了黑名单。

接下来的几天,陆合欢就安安心心地待在宿舍里。任凭天塌下来,她也不肯出门。

喻喜和林墨语苦劝无果,最后纷纷选择了放弃。

就这样在宿舍里闭关整整三天之后,陆合欢接到了来自老爹的电话:"丫头啊,我们回来了!"

这大概是这么久以来,陆合欢听到的唯一一个好消息。

她欣喜若狂地换了衣服,提着包就回了家。

陆合欢刚推开家门,里面就传来了老妈温柔的话音:"宝贝儿回来了,怎么样?驾照拿到了吗?"

她满脸兴奋地看着陆合欢,陆合欢哭笑不得。

"妈,教练没把我拉黑就不错了!"陆合欢实话实说。

自己闯了祸还没钱赔,教练没把她生吞活剥已经是不幸中的万幸了。

听了这话,老妈紧紧皱起眉头。

"那怎么了呢?我们家宝贝儿这么聪明,怎么就要被拉黑了?"

陆合欢有个溺爱她的老妈和一个不靠谱儿的老爸,老爸喜欢嫌弃她,老妈则对自己的女儿非常满意。

陆合欢叹了一口气,最后小声地说:"妈,轮胎钱……"

"小意思。"

果然,老妈永远都比老爸爽快。

陆合欢看到妈妈进了房间,不多一会儿就拿出来一沓厚厚的钞票。她立刻两眼放光地伸出了手,可是妈妈的眉头却皱了起来。

"省着点儿花啊,多的一千是留给你应急的,可不能一次性都花了!"

"嘿嘿嘿,好。"陆合欢咧着一排雪白的牙齿,笑了起来。皇天不负苦心人,她终于有钱"赎身"了!陆合欢有点儿得意忘形地笑着:"哼,牧歌!我很快就是自由身了!"

陆合欢小声的嘀咕让旁边的老妈皱起了眉头。

她迟疑了片刻,最后小声地问:"合欢,你是不是受什么委屈了呀?"

"没……没有啊!"陆合欢扯了扯唇角,讪讪地回答,"我的意思是,我现在可以去给我朋友还钱了。"

陆合欢和老妈正你一言我一语地聊着,就看到老爹从厨房里端了晚饭出来:"快来尝尝老爸学的外国菜!"

听他这么一说,陆合欢满脸期待。她快速拿起了桌子上的筷子,小声地抱怨:"爸,你是不知道,我在学校里不是泡面就是外卖,吃得我都要疯了!"

陆合欢没有撒谎,牧歌帮她交了车胎的费用,又包她吃喝,甚至还给了零花钱。不过那天被他压在墙上之后,陆合欢就毫不犹豫地拉黑了他!现在好了,爸妈回来了,她只要把欠牧歌的钱还给他就可以高枕无忧了!

想到这里,陆合欢就连胃口都好了不止一点点。

她津津有味地吃着老爹做的饭菜,一边吃,一边还没完没了地抱怨:"粑粑麻麻(爸爸妈妈),你们也太伤人了!出去玩都不带我……"

"我们过二人世界怎么能带你呢?"老爹一边给陆合欢夹菜,一边没好气地说,"你想出去玩?"

陆合欢如捣蒜般点头,可是没想到自己家老爹竟然不着调地跑到她面前秀恩爱来了。

下一秒她听到老爸自顾自地说:"想出去玩?等你找到对象了让他带你去!我和你老妈的旅游不需要电灯泡!"

"爸,我们还是好好吃饭吧……"一听说让她找对象,陆合欢就一个头两个大。

她慌慌张张地往老爹的碗里夹菜,那一副做贼心虚的样子让陆妈妈皱起了眉头。顿了顿，陆妈妈最后试探着问："合欢，你是不是有什么事情瞒着我们呀？"

"没……没有！"陆合欢咬了咬牙，"我还是个宝宝呢，能不能换个话题啊？找对象这种事情顺其自然吧。"

陆合欢别提有多心虚了，如果自己和牧歌在一起的事情被爸妈知道了，不知道他们会是什么反应。陆合欢一想到牧歌，脸忽然就红了。

"既然是顺其自然，你脸红什么？"老爹丝毫没有要放过她的意思，直接凑了上来若无其事地问，"说吧，你是不是有情况啊？"

"没有！"陆合欢矢口否认，随后立刻用手扇了扇风小声地说，"我……我就是热的还不行吗？"

她说完抬起头来，一本正经地看着老爹。

"爸，你不是教我食不言寝不语吗？快吃饭了！"

陆合欢这欲盖弥彰的行为让老爹和老妈相视一笑，最后谁都没有多说。

吃过饭，陆合欢坐在沙发上冲着老爹撒娇："粑粑（爸爸），我明天早上还有课，你送我回学校好不好啊？"

"不好。"在看电视的老爹没好气地回答。陆合欢凑过去，小心翼翼地拽了拽他的衣袖："粑粑，这么晚了，你就不怕我迷路吗？"

听到"迷路"二字，老爹的眉头皱了起来。

自从陆合欢上了大学，老爹就不怎么管她。可是偏偏她又是个不认路的丫头，每次回家吃了饭就得让爸爸开车送她回去。

他想了想，最后还是松了口："算了，为防止你又走回我们把你捡来的垃圾堆，我就勉为其难地送你一趟。"

他说完，就从沙发上站了起来。

陆合欢闻言立刻欢呼雀跃："好嘞，粑粑（爸爸）你最好了。"

她说完，就慌慌张张地跑去门口换鞋子。

爸爸没有多说什么，拿了车钥匙就下楼了。陆合欢知道虽然他总说自己是捡来的,可是对她却非常好。她走上去挽着老爹的胳膊,两个人一起往小区的停车场里走。

四十分钟以后,车子稳稳当当地停在了学校门口。

和爸爸道别之后,陆合欢就大摇大摆地往女生宿舍走,可是刚站在女生宿舍楼下就对上了牧歌炙热的目光。

好吧,一时间得意忘形的陆合欢竟然把牧歌给忘了!

口袋里鼓鼓囊囊的,有爸爸妈妈撑腰了,陆合欢自然也就不害怕牧歌了。她凑上去,勾着唇角开了口:"哟,什么风把牧大神给吹来了?"

"陆合欢!"牧歌一看到她就来气。

微信、手机号、QQ全都被她拉黑了,他唯一能找到她的办法就是守株待兔。可是整整三天过去了,陆合欢这货就没出过门!牧歌天天来等她却无果,导致他所有的耐心都被消耗完了。

尤为重要的是——他去她宿舍敲门,把隔壁宿舍门都敲开了,陆合欢却不给他开门!

"嘿嘿嘿,牧歌……"陆合欢顿了顿,然后就抬起头来说,"正好我也在找你呢!"

她说着,就从口袋里掏出了厚厚的一沓钱:"还给你,我们两清了啊。"

牧歌看到她从口袋里拿钱出来,就脸色一沉。他睨了她一眼,没好气地问:"什么意思?"

陆合欢自然没有感受到空气中的火药味,抬起头直截了当地回答:"就是我还你钱,你还我自由身啊。这几天补胎费外加伙食费零零散散的开销一共一千五百元,够不够?

"如果不够,我再给你……"

陆合欢的话还没说完呢,就被牧歌打断了:"想和我分手?"

虽然早就猜到陆合欢会过河拆桥,可是他没想到她竟然这么快,还一点儿都不带犹豫的。一想到这里,牧歌的好心情就没了。

陆合欢重重地点了点头，甚至还语重心长地帮他宽心："你放心，对外我就说是你甩了我。这样一来我自由了，你需要找人扮演你的女朋友的话，还能直接找那些喜欢你的女孩子，我也不用像过街老鼠一样被人人喊打，何乐而不为呢？"

逻辑倒是一点儿毛病都没有，陆合欢觉得牧歌没理由拒绝。

她无比惬意地眯着眼，幻想着接下来的好生活，可是牧歌却开了口："我考虑一下吧，明天下课后我在小花园等你。"

他说完扭头就走。

陆合欢愣了，有些不明所以地开了口："不就是分个手吗？还要考虑？有什么可考虑的？他们都说你是瞎了眼才会看上我！而且我都让步了，是你甩了我，还想怎么样啊？"

身后传来的话让牧歌没好气地笑了。他没有回头，却在心里暗自对她说——

陆合欢，我找了你这么多年，怎么可能轻易放手呢？

陆合欢自然听不到牧歌心里的话。她摸了摸自己的头发，小声地嘀咕："这人今天怎么怪怪的？"

说完，她也不再多想直接就上了楼。

这大概是陆合欢这么多天以来睡得最好的一夜了。一想到明天自己就不用再看牧歌的脸色了，陆合欢就开心得不得了。

睡眠充足、毫无烦恼的陆合欢第二天起得格外早。她收拾好了课本就和喻喜一起去了教室。

第一堂课依旧是马哲，陆合欢一进教室就被点名了。

老教授站到了陆合欢的面前："看你这样子，期末考试是不打算过了吧？！迟到、早退、旷课都有你！"

陆合欢坐在那里，被老教授吓得瑟瑟发抖："教授，事出有因，您大人不记小人过，就别跟我一般见识了。"

陆合欢说话的时候，连声音都在颤抖。马哲课可是历年来挂科人数最多的公共课，原因很简单——有一位从不懈怠的老师对考勤很注重。陆合欢掰着手指头算了算，自己已经旷课两次，迟到、早退各一次了！

陆合欢小心翼翼地看着讲台上的人，老教授板着一张脸却不肯松口。陆合欢努了努嘴，知道自己信誓旦旦的保证没什么用，索性也就放弃挣扎了。她慢吞吞地从书包里拿出了课本，可是不过低下头的一瞬间，旁边的座位上就多出了一人。

陆合欢错愕地抬起头，就看到牧歌坐在旁边的那个位置上。

"牧……牧歌……"陆合欢看到他，就仿佛看到了鬼。她咬了咬牙："你老人家有必要这么阴魂不散吗？不是说好了小花园见吗？"

她的声音不大，牧歌丝毫没有要理会她的打算。

反倒是刚才板着脸的老教授忽然开了口："哎哟，牧歌啊，你可终于来了。我早就给你们系主任说了，我要个合适的助教，我看就你不错。"

"助……助教？"陆合欢错愕地看着牧歌，却看到他拿了考勤册放在桌上。

"徐教授，您这是哪里的话，就算您不开口，我也会来的呀！"他说完，就直接坐在了陆合欢的身边。

陆合欢千算万算也没想到，来的人竟然是牧歌。

她深吸了一口气，最后只能蔫蔫地坐了下来。等牧歌和老教授处理完了手头的工作，陆合欢才小心翼翼地探过头去看着牧歌："你……和徐教授很熟？"

"嗯。"牧歌慢悠悠地应了她一声。随后陆合欢便略带哀求地说："牧歌，救救我！"

"救你什么？"他转过脸来，却分明是揣着明白装糊涂。

陆合欢小声地说："我的平时成绩啊……"

"哦。"牧歌不冷不热地应了一声，随后就低下了头。

上课铃声响了起来，徐教授走到讲台前，开始了今天的授课。

陆合欢像个有多动症的孩子一样，坐在那里东张西望。

"陆合欢。"牧歌终于有点儿忍无可忍了,冷冷地开了口,"你能不能安分点儿?"

陆合欢瘪了瘪嘴,有些不甘心。她本以为牧歌来这里,是来找她的,可是他严肃而又冷漠的话竟然让自己莫名有些失落。接着她转念一想,毕竟自己都已经向他提出了分手,他在哪里和自己又有什么关系呢?

萌生了这样的想法,陆合欢就一心扑在了学习上。

眼看着她埋着头,跟随着教授的讲解一点点地进入学习状态,牧歌反倒有些不适应了。他认识的陆合欢,总是一副不学无术的样子,可是现在呢?牧歌觉得自己的身边好像坐了一个假人!

他终于忍不住扭过头去定定地看着她,女孩儿肉嘟嘟的小脸上没有任何表情,像是在和自己闹别扭。

时间一点一滴地流逝着,在知识的海洋里遨游的陆合欢终于在下课铃声响起的那一瞬放松下来。周围已经有收拾好课本的同学转身离去,陆合欢也拿了课本准备叫上躲在后面的喻喜离开。可是她才刚站起来,就被牧歌挡住了去路。

"做……做什么……"陆合欢怎么会忘记和牧歌的约定?可是刚才明明是他不理自己的呀!她正和牧歌赌气呢,他却一把牵起了她的手。

"你说做什么?"

"牧歌,喂!"被他生拉硬拽带着往外走,陆合欢几乎整个人都不好了,她在后面拖拖拉拉地提醒他,"我们已经分手了。"

"我们去吃火锅!"牧歌自顾自地说,似乎压根儿就没听到陆合欢的话。

这次,陆合欢有点儿不淡定了。

她一把甩开了牧歌的手,神情严肃地看着他:"就算你还没有考虑好,也无权强迫我去不想去的地方吧?再说了,我已经让着你了!你可不能得寸进尺。"

她软糯的声音让牧歌忽然皱起眉头。

他凑到她的面前一字一顿地说:"我不同意分手!"

"啊?为什么?"陆合欢就连如意算盘都打好了,可是却怎么也没想到牧歌竟然会反悔!

她错愕地看着面前的人,却听到牧歌说:"不分手,但是我可以请你吃火锅。"

"不!"陆合欢还没等他说完,就直截了当地打断了他的话。

她这高声的抗议让教室里的同学纷纷向他们投来了诧异的目光。陆合欢正拼命寻求解救之法呢,就听到牧歌一字一顿地说:"宝贝儿,我们不分手啊!别生气了,没什么事是一顿火锅解决不了的,如果有,那就两顿!"

"什么……"陆合欢被他突如其来的温柔吓得两腿发软。

继她被他压在墙上之后,男神的温柔劝说也让教室里的女生们艳羡不已。可是她们哪里知道陆合欢心中究竟有多苦?她不就想摆脱牧歌这个瘟神吗?

牧歌一边说,竟然一边还把她的书包抢了过来,随后无比体贴地挂在了自己的肩膀上。陆合欢被他这突如其来的动作吓出了一身鸡皮疙瘩,正迟疑的时候喻喜凑了上来:"你们去吃火锅啦?那我就不和你们去了,我的许学长还等着我呢!"

喻喜说完,头也不回地离开了。

"什么嘛!"又一次被喻喜抛弃的陆合欢眼泪都快要下来了,"喻喜,你重色轻友!"

话还没说完,陆合欢就看到牧歌连连点头。他不但没有反驳她,反倒顺着她的话往下说:"就是,太过分了。"

他这话一出口,陆合欢就呆了。牧歌今天良心发现了?居然会帮她说话?

"合欢,你想不想气气她?"

牧歌突如其来的话,让陆合欢来了精神。她将信将疑地看着他:"你会好心帮我？"

"那当然啊，我不帮你帮谁？我是你男朋友啊！"

这大概是陆合欢认识牧歌这么久，听到他说的第一句人话。不过后面"男朋友"三个字，莫名又让她心慌起来。陆合欢也不着急——她准备看看牧歌究竟有什么策略，然后再做打算："那你打算怎么帮我呀？"

她正满脸狐疑，牧歌就又一次牵起了她的手。

"我教你啊，这种时候你就应该比她更重色轻友。比如现在和我去吃个火锅，约个会！下次你的小姐妹再叫你的时候，你就跟我走，不就行了吗？"牧歌领着陆合欢往学校外面走，还不忘帮她分析。

陆合欢依旧提不起精神。大概是连连遭受闺密的出卖，她已经伤痕累累了。牧歌很快就将她塞进了车里，又细心地为她系上了安全带，随后安慰她说："你不就是想以其人之道还治其人之身吗？今天我就帮你这个忙了。"

"怎么帮？"陆合欢小声地问了一句。牧歌没有回答她，而是自顾自地发动了车子。半小时以后，他将自己那辆黑色的车停在了市中心的商业广场。

接下来的时间里，牧歌带陆合欢去看了电影，玩了密室逃脱，吃了火锅，坐了摩天轮。

等陆合欢跟随牧歌的脚步从游乐场里走出来的时候，整个人已经筋疲力尽了，靠在他的车里小声地问："牧歌，你就是这么帮我的呀？"

"算是吧。"牧歌的声音很低，带着独属于她的温柔，"出来玩能让你忘掉不开心。"

他说完，就看到陆合欢歪着头靠在椅背上已经昏昏欲睡了。

牧歌无奈地勾着唇笑了起来，陆合欢迷迷糊糊的时候似乎看到了他温柔的笑，可是她太困了……

Chapter 6

牧歌，我是个路痴，走不进你的心里

"牧歌，我是个路痴，走不进你的心里。"

陆合欢从小就是个路痴，可也没想到……

"不管你选了康庄大道还是通幽小径，我都会亲自将你接到我的心里，然后为你关上离开的那扇门，从此以后就是一生一世！"

陆合欢醒来的时候，喜满正躺在宿舍的阳台上晒太阳。它伸了一个懒腰，用同款迷离的眼神看着一步一步靠近的陆合欢。

"哈喽，小可爱。"陆合欢揉了揉额角。

可是睡意还没有完全消退的她却被喻喜的一声惊呼彻底惊醒了！

"哇，合欢！你可以呀！深藏不露啊！口口声声说什么要和牧歌分手，这恩爱秀得简直毫无节操啊。"

陆合欢被喻喜突如其来的话说得一愣一愣的，拖着疲惫的双腿一步一步地走到了喻喜的电脑前。

Z大校园论坛置顶处有一个帖子：《宠妻狂魔牧歌"狗粮"限时大放送》。

陆合欢揉着蓬松的头发，嘴里叼着一支牙刷，可以说是非常不修边幅了。喻喜一点开帖子她就蒙了。

第一张照片：两个人在车上，牧歌为她系安全带。

第二张照片：陆合欢在电影院里看恐怖片，牧歌用手帮她遮挡眼睛。

第三张照片：火锅店里，牧歌柔情满满地为她煮菜。

第四张照片：玩密室逃脱的时候，陆合欢害怕，缩在牧歌怀里瑟瑟发抖。

第五张照片：陆合欢在车上呼呼大睡，被牧歌送回寝室。

"你……你……"陆合欢语无伦次地说，最后瞪大了眼睛，问喻喜，"我昨天……没有喝醉吧？"

可是她和牧歌也没喝酒啊，一路上都是喝果汁和奶茶。

陆合欢脑子里正是一片空白的时候，手机突然发出了嗡鸣。她拿起手机就看到了牧歌的微信："其实这才是我为你准备的报复大计！"

陆合欢揉着脑袋，终于后知后觉地想起来了一件事——昨天牧歌问她："你想不想气气她？"

"这些照片都是什么时候拍的呀？你和牧歌带了摄影师吗？"

这也正是陆合欢心中的问题。更让她觉得后怕的是——明明自己一直和牧歌在一起，却丝毫没有发现他竟然贴身带了一个摄影师！

陆合欢倒吸了一口冷气，正准备回牧歌微信好好问清楚，就看到他又发了一条消息："宝贝儿，恋爱里没什么小情绪是一顿火锅化解不了的，如果有，我愿意请你吃两顿！"

"'红太狼'！"陆合欢闷闷地哼了一声。

不过牧歌的计谋好像是有效的，喻喜噘了噘嘴有些不高兴地说："你看什么呢？昨天下午宿舍里就我一个人，可无聊了，你都不陪我……"

喻喜一边说，一边站起来，竟趁着陆合欢不注意，一把将她的手机夺了过去。

屏幕上那一行没羞没臊的字让陆合欢心跳加速。

"哎哟，你们两人可真甜呢。"喻喜脸上的羡慕一闪而过。

陆合欢做贼心虚，立刻将手机抢了回来："你不也一样吗？你家许博然对你不是也挺好的？"

"谁说的，昨天下午他接了个电话就跑了，也不说去哪里……"喻喜有些不满地向陆合欢抱怨许博然，反倒是说起牧歌的时候一脸艳羡。陆合欢这种大大咧咧、没心没肺的女孩子自然不会知道，有人能够为她做这一切究竟是一件多么羡煞众人的事情。

"那……"就连陆合欢都开始犹豫了，皱着眉头，用细若蚊蚋的声音问自己，"我还要不要和他分手呢？"

她的声音很小，喻喜没听见。

最后陆合欢坚定地说："我还是要和牧歌分手！"

虽然他帮自己气了喻喜，可是陆合欢怎么都觉得牧歌这样做最后占便宜的还是他！

陆合欢不知道自己的心已经乱了，牧歌这样大费周章竟然就为了帮她气一气她重色轻友的闺密？心乱如麻，最后陆合欢蹲在了喜满的身边。

她小声地问它："满满呀，你说我应该怎么办才好呢？"

小家伙似懂非懂地抬起头来看着阳光下的陆合欢，温暖的阳光从窗外照进房间，空气里弥漫着阳光的味道。陆合欢怔怔地看着窗外许久……

手机对话框里"我们分手吧"几个字最后被她一个一个地删了去。

她小心地回："那如果两顿都哄不好呢？"

那头的人似乎一直抱着手机，她所有的消息牧歌都是秒回。

他说:"那就用一辈子可以吗?"

这个学期末,整座城市仿佛陷入了冰窖里。

"今天可真冷。"陆合欢提着早餐走进自习室的时候,喻喜已经在自习室占好了位置。即使是在有暖气的自习室里,陆合欢也被冻得直哆嗦。喻喜拿了一本高数课本坐在那里,不停地往手里哈气。

陆合欢耷拉着脑袋,坐在了喻喜身边。

和喻喜不同,陆合欢这一学期出勤率最低的课程就是马哲。一想到不苟言笑的徐教授,她就感受到了死神的逼近。陆合欢坐了下来,一边啃着早餐,一边对着课本发呆。

临近中午的时候,喻喜接到了许博然的电话。

"好,我马上就来。"

陆合欢转过脸去,就看到喻喜扶了扶鼻梁上的眼镜框:"合欢,博然找我一块儿吃饭,你去吗?"

"不去了。"

整整四个月从指间悄然流逝,喻喜已经习惯了和许博然的朝夕相处,就连这称呼,都有种撒"狗粮"的味道。

陆合欢在书海中挣扎着,只摇了摇头:"我不去了,你自己去吧。"

手里厚厚的课本虽然勾了重点,可是陆合欢依旧一个字都看不进去。课本上密密麻麻的小字就好像"火星文"一般,看得陆合欢两眼发昏。

"好吧,那你加油。"喻喜似乎并没有陆合欢那么焦虑,合上课本头也不回地往外走。陆合欢坐在那里,依旧是抓耳挠腮的模样。

"哎呀,好讨厌,一个字都记不住!"学习本就需要平日里积累,陆合欢虽然知道却一直贪玩,现在要想把一本书的知识全都烙印在脑海里,基本上是不可能的事。刚才还有喻喜陪她,现在喻喜也走了。

陆合欢将手里的笔往桌上一扔,终于有些忍无可忍了。

作为一个名副其实的学渣，她能静下来学一上午已经是一件非常不容易的事情了。陆合欢索性将自己的三支笔插在了面前的水杯里。牧歌从外面进来的时候，就听到她嘴里絮絮叨叨地念着："天灵灵，地灵灵！保佑我马哲不挂科！"

陆合欢嘴里反反复复念叨着，起初牧歌并没有听清楚。等他一步一步走到陆合欢的身边，听清楚她所说的话，那才叫一个哭笑不得。看到陆合欢坐在那儿，一副心诚则灵的模样，牧歌终于忍不住了："不好好复习，在这儿烧香拜佛有用吗？再说了，三支笔也不管用啊！"

"是吗？"陆合欢一脸见到大师的表情，最后凑过来小声地问牧歌，"你抽烟吗？"

"抽烟？"牧歌可是个名副其实的三好青年，别说抽烟了，就连宿舍里抽烟的人都得为他把这毛病给改了。

陆合欢咬了咬牙："三支笔不管用，你给我三支香烟啊！一样要用火烧的，肯定灵。"

牧歌无奈地摇了摇头，那句话怎么说来着？你女朋友怕是个傻瓜吧？

陆合欢见他不说话，只能往椅子上一靠："那还能怎么办？我一个字都看不进去，这哲学也太绕了。"她有些气馁地鼓着腮帮子，"牧歌，你成绩那么好，帮帮我呗？或者你面子这么大，帮我去求个情。只要徐教授那边平时成绩能过，我就万事大吉了。"

"我为什么要帮你？"牧歌一本正经地看着她。

本来他是想让陆合欢向自己服个软、求个饶，可是哪儿承想面前的人吸了吸鼻子，用细若蚊蚋的声音说："也对，要不是为了躲你，我也不会迟到、早退、旷课了。"

"陆合欢！"牧歌咬了咬牙，她竟然躲他！想到这里，牧歌就气不打一处来："挂了也是活该！"

他说完，就坐在旁边看起了喻喜的书，不但如此，竟然还帮喻喜在高数的课本上勾了好几个万能公式。陆合欢噘着嘴坐在那里，都说认真起来的男生最好看，可是牧歌这人生来就是个妖孽，比那些宣传海报上的大明星更加帅气。

陆合欢竟然就这么看呆了，握着笔的那只手还拿着笔在书本上画了好几笔。最后还是牧歌先合上了课本："陆合欢，你看够了吗？"

"啊？"被他这么一问，陆合欢立刻清醒过来，别开了眸光，"牧歌，你也太不厚道了，竟然帮喜喜都不帮我。"

她这理直气壮的话，让牧歌皱起了眉头。

他若有所思地看着面前的人，最后慢悠悠地开了口："马哲靠的是平时的积累，临时抱佛脚没用的。"

"那我也不能就这样等着挂科吧？"陆合欢鼓着腮帮子，如果现在连牧歌都救不了她，那自己就真的死定了。

牧歌想了想最后还是开了口："以我多年来的经验，这种时候还是出去吃一顿吧。"

一听到吃，陆合欢就觉得牧歌在忽悠自己。她白了他一眼，一字一顿地说："我都要考试了，吃不下！你别胡闹了！"

自从和牧歌在一起以后，陆合欢觉得自己真的成了一个名副其实的饭桶。所有不开心的事情，他都能用一顿火锅帮她解决，这就直接导致陆合欢的体重飙升。可是每次当她嚷嚷着要减肥的时候，牧歌都会一本正经地说："你一点儿都不胖啊，这样最可爱了！"

"人在看书的时候，身体里消耗的能量远比运动的时候更多，所以饿得就更快。但是如果有了能量的补充，你就能更加专注高效。"

牧歌严肃的神情看上去并不像是在开玩笑，气氛一度有些尴尬。

最后陆合欢揉了揉肚子上的小肥肉，开了口："我说我为什么静不下来呢，原来是因为饿了呀！"

她说完，就甜甜地笑了起来。陆合欢长着两颗小虎牙，笑起来的时候格外有灵气。牧歌没有多说什么,而是领着陆合欢往楼下走。

"牧歌,"从自习室一出来,陆合欢就意识到了什么,"你是不是故意想把我喂胖?"

从牧歌的种种举动来看,他这种乐此不疲带她吃饭的行为分明就是别有所图,可是陆合欢实在想不到别的理由了。

牧歌先是愣了一下,随后矢口否认。

"你不说,我就不走了!"陆合欢站在原地。

整整四个月的相处,她似乎已经看透牧歌了。越是逻辑缜密地和他理论,她越是找不到破绽,可若是没有逻辑地使小性子、撒泼打滚、无理取闹,牧歌就拿她没办法。

陆合欢瞪着一双眼,颇有不达目的誓不罢休的意思:"牧歌,把我喂胖了对你有什么好处?你今天要是不说,我就和你分手!"

牧歌也不是没有软肋的——陆合欢一提起分手或是不理他了,他立刻就没辙了。

他皱着眉头,就那么站在原地,过了好半天,才理直气壮地说:"把你喂胖了,没人要了,你就只能属于我一个人了啊!"

"牧歌,你这是什么逻辑?"

陆合欢正准备刨根问底,就听到他小声地说:"反正你这辈子逃不出我的手掌心了,还是乖乖认命吧!"

牧歌想,如果哪天陆合欢真的要减肥了,那一定是她真心爱上自己的时候。

"牧歌,你这人的城府也太深了吧!我……"话都还没说完,陆合欢就被牧歌拽了一把。

他小声地提醒:"你要是再不走,学校就没饭了。"

陆合欢迈着一双小短腿,跟在牧歌身后。一直到两个人走进电梯,她才长舒了一口气,小声地问:"你……你……真的没想过和我分手吗?"

"不然呢？"牧歌睨了她一眼，却看到陆合欢的脸上写满了失落。

她哼了一声，依旧没心没肺地问他："牧歌，那我什么时候才能重获自由呀？"

"你要自由做什么？"时至今日，陆合欢都还没看清现实，牧歌真不知道是该高兴还是该沮丧！

陆合欢听到他的问题，似乎也陷入了思考当中。

走进食堂的那一刻她小声地回答："那我就可以想吃什么就吃什么了呀！"

对于一个吃货而言，这是最好的借口。

牧歌站在食堂的窗口前，没好气地开了口："难道现在不是想吃什么就吃什么吗？不但如此，还有人付钱啊！"

他一边说，一边将自己的饭卡塞进了陆合欢的手掌心里。

话虽然是这样说，可是陆合欢总觉得有哪里怪怪的。

很多年前，她曾经听人说过这样一句话——胖子不该幻想爱情。以前她对这种说法嗤之以鼻，可是当对象换成牧歌的时候，却又觉得颇有道理。有太多的女孩儿喜欢他，有太多比自己优秀的女生适合站在他的身旁，那个人不应该是她呀。

陆合欢站在那儿，久久都没有说出一句话。

最后还是牧歌俯下身来，在她的耳边轻声说道："爱情从来不讲究门当户对，讲究的是……"

他故意顿了顿。

陆合欢一怔，抬起头来错愕地看着牧歌："是什么？"

"是我喜欢你。"云淡风轻的话带着磁性，他的声音好似被拨动的大提琴琴弦，随着声音的发出产生振动，最后惊扰了陆合欢那颗平静的心。四个月了，时至今日牧歌终于说出了他的心声。

女孩儿呆呆地站在原地。在这些琐碎的日子里，她依稀记得牧歌对她的好。

他在晨雾中等待她一同走进教室,他在黄昏里陪她走过校园的长廊,他在安慰失落的她……可是在陆合欢的心里,她依旧觉得牧歌和自己不是同一个世界的人。

从食堂回来,陆合欢就老老实实地坐在了位置上,小心翼翼地看着牧歌:"你有没有什么考前复习神技?教我一下呗!"

陆合欢近在咫尺的脸上写满了哀求,牧歌终于松了口:"有,不过你学得会吗?"

"当然了,我这么聪明……"自恋的话还没说完,陆合欢就识趣地低下了头,努努嘴,小声地说,"只要你能保我期末考试不挂科,什么要求我都答应你行了吧!"

眼前最大的事情就是期末考,她也是不得已才来求牧歌的。

他蹙了蹙眉,最后点了点头,用骨节分明的手指拿起了摆在桌上的水性笔,悦耳的声音仿佛天籁般传入她的耳内:"马克思主义哲学是关于自然、社会和思维的规律性学科,首先要记住……"

牧歌才刚刚开始讲,陆合欢就分神了。

她呆呆地看着他,脑海里全都是他的那句话——

"我喜欢你。"

牧歌为陆合欢的讲解简洁明了,可是他怎么也没想到,她竟然心大到这种时候都能分神。他低着头,用修长的手指在课本上为陆合欢勾着重点。

可是陆合欢的意识却早就飞到了九霄云外,她盯着牧歌想:他……他长得也太好看了,老天爷可真不公平,怎么就给了他这么好看的一张脸呢?嘻嘻,不过这张脸再好看,人不也是我的了吗?

陆合欢越凑越近。牧歌这人不但长得好看,就连皮肤都那么好,丝毫都不比那些演电视的男明星差。

"嘻嘻嘻……"陆合欢花痴地看着牧歌。

终于他转过脸来了,两人四目相对,近在咫尺的距离让牧歌皱起了眉头。就连他都没想到,陆合欢竟然和自己距离这么近。他吸了一口气,周身淡淡的薄荷香让陆合欢心跳加速。

"牧……牧歌……"

话还没说完,下一秒她又被非礼了。

牧歌一下子亲在了她的唇上,尽管只是蜻蜓点水,却让陆合欢整个人都傻眼了。他有没有搞错,这里可是自习室啊!就算撒"狗粮"他也不用这么明目张胆吧!

"下次你再这么盯着我看,可不是亲你一下这么简单了。"牧歌的声音依旧好听,勾起的唇角写满了他的霸道。

陆合欢瞪圆了一双眼睛:"你……你……你凭什么亲我?"

她不就是多看了他一会儿吗?他凭什么?

牧歌这人也太过分了,没有得到她的允许竟然这么做!陆合欢想到这里就更加气愤了!她咬着牙正准备找他好好理论,却听到牧歌一字一顿地说:"在我讲题的时候走神,陆合欢我怎么就不能亲你了?"

"流氓!无赖!"牧歌的话让陆合欢恼羞成怒。

见她咬着牙就是不肯松口,牧歌似乎也并不打算多说什么,低下头,又一次开始了耐心的讲解。

陆合欢如坐针毡,刚才他们的争吵分明就被好些人听到了。

自己要不要这么倒霉啊?继她被他压在墙上之后,初吻也没了。牧歌这个禽兽,她提分手他也不答应,处处占尽了便宜,还说什么喜欢她!

陆合欢越想,心里就越是委屈。

最后她低下了头。

"马克思主义哲学考题的类型一般都会比较单一,以选择题和大题居多,我们答题的时候一般会选择……"牧歌依旧耐着性子在为她讲题。以为陆合欢是害羞,一直低着头的他甚至越讲越精神。

那天下午,陆合欢只记得他说了很多话,却压根儿记不得他究竟说了些什么。

一直到黄昏的时候,牧歌才合上了课本。

"听懂了吗?"整整一下午的讲解让他口干舌燥,可是偏偏这个时候,陆合欢却好似如梦初醒一般抬起头来看着他。

"懂……"陆合欢的话还没说完,就被牧歌打断了。

"以你那智商,不懂也是正常的。不过我给你勾的地方一定要记住,哲学课比较枯燥,尤其是对你……"他一边说,一边竟然用同情的眼神看着她。

陆合欢立刻就不服气了:"我怎么了?"

她抬起头来,抬杠的时候神采奕奕。

也正因如此,牧歌才对戏弄她这件事情乐此不疲。

"你呀,憨厚的小胖墩儿,主要就是憨!"他勾着嘴角,眉眼里带着温柔而又得意的笑容。

这下陆合欢不干了,咬牙切齿地看着他:"牧歌,你说谁胖呢?你把话说清楚!"

"没有啊,谁可爱我说谁!"

牧歌微微勾起的唇角让陆合欢莫名心慌。

她清了清嗓子故作认真地回答:"看……看书!"

和牧歌认识这么久了,陆合欢也算了解他了。

牧歌这个人嘴上不饶人,可是总是在损得她体无完肤的时候,话锋一转开始撒糖。为了防止话题继续尴尬下去,陆合欢只能佯装看书。

这次,牧歌倒没多说什么,就那样安安静静地陪伴在她的身边。这种感觉实在是太诡异了,陆合欢几乎是毛骨悚然。果然,安静下来的牧歌更让人害怕。心里一团乱麻的陆合欢,就连最后复习的机会都错过了。

她就这样上了马哲的考场!

查成绩的那天,陆合欢坐在电脑前浑身冒着冷汗,毕竟逃课次数太多,一不小心就会挂科。

她眯着眼,用手指挡住了自己一半的视线,小声地问喻喜:"怎么样?我有没有挂科啊?"

陆合欢就是学校里平时不努力的典型人物,而陪她一起的还有喻喜。喻喜的手指哆哆嗦嗦地敲击着键盘,最后小声地开了口:"你……你挂了。"

"挂了什么?"陆合欢把手拿了下来,望着喻喜欲哭无泪,"马哲?"

"嗯。"喻喜小心翼翼地点了点头。

随后陆合欢问:"那你呢?"

"我……马哲过了,但……但是高数……"喻喜咬了咬牙,小声地说,"我挂了……"

陆合欢高中就是理科班的,虽然她的成绩一直垫底,不过上了大学之后这方面的领悟力也稍微比喻喜好那么一点点。两个人各挂了一科,都是闷闷不乐的模样。最后还是陆合欢先开了口:"算了,不是还有补考吗?"

"可是……寒假啊,春节啊……哪儿有时间复习呀?难不成开学继续临时抱佛脚?"喻喜抬起头来,小声地询问陆合欢。

陆合欢忽然站了起来:"以我多年来的经验看,临时抱佛脚的结果都是……"她深吸了一口气,最后看着喻喜一字一顿,"被佛一脚踢开!"

"那怎么办呀?"喻喜四仰八叉地靠在椅背上,过了今天就能够迎来大二的寒假。

陆合欢叹了一口气,最后终于认清事实:"还能怎么办?只能好好复习了。"

她说完,就摇了摇头直接走出了宿舍。

喻喜坐在位置上看着陆合欢离去的背影。没想到有朝一日,陆合欢竟然也会说出这样的话来,喻喜不自觉地努了努嘴。

房间里安静下来,邵乐搬回家里住了,而林墨语是个学霸,常年泡在自习室。

对于学霸而言,是不存在挂科这种说法的,只有陆合欢和喻喜这种学渣才会担心挂科问题。

从宿舍走出来,陆合欢就迷失了方向。

她不是不认识路,而是不知道究竟去哪里。进学校一年多了,陆合欢还是头一次挂科。虽然学校在新学期开学的时候会安排补考,可是据说Z大的补考难度是期末考试的三倍有余。以她的学习状态,补考的意义大概就是再一次认清自己的学渣本质。

陆合欢走着走着,就从宿舍区走了出去。心事重重的她,甚至都没发现自己已经站在了办公区的土地上。

和宿舍区相比,办公区可谓是热闹非凡。

道路两边铺满了梧桐叶,每走一步脚下就会传来咯吱咯吱的声音。这是Z大的风景之一,据说有不少热恋中的小情侣会在初雪来临的那天,牵着手从街头走到街尾。皑皑白雪落在他们的头顶,从秋天走到冬日,也寓意着他们的爱情,从黑发走到白头。

陆合欢的脚步,最后停留在了办公区的人工湖边。

实木回廊被搭建在人工湖上,Z大的风景可远远不止这些。

坐在栅栏上,目光所到之处便是学校最美的地方了,可是她却全无欣赏风景的心情。

心乱如麻的陆合欢脑海里全都是学校成绩平台上的分数。

她就那样呆呆地坐在那里,最后就连牧歌已经站在她面前了,都没回过神来。

"哎呀,一想到补考还不如死了算了呢!"陆合欢有些不高兴地自言自语。

她软糯的声音让站在陆合欢身后的牧歌皱起了眉头,这丫头明明扭着腰坐着看风景,却还说什么不如死了算了!

"所以,你打算从这里跳下去?"

身后忽然传来牧歌的声音,吓得陆合欢一个激灵。

她错愕地回过神,便看到牧歌好不耐烦地站在那里。

"嗯。"陆合欢哼了一声。

牧歌帮她补课,知道她没考过一定会得理不饶人!她还不如吓唬吓唬他!

想到这里,陆合欢就开了口:"从这里跳下去不是正好吗?以死明志!"

她一边说,一边还昂起了头。

见她还一副理直气壮的样子,牧歌深吸了一口气,冷冷地问:"你想用死吓唬谁?吓唬我?还是吓唬老师?陆合欢,就你这身材,你跳下去会直接导致水位线上涨,说不准能把整个学校的办公区都给淹了!水从人工湖里漫出来,覆盖在办公区的地面上,就这点儿水大概深度在一厘米左右,也就是说……"牧歌顿了顿,理工男的思维果然和寻常人不太一样,"连鞋底都没不过,至于你……"他上下打量了陆合欢一番,随后一字一顿地说:"这人工湖的水还没你身上的脂肪多,到时候最多也就到你膝盖。"

陆合欢本以为作为男朋友的牧歌会好好安慰她一番——可是她死都没想到他竟然说出了这样的一番话。

牧歌压根儿就不打算给陆合欢反驳的机会。他看着她依旧不依不饶地说:"我建议你,不要轻易尝试任何错误的方式。对于胖子来说,这是一种非常痛苦的事。"

"牧歌!"

陆合欢想要打断他,可是没想到牧歌却双手环抱胸前,最后得出了一个结论:"所以说就算你想死也得先瘦下来。"

苍天啊!陆合欢捂着脸,自己上辈子究竟做了什么?所以老天爷才会报复她,把牧歌送到了她的身边!

陆合欢本来就已经很绝望了,被他这么一说就更是难受。

千言万语如鲠在喉,陆合欢一个字都还没说出口,牧歌又开始了他没完没了的伤害:"再说了,你以为你死了这件事情就过了吗?我告诉你,按照现在科技发展的趋势,以后墓碑上都不会刻字了,直接刻个二维码,去扫墓的人就真的成了扫墓,手机对着二维码一扫,就能清楚地看到你这个人生前有多能吃,怎么死的,以及挂了哪些科!"

"噗。"牧歌清奇的脑回路彻底把陆合欢逗笑了。她终于开了口:"我就是随便说说,你……不要这么当真吧?"

牧歌不说话了,炙热的目光直勾勾地盯着她。

陆合欢被他盯得头皮发麻,最后小心翼翼地更正自己的说法:"我也没想那么多,只是顺着你的话说而已。"

牧歌依旧不说话——严肃起来的他总是有种让人望而生畏的气质。

陆合欢抿着唇,几乎都要哭出来了。

"好了,我承认你给我补课的时候我走神了。但是我保证,以后再也不会了。假期除了学车就一定好好备考,我一定在开学的时候通过补考。"

陆合欢终究是个在学校里不谙世事的小姑娘。牧歌仅仅盯着她看了一会儿,她就将自己做的亏心事和盘托出了。

这下，牧歌才算是满意了。

他终于点了点头，把胳膊搭在她的肩膀上，又摆出那一副玩世不恭的样子："就是，我牧歌的女朋友怎么能重修呢？"

陆合欢沉默了片刻，最后转过脸去错愕地看着他："牧歌，你究竟是为了我好还是为了你女朋友？"

"有什么区别吗？"牧歌显然没有将陆合欢的话放在心上。

他理直气壮的疑问让她皱起了眉头。

说出这句话之后，陆合欢就后悔了。

这种问题，不是只有当女孩儿真正喜欢一个男孩儿的时候，才会特地将女朋友的身份和自己分开吗？可是自己刚才……

"没有！"意识到自己的逾常，陆合欢咬着牙丢出了两个字。

她转过身，一步一步从人工湖的桥上走过去。牧歌被这样的陆合欢弄得有些摸不着头脑，他的眉头紧紧地皱着："喂，你什么情况啊？"

陆合欢没有回答他，一路往外走。

从什么时候开始，牧歌已经钻进了她的心里？她可是陆合欢呀！她应该那么讨厌牧歌的呀！他的刻薄让她讨厌，可是现在呢？为什么在自己的潜意识里，她竟然问出了那样的问题？

陆合欢越想越害怕，最后重重地摇了摇头。

开什么玩笑，她怎么会喜欢牧歌呢？

想到这里，陆合欢不由得加快了脚下的步伐。

"合欢，我得回家了。"

查完成绩之后的一个星期，陆合欢和喻喜双双泡在了自习室里。林墨语是从外省来的，早早地就收拾好行李回家了。现在就连喻喜也即将在圣诞节来临之际离开宿舍，陆合欢有些不舍。

"就不能晚几天走吗？"她小声地问了一句，可是却知道自己无法阻止喻喜的步伐。

宿舍里四个人,只有她和邵乐在这座城市长大。

林墨语来自别的城市,而喻喜则是从县城考上来的。今年的春节,来得格外早,圣诞节还没到,期末考试就已经结束了。

"不能。"喻喜冲着陆合欢傻笑,最后凑了过来,"你记得给喜满喂食,记得春节把它带回家。"

"我知道了!"陆合欢合上手中的哲学书,面带微笑地和喻喜道别,"一路顺风咯。"

"嗯哪,我会想你的。"喻喜冲陆合欢挥了挥手,就拖着行李箱走出了宿舍。

房间里一下子安静下来,陆合欢反倒开始有些不适应了。她坐在书桌前,最后收拾起了行李,既然宿舍里已经没人了,那不如就回家吧。

一想到老爹老妈和家里一大堆的好吃的,陆合欢竟然也归心似箭了。

下午,陆合欢就拖上了自己的行李箱。

宿舍楼下,牧歌似乎早已经等候多时了。陆合欢刚走出去,就被他拦住了:"走,我送你。"

陆合欢有些惊讶地看着牧歌,抬起头来问他:"你怎么会在这里呀?"

她并没有告诉任何人自己决定今天回家的消息,本来就只是突发奇想,没想到他竟然会来。

"许博然说喻喜回家了,我猜你一个人也待不住。"牧歌走上前来,无比体贴地接过了陆合欢手中的行李箱,在扫过陆合欢怀里的那只宠物狗的时候皱起了眉头,"你在宿舍里养宠物?"

"嗯。"陆合欢点了点头,随后又纠正他的说法,"不是我,是我们!"

如果不是整个宿舍的人都对萌宠毫无抵抗力,大概林墨语也不会把喜满买回来了。牧歌忽然想起了之前的那一箱狗粮，瞳孔微微收缩了两下，最后有些嫌弃地转身离开了。

牧歌细微的表情却被陆合欢看得清清楚楚。

她坏笑着走了上去："牧歌，你不喜欢宠物吗？"

"不喜欢！"

他果然是个没有爱心的人，就连回答都一点儿温度没有。陆合欢凑上去，仔细地打量着牧歌："为什么？"

"不为什么。"牧歌的回答言简意赅。

这可是这么久以来陆合欢第一次看穿牧歌的心思，又怎么会善罢甘休呢？她拦住了牧歌的去路，不依不饶地问："牧歌，你是不是有洁癖呀？"

陆合欢这话一出口，牧歌就皱起了眉头。

不是陆合欢的错觉，牧歌这个人挺讲究的。她喜欢在草地上坐着晒太阳，牧歌却从不陪她。

她抱着喜满准备上车，可是牧歌却露出一副痛不欲生的表情。

"没有。"牧歌矢口否认。

他越是回答得干净利落，就越像是做贼心虚。陆合欢突然有种抓到他把柄的感觉，便追着牧歌的脚步不依不饶地说："牧歌，你就是有洁癖！"

陆合欢笃定地看着他，眼里竟然流露出了浓浓的笑意。

她没想到，无所不能的牧歌竟然有洁癖。毫无疑问，得知了这个消息的陆合欢不怀好意地笑了起来。她将喜满抱起来凑到了牧歌的面前："你看看它，很可爱的。"

她软软糯糯的声音让牧歌的眉头死死地皱了起来，他连着退后两步。

紧皱着眉头的牧歌一抬头，就对上了陆合欢那奸计得逞的笑容。

她笑起来的时候，好似从寒冬提前步入和煦的春天，万物复苏般的温暖让牧歌一下子就愣神了。

可是长期被牧歌压榨的陆合欢却不仅仅满足于此——她勾了勾唇角趁着牧歌不备直接将喜满贴在了他的脸颊上。

小家伙伸出舌头，在牧歌的脸颊上舔了舔，动作一气呵成。

陆合欢和喜满的配合让牧歌崩溃了。他咬着牙，终于忍无可忍地发飙了："陆合欢！"

牧歌长这么大，就没和宠物狗这样近距离相处过。此时他的脸颊上还挂着喜满的口水，对于一个有洁癖的人而言，这简直就是触及灵魂的痛。紧接着，陆合欢就看到牧歌转身拉开了车门，从车里拿出来一包湿巾，对着后视镜不断地擦拭着自己的脸颊。

"哈哈哈哈哈哈……"

身后传来的陆合欢疯狂的笑声更是让牧歌气急败坏。

他咬了咬牙："陆合欢，你还是自己去赶公交车吧！"

"啊？"牧歌突如其来的话让陆合欢皱起了眉头，"牧歌，你也太小气了，开个玩笑而已嘛。"

这个时间本来就是下班高峰期，既然有专车接送她为什么还要赶公交呢？陆合欢在心里不厚道地想着。

可是牧歌却好似打定了主意要和她过不去。

他转过脸来没好气地提醒："我好像忘了一件事，宠物狗是不能带上公交车的！看样子，你只能打车回家了！"

"啊？"陆合欢错愕地看着牧歌。

他不说她连想都没想过这事。被他这么一说，陆合欢如同醍醐灌顶般清醒过来。

牧歌说得没错，宠物狗是不能带上公交车的！

眼看着他就要上车，陆合欢着急了，一把拽住牧歌的衣袖："牧歌，我知道错了！"

"没用！"陆合欢对宠物狗百般宠爱，却对自己处处挑剔，一想到这里，牧歌就气不打一处来。他拉开车门就要上车，陆合欢连忙弓着腰，用一种诡异的姿势挡在牧歌前面，防止他上车关门。可就是这个动作，让牧歌皱起了眉头："你还想干吗？"

一看到陆合欢怀里抱着的那只宠物狗，牧歌的脸上就露出了复杂的神色。

"牧歌，你别这么小气嘛，就算有喜满在，我们还是可以愉快地玩耍呀。"陆合欢咧着一排雪白的牙齿，讪讪地笑着。

她这表情，别提有多谄媚了。

"不能。"牧歌说完，推开她就准备上车。

这下陆合欢也不甘示弱，以迅雷不及掩耳之势拉开了副驾驶座的车门，直接钻了进去。

牧歌黑着一张脸问她："我重要还是狗重要？"

他本以为，有求于自己的陆合欢会好好思考一下这个问题。

可是没想到，她不假思索地回答："当然是喜满重要。"

牧歌一言不发地坐在那里。

陆合欢终于嗅到了空气中的火药味，笑了起来，更有点儿火上浇油的意思："喜满那么可爱！它比你可爱多了，当然是它重要了！那句话怎么说来着？颜值即正义嘛。"

牧歌一听到这话，心里更加不是滋味儿。

他已经打定主意要把陆合欢赶下车了，她却哈哈大笑起来。

"牧歌，你居然吃一条狗的醋？"

被陆合欢这么一问，牧歌闭嘴了——被说中心事的他面子上有些挂不住了。

"咳咳。"牧歌清了清嗓子，碍于面子只能冷声开口，"你想太多了！我只是……单纯不喜欢宠物！"

虽然嘴上这么说,可是牧歌还是发动了车子。

陆合欢坐在副驾驶座上,心情竟然愉悦起来。她从未见过这样的牧歌,一直以来都是自己被他吐槽得哑口无言,如今终于换成牧歌有小情绪了。

这大概是陆合欢和牧歌在一起之后最开心的一天了,就连她下车的时候都是连蹦带跳的。牧歌坐在车里,最后连和她道别都忘记了。

这个寒假,陆合欢过得格外安稳。

除了每日一个电话,牧歌就好似人间蒸发了一般。整整一个假期他都不曾找过陆合欢,以至于陆合欢觉得自己都快要忘记这个人的存在了。

经过整整一个假期的努力,陆合欢终于如愿以偿地拿到了驾照。

开学那天,牧歌照例来接陆合欢。经过一整个假期和喜满的相处,陆爸爸和陆妈妈直接收养了喜满,她就不再将狗狗带去学校里。

牧歌才将行李放回车上,就看到她凑了上来:"牧歌,你的车借我开好不好啊?"

"你认识路吗?"牧歌将信将疑地看着她。

很显然,他并没有忘记陆合欢路痴的人设。可是听到这话的陆合欢不乐意了,瘪了瘪嘴,小声地说:"我都上了一年多大学了,怎么可能不认识路呢?你就当带我练车呗!"

早上陆合欢就被自家老爹以同样的理由拒绝过一次了。她买不起车,于是就决定找牧歌下手。

"是吗?"牧歌半信半疑地看着她,最后还是将车钥匙递给了陆合欢。

"哇,牧歌我就知道你最好了。"陆合欢心满意足地夺过钥匙,随后就坐进了车里。在她的一番挣扎之后,汽车勉强被发动了。

窗外吹来温柔的微风,陆合欢却显得有些紧张。牧歌转过脸去看她的时候，陆合欢脸颊上的汗珠已经滚了下来。

她小心翼翼的模样让牧歌的眉头皱了起来："你过年胖了几斤呀？"

牧歌突如其来的话，让陆合欢一怔。

她错愕地扭过头去看着牧歌，不知道应该怎么回答。

"就是看你……"开车太紧张了！牧歌还没说完，忽然就改了口："胖了。"

牧歌定定地看着陆合欢。他不是个会说话的人，想来与其安慰她还不如让陆合欢和自己互掐，这样更能缓解她的压力。

陆合欢倒是难得心情好，不但没有计较牧歌的这句话，反而勾着唇开了口："嘿嘿，牧歌！不瞒你说，我过年去整容了。"

"整容？"牧歌愣了一下，侧过脸，仔仔细细地打量了陆合欢一番，却也没找到和之前有什么不同。

他正匪夷所思的时候，就听到她小声地说："我过年去隆了个肚子，材料是蒸羊羔、蒸熊掌、蒸鹿尾……"

陆合欢滔滔不绝地开了口，牧歌忍不住笑了。

"行了，听会儿广播吧。"他说着就打开了车上的音响。

陆合欢将手掌心里密密麻麻的细汗在衣服上蹭了蹭，继续抱着方向盘一动不动。就在这个时候，广播台里的音乐停了下来，里面传来了主持人温柔的声音："下面插播一条紧急路况，西山街中段有一辆玛莎拉蒂正在逆行，请过往车辆注意避让。"

广播还没放完，牧歌的眉头就皱了起来。

可是陆合欢还毫无察觉，东张西望地看着风挡玻璃外面："西山街中段不就是我们这里吗？奇怪了，逆行的车不止一辆呀。"

牧歌简直是败给陆合欢了，一脸尴尬地看着她。

果然，几秒钟之后车子被交警拦了下来。

"牧歌，我不知道这里是单行道啊……我平时从学校回来都走这里。"果然,对路痴而言,只要是能找到路就没有对错一说。牧歌无奈地摇了摇头。

果然陆合欢开车的时候自己应该比她还要紧张才行,可是他居然为了缓和车里的气氛去和她聊天儿,这下好了……

"你好,请出示你的驾照!"

被警察叔叔抓个正着,陆合欢惊慌失措。她翻遍了全身,最后小心翼翼地将自己的驾照双手奉上。陆合欢心跳如擂鼓,就是这个时候,牧歌一把抓住了她的手。

初春的天里,他的手掌依旧那么温暖。

陆合欢的心忽然定了,她看到牧歌笑着对交警说:"不好意思啊,我女朋友第一天上路。她不太认识路,我也是一时疏忽了。"

牧歌三言两语就把话说清楚了,陆合欢还没回过神来,就见他就已经拿着罚单上了车。陆合欢低着头,甚至连看都不敢看牧歌一眼。

反倒是他先开了口:"复习好了吗?"

"好……好了!"补考被安排在晚上,经过一个假期的努力,陆合欢现在算是胸有成竹了。她支支吾吾好半天,才问牧歌:"我开你的车逆行,你不生气吗?"

"气什么?"牧歌若无其事地看着她。

陆合欢松了一口气,看向了窗外。

树枝上抽出了新芽,道路两边满目苍翠。就好似陆合欢的心,有那么一瞬她也觉得自己心中的那颗种子生根发芽了。

车子一路扬尘,最后稳稳当当地停在了宿舍楼下。和牧歌挥手道别之后,陆合欢就走上了宿舍楼的台阶。牧歌送过她很多次,唯独这一次她回头了,不为别的,就为刚才他抓着她手时候的心安。

陆合欢不自觉地笑了,车子从宿舍楼下驶入地下停车场,最后消失在了她的视线里。

"嘿，看什么呢？"身后突然传来的话吓了陆合欢一跳。

她一转头就看到喻喜站在自己的身后。对方穿着一件牛仔外套，脸上自是露着喜色。陆合欢摇了摇头，拖着行李箱上了楼。

补考成绩出来的那天，学校的系统正进行新学期维护。喻喜陪许博然去学校外面的打印店装订毕业论文，还不忘用手机对陆合欢进行远程遥控："二号办公楼找到了吗？"

陆合欢不知道喻喜究竟是哪里来的勇气，竟然胆敢让自己一个路痴单独去教务处查成绩。她抹了抹额角的汗珠，有些筋疲力尽地回答："已经在二号楼了，可是有四个消防通道。就算我是从正门进来的，现在也不知道自己面朝哪个方向了呀。要不还是明天等你来？或者等牧歌也行，他今天有事回家了。"

陆合欢气喘吁吁地对听筒那头的人说。可是查成绩这种事情是一刻也耽误不得的，喻喜哼了一声："合欢，就算你分不清方向，可是你至少应该识数吧？二号办公楼1506，你就不能按照数字一间一间地找吗？"

"是吗？教务处在1506？"

不怪陆合欢没看通知单呀——她可是按照喻喜的指示进的大楼，不过一走进来就迷路了！

"拜托，小姐姐你能不能看看你手里的通知单。"喻喜终于有点儿忍无可忍了，小声地吐槽了一句，然后就开始了自己的祈祷，"佛祖保佑，这次我可一定得过啊！"

陆合欢叹了一口气，总算头脑清晰了一些："行了，你不用纠结了。1506在我经过的路上，我折回去就行了。"

她说完，就挂断了电话。

和喻喜忐忑的心情不同，陆合欢对自己的这次补考非常有信心。果然在教务处查到的成绩和她预想的一模一样。喻喜这次运气不错，成绩在及格的分数线上，勉强通过了。陆合欢给她发了一条微信，就小跑着从办公楼里出来了。

三月的阳光正是最温暖的时候，陆合欢还没来得及拥抱新学期的生活，就看到路边停着的一辆车的车门开了。学校毕竟是读书的地方，像牧歌那样招摇过市开车上学的人不多，陆合欢也就免不了多看了两眼。来人一身灰色西装，利落的短发在微风中轻轻飘动。

白色的衬衫，浅蓝色的领结。

"好帅！"陆合欢不是个花痴的人，可是此时此刻却无法控制了。

她咬了咬牙，对自己说：陆合欢，这么难得一见的帅哥可不是哪里都能找得到的，现在马上去要他的电话！

陆合欢心中幻想了很久，风度翩翩具有绅士风度的人，此时此刻就这样站在自己的面前，甚至是近在咫尺的距离。

要电话！她快步冲了上去，可真正要落实行动的时候，却又怵了。

我今天都没打扮一下就出来了，要电话他能给吗？

怎么办？好纠结。可是，错过了以后她可就见不到他了……

她正做着思想斗争呢，手机铃声就响了起来。陆合欢这才回过神去接电话，以至于压根儿就没注意到那边的人朝她走了过来。

"陆合欢，一起吃晚饭啊！"一接通电话，那边的牧歌就开了口。

陆合欢刚接起电话，一抬头的工夫刚才那个西装革履的男人就已经走到了她的面前。他的声音仿佛山顶潺潺而下的溪水，包含着陆合欢从未见过的柔情：" 你是陆合欢吗？"

他说话的时候就那样平静地看着面前的人，陆合欢愣在原地："是……是啊。"

她的心口好似有一只小鹿在四处乱撞着，谁说这个世界上没有一见钟情的？此时此刻，就这般近在咫尺的距离，陆合欢真切地感受到了自己的心跳。

这算得上是惊鸿一瞥吧？

脑海里空荡荡的，最后她露出了一个自以为无比优雅的笑容："您找我有什么事情吗？"

陆合欢看着他——对方那温柔的笑容让她忽然感觉到了来自春天的温暖。陆合欢欣喜若狂地嘀咕着："他一定一定是来表白的，一定是！"

本来两人差距太大，陆合欢不该想这么多的。可是来人上来就直接问了她的名字，除了表白，陆合欢实在是想不到其他的了。如果有人把此时的陆合欢画成漫画人物，那她一定带着一双星星眼。

好紧张，脸好红，怎么办？怎么办？我是不是应该冷静点儿？

陆合欢一遍又一遍地在心里问自己：我这样会不会太不矜持了？那我应该怎么样才好……

陆合欢都幻想出一场年度大戏了，对面的人才缓缓开了口："我叫邵云，是邵乐的哥哥。"

他站在那儿，就说了这样一句话，却仿佛给陆合欢泼了一盆凉水。

她站在那里，好半天才从自己的幻想中走出来："你……你好。"

邵乐出身显赫是尽人皆知的事情，偶尔和她闲聊时陆合欢也曾听过邵云的名字。可是陆合欢没想到有朝一日，他竟然会来找自己。

"我有点儿事，想和你聊聊，不知道陆同学现在有没有时间。"他的声音很低，可是却并不像陆合欢想象中的那般温柔了。

她抿着唇，最后小心翼翼地点了点头。邵云也没多说什么，径直就往车子那里走。

陆合欢快步追上了他的脚步，才勉强没有被抛下。

果然，这个世界上还是没有绅士风度的人居多。她正想着，车子就停在了校园咖啡厅的门外。

几分钟以后，陆合欢和邵云对坐在了咖啡厅里。

"我妹妹最近状况很不好。"邵云丝毫没有要卖关子的意思，一上来连单都还没点就开门见山地说道。

陆合欢抿着唇，十指交叉却一句话都没说出口。她听到邵云又说："她跟我说，这件事情与你无关。"

依旧是陈述句，但他这种来势汹汹的态度让陆合欢非常不适应。

贝齿轻轻地咬着下唇，她竟然开始有些紧张了。

邵云忽然开了口："我想听你亲口告诉我。"

他的话总是这样，看似轻描淡写实则却让人很不好受。陆合欢觉得自己好像被人扼住了喉咙，好半天才说出了一句话："是我对不起乐乐。"

她的声音很轻，也很低。陆合欢抿着唇，却不知道应该从哪里开始说。她垂着头，小心翼翼地看着邵云："我真的没想过事情会发展成这个样子，我真的很努力地在躲避牧歌了。为了躲他，我还挂了科。刚才你来找我之前，我就是去查成绩的……"

陆合欢不知道究竟应该用什么证明自己的诚意，以前在宿舍里的时候邵乐对她真的不错。

"所以，你不喜欢牧歌？"邵云忽然抬起头来，用直击灵魂的目光看着陆合欢。

她一下子就慌了。从来没有人这样问过她，甚至就连牧歌都没有这样逼迫过她。陆合欢呆呆地看着面前的人，最后心一横开了口："我不喜欢他，我已经一直在躲他了！可是牧歌他就像一块狗皮膏药，甩都甩不掉。"

如果以前说这句话时，或许陆合欢还能面不改色心不跳。可是此时此刻，她心里在犹豫。她不知道自己究竟是怎么了……好像每当她面对重重困难的时候，牧歌都在她的身边。也正因如此，陆合欢说出这句话的时候开始有些言不由衷了。

"哦。"邵云抬起头来，似乎在打量这句话的真假。可是在豪门长大的孩子，往往都不屑于信任任何人。此刻他紧皱的眉头松开了，像是对陆合欢的话嗤之以鼻："我不关心你喜不喜欢牧歌，"他顿了顿，在陆合欢满脸诧异中看向了她，"我只关心我的妹妹究竟过得好不好。"

他这话一出口，陆合欢就识趣地闭了嘴。

邵乐对她是真情实意，可是邵云却不是如此。从他轻蔑的目光里，陆合欢看出了讽刺。恐怕他今天在自己面前说出这句话，就是为他妹妹争口气吧？

邵云说完，就从沙发上起了身。

他直接拍了一百块钱在桌上，用充斥着不屑的目光看着陆合欢说："以后你别联系她了，最好那个牧歌也别再联系她了！我不希望我妹妹伤心难过！"

他说完，就这样大摇大摆地走了出去。陆合欢觉得桌子上的那张钱格外刺眼——作为一个小财迷，她连钱都没拿就转身离开了。

陆合欢怒气冲冲地从咖啡厅里走出来，就撞进了一个宽厚的怀抱。她正准备赔礼道歉，就听到牧歌有点儿得意扬扬的声音："你这么急切要投怀送抱的吗？"

若换作以前，听到这句话的时候陆合欢一定会不乐意。

可是这一瞬，她忽然觉得和邵云比起来牧歌是那样温柔。他虽然没邵云成熟，没有邵云沉稳，可却并没有对她咄咄逼人。陆合欢哼了一声："牧歌，你说我真的有那么差劲吗？"

陆合欢一脸狐疑地看着牧歌，这话却让他皱起了眉头。

"怎么了？"听这话陆合欢就像是被人欺负了，可是牧歌思前想后，实在想不到学校里谁有这么大的胆子。且不说陆合欢是个不吃亏的主儿，就这半年多他和她朝夕相处，多少人都已经将她定义为未来的牧太太了？

"就是……"心里赌着气，陆合欢连想都没想就开了口，"邵云啊，我还以为他是来找我表白的！不是就算了，他竟然还羞辱我！搞得就像我横刀夺爱从乐乐身边把你给抢走了一样！"

陆合欢这话一说出口，牧歌的脸色就黑了。

可是陆合欢还在旁边喋喋不休地说着："难得我看到一个心动的男嘉宾，竟然这么不识好歹。我陆合欢这么可爱，配他还不是绰绰有余！"

陆合欢的脑子里究竟想的都是什么？牧歌真想打开来看个究竟。

"牧歌，你说……"话都还没说完，陆合欢就看到牧歌已经走出去好远了。

他大老远从城区赶回来，就为了陪她吃一顿晚饭庆祝补考通过，可是陆合欢竟然说出了这样的话！

她都已经是他的女朋友了，竟然还说什么看上了别人？还什么绰绰有余？

陆合欢还没意识到自己究竟哪里做错了，慌慌张张地冲上去，跟在牧歌的身后，开了口："牧歌，我有哪里不好吗？牧歌，你等等我啊……"

她越说，牧歌的脚步就越快。

"你走这么快做什么？我都快追不上了……"

陆合欢几乎是一路小跑，跟在牧歌后面气喘吁吁。果然腿长的人就是任性，他连等都不等她。陆合欢补考通过的好心情被邵云和牧歌这样一闹，彻底烟消云散了。

等气鼓鼓地追上他的脚步的时候，陆合欢终于忍不住了："牧歌！"

"陆合欢，我才是你男朋友！"

学校附近的火锅店向来都是学生们来照顾生意，小情侣吵架也是常有的事。服务员颇有眼力见儿，看到这两人吵架便按兵不动。

被牧歌这么一说，陆合欢呆了。

她错愕地站在原地。如果不是牧歌说出这句话,她竟然真的把这件事忘记了。陆合欢下意识地伸手捂住了自己的嘴巴,都说祸从口出,果然是这样的!

她瞪大了一双眼,心里暗呼不妙。

牧歌坐在那里,有些忍无可忍地挑眉看向了她:"你就这么讨厌我?"

陆合欢惊慌失措地摇头。牧歌是嘴上不饶人,可是对她还不错。

"你是不是连看都不想看到我了?这么希望别人向你表白吗?"

陆合欢还是摇头。见到邵云的那一刻她是心动来着,可是女孩子见到帅哥不都没有抵抗力吗?心里虽然这么想,可是陆合欢却不敢说。

牧歌坐在那里,这一瞬终于感受到了前所未有的挫败。

半年多以来,他为她做了那么多。他以为陆合欢会慢慢地爱上他,可是现在呢?事实摆在面前的时候,牧歌还是接受不了。

"牧……牧歌……"

陆合欢小心翼翼地开口,却听到牧歌高喊了一声。"服务员,点单!"

刚才站在走廊上无动于衷的服务员被牧歌吓了一跳,陆合欢也不例外。她呆愣地看着坐在自己对面的牧歌,千言万语如鲠在喉。

她应该怎么向他解释?她为什么就这么口无遮拦呢?这种事情,哪怕告诉喻喜和林墨语也比自己亲口给牧歌说要好呀。都说冲动是魔鬼,果然……自己冲动了,牧歌就变成了魔鬼。

陆合欢可怜巴巴地看着牧歌,最要命的是……

为了报复她,他竟然点了好几个她不吃的菜。她耷拉着小脑袋,像个做错事的孩子,可是想要鼓起勇气向牧歌道歉却又不知该从何开口。

"陆合欢。"陆合欢还在给自己打气呢,牧歌说话了,"你是不是觉得我配不上你?是因为我智商三百,而你只有二百五吗?"

陆合欢抿着唇——她就知道这件事牧歌是不会轻易过去的。

他一定会损得她体无完肤!

"还是说,咱俩体重不合拍?"牧歌说话的时候,都是咬牙切齿的。

陆合欢噘着嘴,只能静静地听着。经过她长时间对牧歌的观察,他才不会这么快就善罢甘休呢。

"我以前一直让你带脑子出门,对不起是我错了。"牧歌深吸了一口气,"带脑子出门的前提是要有脑子,根据我近半年对你的观察,你显然不具备大脑这种东西!"

牧歌越说越生气。

陆合欢几乎被他骂蒙了,她攥着筷子的手随着他每说出一句话就收紧一次。就这样,约莫半小时过去,陆合欢也终于忍无可忍了。

"牧歌!"她一拍桌子,从椅子上站了起来。

以前牧歌数落她,她都不怎么还嘴。原因很简单,牧歌这人嘴巴太毒,陆合欢尽量避免和他争论,就是为了避免矛盾。可是今天,压垮骆驼的最后一根稻草终于出现了。她站在那里,居高临下地看着牧歌:"你以为自己有多好?先说说我们认识的那天吧,我没请你去鬼屋受虐吧?你自己怕鬼还跑进去用平底锅打我!完事以后不知悔改,还趁机敲诈了我一顿火锅!"

陆合欢咬着牙,一想到和牧歌的初遇就恨得牙痒痒。

"那天,就是在这个店里!你说什么?说我配不上英俊潇洒的你!"陆合欢死死地盯着他,连眼眶都红了。

他凭什么那么说她?她有什么错误?

"牧歌,像你这种睚眦必报、斤斤计较的人找不到女朋友,你以为是偶然吗?我告诉你,那是必然!你家里催你找女朋友,于是你盯上了看起来傻乎乎的我!你收买我的室友,趁火打劫,让我不得不答应做你的女朋友,还整天嫌弃我!"陆合欢气急败坏地说道。

从她开口的那一刻牧歌就安静了。他习惯了陆合欢的没心没肺,可是没想到自己和她之间发生的点点滴滴她竟然都记得。

不管是因为讨厌,还是因为喜欢,只要她记得,就是好事呀!牧歌的眼睛眯了起来,原来这个小丫头也没有自己想象中那么没良心。

"如果不是因为你,乐乐怎么会回家住?她怎么会闷闷不乐?我怎么会被邵云羞辱?牧歌,你也太自以为是了,难道全世界的人都应该围着你转吗?"陆合欢一口气说了一大堆的话,甚至就连锅里的汤冒了泡泡都没有注意到。

"不。"直白的否认后,冷静下来的他脸上竟然带着一抹笑容。

紧接着陆合欢听到他说:"我只想要你围着我转!"

如果一定要给牧歌颁发奖状的话,陆合欢一定会把土味情话的奖状发给他。可是她现在正在气头上,任凭牧歌说什么都冷静不下来。她弯下腰从自己的钱包里拿出了身上所有的现金:"今天这顿饭我请你吃!散伙饭!"

以前,陆合欢千方百计地想要和牧歌划清界限,都失败了。

可是现在,当她终于开始适应了牧歌和她在一起的时候,却又发生了这样的事情。

陆合欢深吸了一口气,随后就自顾自地转身了。

她潇洒的背影让牧歌的眉头死死地皱了起来,他看得出来陆合欢是真的生气了。时至今日,她终于说出心声的时候,牧歌才终于意识到……

原来自己真的那么过分!

其实他对待别的朋友不是这样的——他很少说话刻薄,甚至惜字如金。可是对陆合欢不同,他有那么多话想要对她说。他喜欢看到她苦恼的样子,也喜欢她翻白眼瞪他的模样。

牧歌一直以为,情侣之间打打闹闹才是感情延续的方式,可是没想到……陆合欢今天这一番话让他沉默了。他忽然觉得自己不是一个合格的男朋友,在她的心里他竟然是这样地令人讨厌。

Chapter 7
牧歌,你为什么喜欢我

陆合欢想过各种各样的可能,唯独不敢幻想牧歌会喜欢她。

陆合欢从火锅店出来的时候,天已经黑了。

这条街道向来热闹,人来人往中,唯独陆合欢显得格外孤独。不知何时今年的第一场春雨落下了,柔软的雨点落在陆合欢的脸颊上。

"什么嘛,一天遇到两个人渣。"一个邵云就已经让陆合欢头疼了,竟然连牧歌都这么不可理喻。陆合欢一路低着头抱怨,就连自己什么时候站在了路口都不知道。

街道两边的车来来往往,速度一辆比一辆快。

陆合欢的注意力全部在吐槽牧歌上,甚至连路都不看直接就抬起腿往前走。几乎是同一时间,一只手拽住了她的手腕。陆合欢踉跄地往后退了两步,恰巧和路边飞驰而过的大货车擦肩而过。

还真是千钧一发,她长长地舒了一口气!

她转过身,真诚地道谢:"那个,真是谢谢你呀。"

话音还没落下,陆合欢就对上了牧歌炙热的目光。

怎么会是他?她如同条件反射一般将手缩了回来,却没再多说什么。陆合欢不说话,牧歌也不说话,两个人就这样并肩往学校大门走。

陆合欢低着头,依旧是一副心不在焉的样子,也不知是第几次鼓起勇气,终于开了口:"牧歌,你喜欢我什么?"

自己不过无心的玩笑话,却惹得牧歌不高兴了。

事情发展到今天这个地步,陆合欢觉得就算自己不相信牧歌喜欢她,也只是自欺欺人罢了。

她这话一出口,牧歌就皱起了眉头。

他仰起头,看着天边的月亮思考着。

两个人依旧一步一步地往前走,近在咫尺的地方就是学校的大门口了,可是牧歌依旧没有给出回答。

陆合欢忽然笑了,扭头看着他说:"看吧牧歌,就连你自己都不知道喜欢我什么。"

她耸了耸肩,冷静下来以后觉得自己并没有做错什么。

"你是名副其实的学霸,而我却不爱学习。你有洁癖,可是我却邋遢不修边幅。你懂得自律,可是我却是个贪吃的小胖子……"

陆合欢是个有自知之明的人。牧歌太优秀,她和他,相距甚远,永远都不可能合二为一。

陆合欢的话忽然让牧歌沉默了。

最后他用略微有些嘶哑的声音对她说:"我不喜欢你什么,我喜欢你。"

喜欢一个人需要原因吗?

又有谁知道，那种来之不易的幸福其实根本就不是可以用物质来衡量的。

牧歌目不转睛地看着她，最后用陈述的口吻说："换句话说就是……

"不论你是什么样子，我都义无反顾地喜欢你。"

牧歌的话一出口，陆合欢就傻眼了。

她呆呆地看着他。牧歌那固执而又坚定的话让她的心脏飞速跳动起来，和今天见到邵云时候的感觉截然不同，这种感觉比下午更加让她疯狂和窒息。

"可是……"陆合欢有好多理由可以让他看清现实，也让自己看清现实。

可是牧歌没有给她说出这句话的机会。他伸手轻轻地拍了拍陆合欢的头："时间不早了，回去休息吧。"

牧歌说完，就将什么东西塞进了陆合欢的手心。

她下意识地低下头，摊开手掌看到的却是自己怒火中烧时候扔在桌上的那一沓钱。陆合欢的眼眶忽然红了，她听到牧歌临走之前淡淡地对她说："如果你对我的追求不满意，我愿意重新来一次，希望你能给我机会。"

他说完，转身就走入了夜色当中。

望着校门外的路灯将他的身影越拉越长，陆合欢只觉得手掌心里像是握着烫手的山芋。她在气头上对他说了那么多的重话，本以为牧歌找上来一定会和她继续争吵。可是她怎么也没想到，他竟然说愿意重新追求她一次。

陆合欢错愕地站在原地。

"合欢。"

林墨语从后面忽然出现，将陆合欢吓了一跳。她惊慌失措地回过脸去，就好似霜打的茄子一般低下了头。

林墨语不依不饶地开了口："怎么？看你这反应，和牧歌吵架了？"

"嗯。"陆合欢垂着眸，却也不避讳。

"没事，牧歌是真心喜欢你的，就算你再怎么作死，他都不会生气。当务之急，我们还是想想喜喜的生日怎么办吧。"

林墨语可谓一语惊醒梦中人，每年春节过后就是喻喜的生日了，宿舍里年纪最小的喻喜也要过二十岁的生日了。

"我们去唱歌吧？或者去电玩城？我都好久没去过了。"林墨语在旁边出谋划策，可是陆合欢一个字都没听进去。

她感觉自己刚刚走进了一个死胡同，不知道应该如何面对牧歌。

"合欢？"一路喋喋不休的林墨语终于后知后觉地意识到陆合欢走神了。

她又叫了陆合欢一声，陆合欢这才回过神来："墨语，你说牧歌究竟喜欢我什么呢？"

"喜欢你什么？"林墨语被这突如其来的问题给问住了，她的眉头紧紧地皱成了一个"川"字。

陆合欢用手扯着衣角，细微的动作暴露了她的紧张。

"喜欢一个人，需要理由吗？"

这个问题喻喜在宿舍里公开讨论过，现在喻喜不纠结了，反倒换成了陆合欢在没完没了地纠结。

见她这个样子，林墨语忽然笑了起来："你没问问牧歌吗？你这么讨厌他，问清楚他喜欢你哪里，你改不就得了！"

在和牧歌的感情里，陆合欢一直都处于被动状态。被陆合欢多次这样问，就连林墨语都有些无奈了，终于决定给陆合欢指一条明路。

陆合欢抿了抿唇，说："还是算了吧。"

她摇了摇头，不由得加快了脚下的步伐。

林墨语见状立刻跟了上来："你还没回答我呢，喜喜的生日……"

林墨语还没把话说完，就看到陆合欢转过脸来说："就听你的吧！"

宿舍里四个人就像亲姐妹一般，给喻喜过生日，自然是必不可少的事情。

"那乐乐……"林墨语终于将憋在心里的话说了出来。

提到邵乐,陆合欢心里第一个浮现出来的就是将她羞辱了一番的邵云。她直接抬腿走进了宿舍楼里,邵乐来不来如今也就听其自然吧。

陆合欢推门进屋的时候,喻喜正在和许博然聊天儿。

陆合欢才推门,就听到喻喜没说完的半句话:"我已经拿到了,明天就可以给她们一个惊喜。"

约莫是听到了身后的响动,喻喜连忙改了语气:"有人回来了,不和你说了!"

她说完,直接就挂断了视频电话。

陆合欢和林墨语站在门口,开始了家长般的盘问:"你打算给谁惊喜?"

喻喜一怔,扯了扯唇角说:"许博然。"

她没有说实话。以前害怕跟陌生人交流的喻喜经过和许博然整整半年的相处之后,连说谎都面不改色心不跳了,可是她的回答分明前后矛盾。

"你给许博然打电话,说要给'她们'一个惊喜,别想糊弄过去,把话说清楚!"

"就是……"陆合欢觉得林墨语这个人,如果去当侦探绝对能破好多悬案,便也跟着附和。

"真……真没什么事……"喻喜被这两人盘问得有些心虚,不由得连说话都开始颤抖起来。

看她这模样,陆合欢和林墨语更是来了精神,纷纷开始了漫无边际的猜测。

"你是不是订好了生日吃饭的位置,准备给我一个惊喜?"小吃货陆合欢的脑回路永远离不开食物。

听到她这么问,喻喜立刻将计就计,连连点头,可是却遭到了林墨语的反驳："陆合欢,你现在好歹也算跟着牧歌见过世面的人了!什么美食没吃过?能算惊喜吗?"

被林墨语这么一提醒,陆合欢后知后觉地点了点头。

"快,坦白从宽。"林墨语继续不依不饶地问。

喻喜揉了揉头发,见实在没法蒙混过关,只能小声地央求:"你们就别问了,反正明天就知道了。"

"你不知道吗?好奇心害死猫,你这样子我们一晚上都睡不着。"

林墨语理直气壮的话让陆合欢笑了起来。喻喜这人耳根子最软了,只要软磨硬泡,任何秘密都能大白于天下。

可是她怎么也没想到,这一次喻喜可谓"宁死不屈"。

她用贝齿死死地咬着下唇,任由陆合欢和林墨语逼问,却都不肯再说一句话,最后自讨没趣的陆合欢和林墨语只能知难而退。

钻进被窝儿之前,喻喜竟然还特地在宿舍群里发了一条消息:"明天下午,欢迎大家来参加我的生日 party(派对)!"

消息下面附带一条地址定位。

定位才刚刚发出去,陆合欢就看到林墨语回了一条:"路痴是会传染的,我和合欢都找不到地方!"

紧接着,手机屏幕上显示了喻喜发的楚楚可怜的表情包。

任由她刷了十来个表情,林墨语才终于松了口。

陆合欢没有参加她们的互动,脑海里反反复复回荡着的都是牧歌的话。既然明天许博然要为喻喜庆生,那牧歌是一定不会缺席的,自己究竟应该怎么面对他?

陷入无尽纠结的陆合欢失眠了——这算得上是她长这么大以来第一次失眠。

第二天早上,陆合欢还赖在床上呼呼大睡的时候,喻喜就已经精心打扮后出门了。用她的话说,除了晚饭时间,其余时候她都属于许博然一个人。面对这种大型秀恩爱现场,林墨语表示鄙视。

喻喜走了以后，林墨语也出门了，宿舍里独留下深昨夜失眠的陆合欢呼呼大睡。可是半梦半醒之间，陆合欢却听到了咚咚咚的声音。

宿舍外传来沉闷的敲门声，她不耐烦地翻了翻身。

林墨语不可能不带钥匙，喻喜今天也不会回来，想来敲门的也不是什么重要的人。陆合欢正准备在梦里将嘴边的鸡腿吃掉，房门又一次被敲响了，来人似乎大有不达目的誓不罢休的意思。

咚咚咚……咚咚……

一次又一次的敲门声，终于惊醒了陆合欢。

她极不高兴地掀开了被子："谁啊？大白天的，吵什么吵？"

陆合欢才刚说完，门外就传来了一个熟悉的声音："合欢，是我。"

突然钻进耳内的话语，让陆合欢好似被泼了一盆冷水，彻底清醒过来。她慌慌张张地跑去给邵乐开门。邵乐穿着一件毛呢大衣，脸上化着淡妆，看上去却有种用言语无法描绘的憔悴。

陆合欢站在门口，一时间竟也忘了让她进门："乐乐，你回来了！"

陆合欢难以置信的样子让邵乐笑了起来。她一只手插在口袋里，另一只手拖着个行李箱。

看样子她兴许是准备回来住了吧？

陆合欢像个不安的孩子，无比紧张地看着面前的人。

邵乐抬头，定定地看着她，说出口的第一句话却是："合欢，对不起。"

邵乐突如其来的话让陆合欢一怔。

她不好意思地揉了揉自己蓬松的头发："乐乐，你这是哪里的话？要说对不起的那个人应该是我。"

尽管遭到了邵云的羞辱，可陆合欢并没有迁怒于邵乐。

"合欢。"邵乐从门外走了进来，看着陆合欢，"我是说我哥哥……"

邵乐努努嘴，自顾自地说："我没想到他会来找你，而且还做出那样的事情来。"

她这么一说，陆合欢就明白了。

"我替他向你道歉……"邵乐有些歉疚地看着陆合欢——任凭她怎么想也不会想到哥哥邵云竟然会来找陆合欢的麻烦。

陆合欢笑了笑,不以为意地说:"没关系的乐乐,本来也不是什么大事。"

作为一个没心没肺的人,要不是邵乐提出来,陆合欢早就把这事情给忘了。她勾着唇角,露出了如往日一般的微笑,随后就兀自去洗漱了。

邵乐叹了一口气,随后躬身打开了自己的行李箱。

令陆合欢惊讶的是,邵乐提来的箱子竟然是空的。她一只手拿着牙刷,正刷牙呢就看到邵乐打开了自己的衣柜,将衣服一件一件叠好,又一件一件地放入皮箱。

"热热(乐乐)。"口中含着牙膏泡沫的陆合欢连话都说不清楚,"你不住在宿舍了吗?"

作为邵家捧在掌心里的小公主,邵乐的衣柜那可是羡煞众人。她搬回家住之前,就已经收拾过一次了,没想到衣柜里竟然还有衣服。

邵乐忽然抬起头来看着她说:"合欢,我要出国了。"

"啊?"陆合欢一脸震惊地看着面前的人,下意识地咽下了口中的牙膏沫,"你要出国了?"

"嗯。"邵乐重重地点了点头,目光里带着浓浓的无奈,"我哥你知道的……他说让我出国去念书,换个心情。"

以前邵乐只是走读,陆合欢还能在课堂上看到她,可是以后……一想到邵乐即将远赴重洋,陆合欢就有些舍不得了,她的眼眶忽然红了起来:"乐乐,那你是不是以后都不回来了?"

"还不知道呢。"邵乐没有卖关子,说完这句话的时候注意到了陆合欢脸上的不舍,于是便站起来与陆合欢平视,"或许外面广阔的天地更适合我呢?你不要太难过了,既然牧歌对你好就要好好珍惜,知道吗?"

陆合欢避而不提的名字终于被邵乐说出了口。

她错愕地站在原地，千言万语如鲠在喉。

"乐乐，对不起……"除了"对不起"三个字，陆合欢真的不知道自己应该说什么。

邵乐走过来，轻轻地拍了拍她的肩膀："说了没事啦，说不准以后我还能遇到比他更好的人呢？"

她这么一说，陆合欢就宽心了。

有人说过，离开了谁地球都会照转，邵乐能够往前看，未尝不是一件好事。

"等我到了那边，会按时给你们报平安的，大学四人组可不能就这么散了。"

话音才落下，邵乐就看到陆合欢重重地点了点头。

"好了，你送我下楼吧？"收拾好东西的邵乐忽然开了口。

可是这次陆合欢的眉头皱了起来："你连喜喜的生日 party 都不参加吗？"

"放心，我回家放了东西就过去。"邵乐没有拒绝喻喜的邀请，大概这也是宿舍四个人最后一次团聚了吧？

陆合欢将邵乐送到楼下，心才平稳下来。

下午四点，江林酒店的包间里。

也不知服务员是第几次来加水，陆合欢对着空荡荡的餐桌开始抱怨："不是说好早点儿来的吗？喜喜人呢？"

林墨语似乎也有些不耐烦了，哼了一声说："大概是……真的被许博然拐跑了吧？"

陆合欢用一只手支着下巴，立刻开始应和："我早就看透了她重色轻友的本质，你还不信我。"

恋爱中的喻喜简直就是个"狗粮"制造者，每天换着花样秀恩爱。

"你看看人家喜喜,你再看看你……"

陆合欢和牧歌的感情因为陆合欢的榆木脑袋而困难重重。可是喻喜就不同了,她和许博然的感情就像是坐了火箭一样发展迅速,按照陆合欢和林墨语的猜测,大概用不了多久喻喜和许博然就要谈婚论嫁了。

"小姐,这边请。"就在这时,包间的门忽然被人推开了。

陆合欢循声望去,就看到邵乐走了进来:"乐乐来了呀,快尝尝我刚买的炸土豆……"

话还没说完,陆合欢就注意到了跟在邵乐身后的那个人。

"邵……邵……"陆合欢支支吾吾,半天都没说出一句话,看到邵云的反应就好似被雷劈了一般。

林墨语也对这个不速之客产生了好奇,瞥了他一眼:"怎么?你和这位帅哥认识?"

今天的邵云打扮就低调多了,没有西装革履,没有擦得锃亮的皮鞋,只有一件羊毛衫搭配着休闲外套。

陆合欢别开了目光:"认识,不熟!"

"合欢,你看我把他带来给你道歉来了。"邵乐用一只手挽着邵云的胳膊,有些俏皮地冲着陆合欢开了口。

陆合欢瞥了邵云一眼,却没有多说一句话。

"陆同学,之前的事情是我不好。我向你道歉,对不起。"沉默片刻,邵云开了口。

看他的态度非常诚恳,陆合欢也只能扯着嘴角对邵云笑了笑。天知道她现在究竟有多想从口袋里掏出自己全部的零花钱拍在邵云的脸上,让他也感受一下什么叫羞辱。可是碍于自己和邵乐的关系,陆合欢也只能淡淡地回了一句:"没关系,我已经忘了。"

包间里的气氛一下子变得诡异起来,不多会儿喻喜就和许博然推门进来了。

"萨普爱思(surprise,惊喜)……"喻喜一进门,就用她充满乡土气息的英语发音吓了大家一跳。

陆合欢抬头,白了她一眼:"你这不是惊喜,是惊吓……"

陆合欢的话音还没落,就被喻喜打断了:"我说的不是这个……"

喻喜低下头去,在口袋里一通翻找,最后将两个小红本扔在了餐桌上。

陆合欢一低头,就看到上面三个烫金的清晰的大字。

"结婚证!"几个人异口同声地开了口。

紧接着,大家齐刷刷地看向喻喜。

宿舍里年纪最小、最腼腆的喻喜,竟然结婚了?

"喜喜,你也太快了!"最先开口的人是陆合欢。

紧接着是林墨语:

"怪不得昨天晚上躲着我们呢,合着你昨天就已经打算好了?"

"是啊。"喻喜眯着一双眼,紧接着转过脸去看着许博然:"感谢许先生送我的生日礼物。"

"不客气。"许博然依旧是一副绅士的模样。

最后还是邵乐问到了关键点上:"满二十岁的第一天,你就去领了结婚证?那你们打算什么时候举办婚礼?你爸妈知道了吗?户口本是你从家里偷出来的吧?"

这一次,所有人的目光又一次落在了喻喜身上。

她有些不好意思地挠了挠头:"是呀。"

"婚礼我们还没考虑好,应该还要过一段时间吧。"许博然站在喻喜身后,说话的时候依旧彬彬有礼。

"不行了,这个'瓜'太大,我得缓缓……"陆合欢正端起桌上的杯子准备喝茶,就看到姗姗来迟的牧歌推开了门。

"怎么样?民政局人多吗?"他走进来,一开口就说明了一切。喻喜把陆合欢她们瞒得严严实实的,许博然却根本没有要瞒着牧歌的打算。

牧歌进来之后,就挑了陆合欢身边的位置坐下。

这毫不客气的模样就好似他才是今天这顿饭的主人。

陆合欢不敢看他,只能将自己的目光转向了身边和许博然有说有笑的喻喜:"喜喜……"

她轻声细语地叫着,可是喻喜根本没打算理会她。

"喜喜!"陆合欢又叫了一声。见喻喜这次转过脸来了,陆合欢小声地说:"你让乐乐把她哥带来,就不怕他掐死牧歌吗?"

餐桌上大家三三两两地聊着,喻喜忽然意识到什么,侧过脸来,看着陆合欢:"怎么?你在担心你家牧歌吗?"

陆合欢被喻喜问得哑口无言,只能识趣地闭了嘴。

见喻喜不再理会她,陆合欢索性拿出了手机,打开自己刚下载的手机游戏,开始打了起来。她玩得正投入呢,旁边传来了一个声音:"草丛里有人……"

牧歌的话还没说完,屏幕上的草丛里就蹿出来三个人,一连放了好几个技能,打得陆合欢毫无招架之力。等屏幕上出现死亡倒计时之后,陆合欢才有些惊讶地转过脸去看牧歌:"你也玩吗?"

"不玩。"牧歌看了看她,无奈地吐槽,"这种没有技术含量的手机游戏,我怎么会玩?"

他那不屑一顾的样子,让陆合欢有些失望。

她撇了撇嘴,丢出了三个字:"没意思。"

说完,陆合欢又自顾自地沉浸在了自己的游戏世界里。牧歌坐在旁边,开始给陆合欢助攻:"先把人定住再打……"

他的话音还没落,陆合欢又死了。

她将手机扔给他,自顾自地抱怨:"什么破游戏,一直挨打。"

牧歌接过她的手机,露出了无奈的笑容。他用修长的手指在屏幕上滑动着,不多会儿扬声器里就传出了击杀的提示音:"双杀!三杀!四杀!"

陆合欢难以置信地看着他,却看到牧歌已经取得了游戏胜利。

他把手机还给陆合欢后才开了口:"少打游戏,对视力不好。"

牧歌这话一出口,陆合欢没忍住笑了出来。她凑到牧歌的面前,小声地问他:"你没事吧?"

陆合欢说着还没忘记伸手去摸了摸牧歌的额头,最后自言自语:"也没发烧啊。"

说话不刻薄的牧歌,忽然让她有些不适应了。

她正自言自语呢,牧歌开口了:"我给你说的事情考虑好了吗?"

牧歌突如其来的话让陆合欢心中暗呼不妙。她勾了勾唇角,小心翼翼地开了口:"牧歌,今天能不能聊点儿别的?这么多人呢!"

说这话的时候,陆合欢在心虚。

"哦。"牧歌显然有些失落,可是却没再多说什么。

陆合欢惴惴不安地坐在那里,不多会儿服务员就端上来了香喷喷的菜肴。陆合欢迫不及待地伸出筷子去夹菜,可是一连好几次菜肴都从她的筷子中间滑落。她有些失落地皱着眉头,正准备再次动手,却看到碗里已经堆满了自己爱吃的菜肴。

她后知后觉地转过脸去看牧歌。他没有在看她,骨节分明的手指在手机屏幕上滑动着,像是在全神贯注地玩手机。陆合欢又看了看喻喜,她依旧在和许博然聊天儿。

见身边的两个人注意力全都不在自己身上,陆合欢这才心满意足地吃起了碗里的菜。她不知道的是,牧歌一直在旁边小心翼翼地看着她。

既然陆合欢还没有做好充足的思想准备,那他一定会等到她愿意接受自己的那天。

吃过饭,陆合欢就被喻喜抛弃了。

作为重色轻友的典型代表,喻喜连生日蜡烛都没吹,就和许博然提前离席了。寿星都走了,其他人自然也没留下的道理。邵云领着妹妹邵乐直接走出了包间,看到这一幕的陆合欢终于忍不住开了口:"什么来道歉的,根本就是怕乐乐被欺负来当保镖的吧?"

陆合欢说的话，牧歌听得清清楚楚。他不表态是因为不想再激化自己和陆合欢的矛盾，可怎么也没想到，说完了这句话之后的陆合欢竟然有些心虚地转过头来小心翼翼地打量着他。

佯装淡定的牧歌终于开了口："时间不早了，我也还有事，就先走了。"

看到他离开，陆合欢提到嗓子眼儿的一颗心才算是落了地。

在座的人陆陆续续走得差不多了，陆合欢才和林墨语结伴搭上了回学校的公交车。

一路上林墨语都在抱怨："还想给喻喜这小丫头一个惊喜，她倒好，不给机会也就算了，居然连结婚证都偷领回来了。"

"算了吧，毕竟她是许博然的女朋友，以他为中心不是很正常吗？"

陆合欢这么说本是想让林墨语宽心，哪儿承想林墨语忽然转过脸来看着她："那你呢？你不也是牧歌的女朋友吗？怎么跑来和我挤公交？来之前，我还以为有你在牧歌会自告奋勇地送我们回去。"

陆合欢没有说话。每次一有人同时提到她和牧歌的时候，她都有种说不出来的慌乱感。

见陆合欢不说话，林墨语似乎意识到了什么，识趣地闭了嘴。

初春的夜，空气里依旧透着寒凉。好在公交车上的暖气开得很足，陆合欢不知不觉就靠在椅子上睡着了。

"合欢，你说……"林墨语依旧在和陆合欢聊天儿，可是乍一转过头，就看到了陆合欢嘴角晶莹剔透的口水。林墨语忽然笑了，竟然连陆合欢究竟是什么时候睡着的都不得而知。

林墨语正笑着，就看到陆合欢的嘴唇微微动了动。

她先是一怔，随后小心翼翼地凑到了陆合欢的嘴边，紧接着一个软软糯糯的声音钻进了林墨语的耳朵里："牧歌……"

"连做梦都在叫着人家的名字，还整天说什么不喜欢人家。"

林墨语正没好气地吐槽陆合欢口是心非呢，就听到陆合欢又一次开了口:"你还我鸡腿……"

　　林墨语终于忍不住捧腹大笑起来。

　　她们回到宿舍楼下的时候,已经快十点了,距离宿舍的宵禁时间只有半个小时。陆合欢正揉着蒙眬的睡眼往宿舍里走,学校的广播里就传来了一个温柔的声音:"今天晚上我们邀请到了学霸牧歌,在这个漆黑的夜晚请他用他的声音为我们带来一首温暖人心的歌曲。"

　　主持人的话音刚刚落下,陆合欢的脚步就顿住了。她听到整个宿舍楼里传来了女生们的欢呼。林墨语也意识到了什么,转过脸来看着陆合欢。

　　这一瞬,整个世界好像都静止了。

　　刚才来来往往的人全都停下了脚步,纷纷侧耳听着校园广播。

　　"今天这首歌,送给我喜欢的女孩子。"他的声音很低,也很温柔。

　　陆合欢站在那里,一时间双腿就好似灌了铅一般。

　　紧接着,广播里就传来了周杰伦的那首《告白气球》,陆合欢觉得空气好似凝固了,刚才还叽叽喳喳的女生们全都安静下来。男神在广播里唱歌,那可是千年难遇的事情。

　　一曲终了,陆合欢听到林墨语说:"啧啧,还真是深情啊,也不知他喜欢的这个人是不是打气筒,一言不合就闹情绪。"

　　陆合欢自然知道林墨语这话是说给自己听的。

　　可是她就是个死要面子的人:"明明就五音不全,还跑到广播台去,当着那么多人的面丢人现眼,他还真当我们学校是练歌房吗?"

　　她说完,径直走进了电梯里。

　　林墨语就这样看着陆合欢坐电梯上了楼。她认识的陆合欢向来是个和善的小丫头,可是不知道为什么一提起牧歌,陆合欢就像是变了一个人。

　　陆合欢一回到房间里,手机铃声就响了起来。

　　她接起电话,清楚地听到牧歌的声音从听筒里传了过来:"怎么样?

我给你准备的小惊喜还满意吗？"

"幼稚。"陆合欢没好气地丢出了两个字。

这一次牧歌似乎受到了打击，握着电话久久没有说出一句话。

反倒是陆合欢又开了口："牧歌，你的音乐是体育老师教的吗？调儿都跑成那样了，你还敢跑去丢人现眼。"

牧歌唱歌没有跑调儿，不过跟他在一起这么久陆合欢学会了一个特殊的本领——鸡蛋里挑骨头。她本以为牧歌会还嘴，没承想牧歌却一字一顿地回答说："只要是为了你，我什么都敢做！"

爱情这东西，从来都是身不由己。

牧歌从来都不是个坦诚的人。可是每当他无法获得陆合欢的信任的时候，就会不自觉地想要说出真心话。也正因如此，听筒那头的人陷入了沉默。

"牧歌……"陆合欢抿着唇，最后小心翼翼地说，"对不起，我不是故意……"

牧歌总是能够将她以为的玩笑变得严肃，陆合欢永远都猜不到他的下一句话究竟是对她的讽刺还是情话。任何一个女孩子，在这样一段感情里都会显得犹豫。

她抿着唇，最后小声地对他说："时间不早了，休息吧！"

"好。"牧歌没有太过执着，很快就挂断了电话。

陆合欢攥着手机，却觉得自己似乎攥着一枚定时炸弹。她挂断了电话，简单洗漱过后就爬进了被窝儿里，几经纠结最终在对话框里打了两个字："晚安。"

收件人是牧歌。

她迷迷糊糊快要睡着的时候，就听到手机发出了振动。陆合欢打开手机，发现牧歌发来的只有两个字母："an。"

彼时，她以为这是他的"安"字错发成了拼音。

很多年以后，她才惊觉那是"爱你"的开头字母，他只是在用另一种方式表达他的感情。

　　一夜好眠,第二天一早陆合欢就被开门声吵醒了。喻喜像个小偷似的,蹑手蹑脚地在衣柜里翻找着。陆合欢看到她几乎将衣柜搬空了,揉着惺忪的睡眼,问了一句:"你这是要造反吗?"

　　喻喜家可不在这座城市,陆合欢明白她不可能像邵乐那样任性地回家住几天。

　　"我……"喻喜看了一眼陆合欢,最后小声地说,"我在外面租了一套房子,以后就住在外面了呀。"

　　她这回答让陆合欢瞪大了一双眼睛。

　　喻喜家里什么条件陆合欢不是不知道,对方怎么可能有钱在外面租房子?

　　"你家……"陆合欢顿了顿,小声地问喻喜,"今年挖到矿了吗?"

　　陆合欢的这个猜测简直比中五百万的彩票更加困难,喻喜白了她一眼解释说:"没有,是许博然!他在外面租了一套房子,说不常住,让我过去帮他照顾一下花鸟鱼虫什么的!"

　　这冠冕堂皇的话让陆合欢无语了。

　　她从蚊帐里投来质疑的目光:"仅此而已吗?"

　　"不然呢?"喻喜看了她一眼,依旧没有意识到事情的严重性。

　　陆合欢忽然有种嫁掉了自己家闺女的感觉,抿了抿唇,最后摆了摆手:"算了,你去吧。"

　　陆合欢的态度让喻喜有些惊讶。大约猜到了陆合欢的担忧,她又解释说:"你想什么呢?机器人协会这段时间要去外地展览,许博然也跟着去。我就是去帮他打理一下……"

　　喻喜说完,又仔细地打量了陆合欢一番。

　　以前陆合欢从来都是有什么说什么,今天怎么吞吞吐吐的?

　　听到这里,陆合欢算是哑口无言,拍了拍额头又躺回了被窝儿里:

"恭喜发财，早去早回！"

本来陆合欢就没睡醒，得知是自己虚惊一场自然也就松了一口气。

喻喜看了看她，最后小声地提醒："合欢，下周就开学了，你还是调一调生物钟吧，我不在的时候你上课可别迟到了！"

有了上学期的教训，陆合欢是当真不敢再迟到和早退了。她带着睡意极不耐烦地回了一句："好，我知道了。"

可是喻喜这一去，就两三个月没回来。除了准时上课，参加班会，陆合欢觉得自己和她简直就是两个世界的人。

宿舍里除了自己，只剩下想要备考研究生的林墨语，陆合欢感到异常孤独。女生节的黄昏，陆合欢终于有些忍无可忍了，拽着林墨语的衣袖："小姐姐，算我求你了，就陪我吃一顿火锅，不吃火锅我会死的！"

作为一个吃货，陆合欢觉得自己已经许久没有看到过火锅里的肉丸子。更重要的是，就连"狗皮膏药"牧歌都好似人间蒸发了一般。陆合欢实在是没人陪了，只能将自己的"魔爪"伸向了林墨语。

林墨语擦了擦额角的汗水，有些无奈地说："不行啊，培训班今天有课。"

她的声音温柔，却透着浓浓的无奈。陆合欢站在那里，好似连生活的希望都看不到了，可怜巴巴地对她说："你就抽一天陪陪我……宿舍里就咱们两个人，每天我睡着了你才回来，我都快要疯了。"

陆合欢恳求的话让林墨语不自觉地皱起了眉头。

她定定地看着陆合欢："事实证明，你需要一个男朋友了！"

林墨语根本就是哪壶不开提哪壶，陆合欢一下子就陷入了沉默。

算起来牧歌快一个星期没找过她了，她本以为他是不会不理她的，可是接连几天过去了，除却互道晚安，对方就再也没有出现过。以前他天天守着她，一言不合就欺负她，陆合欢觉得他讨厌。

可是现在，突然进入没有了他的生活，陆合欢竟然开始有些想念牧歌了。

她正想着，林墨语就看了看表。

"合欢，我真的来不及了。我还有课，你自己出去玩吧。"林墨语说完，不仗义地转身就走。

陆合欢站在那儿，微风吹着她的外套，从未有过的孤独感在心口蔓延着。

最后，她坐在学校的长凳上打开了手机。

通讯录里两百多号人，陆合欢却找不到一个可以陪她吃火锅的人。列表上的人名被上下滑动着，最后她的手指停留在了"林浩"的名字上。

陆合欢深吸了一口气，最后拨通了电话。

"喂，陆合欢，你该不会是想小爷我了吧？"电话几乎是被秒接，紧接着那头就是一个熟悉而又陌生的声音。

陆合欢和林浩从小就认识。上小学那会儿陆合欢还不是女汉子——她和那些女孩子一样，喜欢好看的洋娃娃，也爱哭。

正因如此，陆合欢很快就成了调皮男生们欺负的对象，那段时间的生活对她而言可谓是苦不堪言。后来林浩成了班上的插班生，老师本以为将陆合欢安排给林浩做同桌她能够管管他话痨的毛病，可是没想到……

半个学期以后，陆合欢被带进了沟里。

就这样陆合欢从一个乖巧的女孩儿，变成了一个无所畏惧的女汉子。而林浩，也成了她成长道路上唯一的伙伴，她管他叫哥们儿。

"你不是复读吗？还能秒接电话？"陆合欢直截了当地问。

这次林浩不出声了。

陆合欢高考的那年，林浩也高考。可是林浩这货是个奇葩，他上次参加高考的时候，竟然生生在高考的数学卷子上画了个Q版的陆合欢。

于是，这份卷子被以乱做标记为理由给了零分。

这还不算完，高考成绩出来的那天，林爸爸追着林浩打了两条街，问他为什么画画，林浩却说："陆合欢长得就像吉祥三宝，说不准能保佑我平安呢？"

陆合欢觉得，林浩还不如说她长得像钟馗呢！

林浩就这样浪费了一次机会，后来他被父亲送去学了美术。林爸爸骂他时说："你不是喜欢画画吗？那就让你画个够！"

今年林浩即将迎来他的第二次高考了，仍信誓旦旦地对陆合欢说："你放心，这次哥一定追上你的脚步。Z大，我一定来。"

"林浩。"陆合欢顿了顿，本想鼓励他，可是一想到对方是自己从小到大互怼的小伙伴，就放弃了。陆合欢一本正经地提醒他："就算你现在来了Z大，也不是哥们儿了。"

"那是什么？"听筒那头的人一听说自己的称呼变了，立刻就不乐意了。

陆合欢顿了顿，没好气地提醒："小学弟。"

"陆合欢，你！"林浩气急败坏地说道。

从小到大都是他罩着陆合欢，没承想现在自己的小尾巴竟然要翻天了？

"你现在努力只能决定这个学弟是比我低几届！"

"浑蛋！"

电话里传来的哀号让陆合欢莫名心情大好。

紧接着她就听到林浩说："不和你说了，我要上课了。"

话毕，他就匆忙挂断了电话。

成功将林浩数落一番之后，陆合欢也没那么失落了。她开始期待林浩的出现了，毕竟只要他来了就有人和她继续玩耍了。

陆合欢坐在长凳上正发呆呢，就听到不远处传来了一道声音："快，在那边。"

"哎，你们等等我。"

见几个女生慌慌张张地往女生宿舍的方向跑,鉴于自己实在是太无聊,陆合欢准备去凑凑热闹。她拿了包,跟着女生们匆忙的脚步往女生宿舍走。

宿舍楼下被女生们里三层外三层地围着,陆合欢的脚步忽然顿住了。

她不喜欢太拥挤的地方,可是此时此刻宿舍楼下根本就是水泄不通。陆合欢思前想后,最后放弃了凑热闹。她刚一转身,就听到人群里有人开口:"牧歌追的人究竟是谁啊?之前不是都已经追到了吗?怎么又跑来表白……"

"是呀,我也不清楚。"

两个人正议论呢,旁边一个穿着牛仔外套的女孩儿神秘兮兮地走了过来:"我听说啊,是……"

见她顿了顿,几个人纷纷凑到了女孩儿的面前。陆合欢见她这模样,也有些按捺不住了,小心翼翼地凑了上去偷听。

"那女孩儿太丑了,所以就分手了!说不准牧歌已经移情别恋了吧?你看之前那妹子哪儿有这么大的表白阵容?"

丑?

陆合欢下意识伸手摸了摸自己的脸颊。

她还没来得及开口,就看到刚才围成半圆形的人群一字排开,紧接着……

陆合欢看到了门口卖各种小吃的老板,有卖炸土豆的、有卖烤豆腐的、有卖烧饼的、有卖章鱼小丸子的……她大致数了数,跟牧歌到宿舍楼下的小商贩怎么也有二十几个,几乎囊括了所有自己爱吃的东西,尤为重要的是——牧歌竟然还让他们带着装备!

"你说这伙人,究竟是怎么进来的?学校保安不管吗?"周围忽然有个声音说出了陆合欢心中的疑惑。

她正想着,又一个声音给出了答案:"谁知道他们怎么进来的?

不过那个人是牧歌，像他这种高智商学霸一定有办法的咯。"

陆合欢听着听着，低下了头。

难怪这么多天牧歌都不找她玩了，原来是早就移情别恋了。

可是牧歌这是什么癖好？竟然一连找的两个女朋友都是吃货？而且对方的口味还和她的一模一样。陆合欢低着头，从人群里穿过，准备离开。

她一步一步地往前走，几乎是同一时间，路边摆着的那个音响传来了一个不着调的声音："陆合欢，请你接受我的表白。"

陆合欢听到自己的名字，脚步忽然顿住了。

她错愕地回过头去看牧歌，男孩儿帅气又英俊，站在人群中的他那般显眼。陆合欢的心忽然一下就软了，她很想现在就拨开人群，告诉他自己就在这里。

可是陆合欢没有那个勇气。一想到女孩儿们刚才议论自己的话，她就停住了脚步。

周围看热闹的人越来越多，女生宿舍里平日就鲜少有人认识陆合欢，像她这种成绩中等、长相一般的女孩子从来就不会被人记住。

就在大家纷纷对牧歌这一场闹剧指指点点的时候，陆合欢听到牧歌又说话了："之前是我不好，我没有考虑过你的感受。希望你能再给我一次机会，我带了所有你爱吃的小吃店的老板过来赔罪，以后你去吃东西不但不花钱还享受超大份。"

牧歌这话一出口，宿舍楼下所有的女生都笑了。

陆合欢想，大概没人理解牧歌为什么会喜欢她吧，在马路上随便找个人都比自己的身材好。

"不但超大份，而且永久外卖。不管你身在何处，我亲自给你买。"

牧歌这话不知逗乐了多少人。大家纷纷看热闹一般，看着站在那里的他，甚至有人觉得这话听起来就像在讽刺一个吃货。

可是陆合欢明白，牧歌没有开玩笑。

一直到这一刻,当她站在这里的时候,才笃定牧歌对她的心意是真的。不是玩笑,也不是他恰巧需要个女朋友,而是于万千人当中他恰好在等她。

陆合欢的眼眶忽然就红了,她站在那儿,双腿好似灌了铅一般。

"你们说,牧歌这是不是在讽刺他前女友啊?"

"你是不是傻?亲自送外卖呢!如果我哪天点外卖看到这么帅的人给我送餐,我一定会开心哭的。"

周围的议论声没完没了,陆合欢的心似乎被种下了一粒种子。

她忽然陷入了无休无止的纠结当中,纠结自己是不是应该现在就走出去,牵住牧歌的手,又或者灰溜溜地走掉,假装什么都没有发生。

事实证明,陆合欢选择了后者。她几乎连想都没想就抬腿准备往学校外面走。可是就在这个时候,人群里有人惊呼了一声:"那不就是陆合欢吗?"

陆合欢一惊,可是已经来不及了。

人群里立刻有人附和:"对,就是她!徐教授上课点名的时候,最爱叫她了,我记得!"

眼看着周围的人蜂拥而上,陆合欢只能在心里暗呼不妙。

前方的去路被来凑热闹的人们堵住了,陆合欢呆呆地站在那里。最后牧歌从人群里走了出来……

他定定地看着她,这一瞬陆合欢的心跳便没理由地加速了。

陆合欢听到他说:"怎么样?我是不是充分考虑到了你吃货的人设?"

"牧歌!"他害得自己在学校这么多人面前丢人,陆合欢觉得这件事不能就这么算了!

她咬牙切齿的模样让牧歌勾起了唇角,最后他终于抓住了她的手。

陆合欢第二次别无选择地成为牧歌的女朋友,一方面是因为同学们没完没了地起哄,另一方面则是……

牧歌不是说他喜欢她吗？那她倒要看看，他究竟是不是一个撒谎的匹诺曹。

刚刚他拨开人群，一步一步向她走来的那一瞬，陆合欢感觉到了自己的心跳。人群逐渐散去，偌大的广场上只剩下零星的人各自忙碌着。

陆合欢眸光坚定地看着他："重新认识一下吧？牧歌同学。"

最开始她对他只有讨厌，可也许从今天开始……

陆合欢会心甘情愿地应对他给自己制造的所有困难。

牧歌微微皱起眉头，依旧是死性不改的模样："我们都这么熟了，还需要重新认识吗？"

陆合欢无奈地抿了抿唇，小声地说："牧歌，你把我的喜好全都透露给了别人，就不怕我跟别人跑了吗？"

陆合欢说这话，分明就是不想让自己掉面子。

闻言牧歌皱起眉头，像是在纠结陆合欢说的话。

下一秒，陆合欢听到他给出了回答："放心，不是每个人都对养猪感兴趣的。"

果然，江山易改，本性难移！

陆合欢正欲伸手去掐他，牧歌却往前跑了两步。陆合欢也不甘示弱，直接追了上去。牧歌回过头的时候，陆合欢正气喘吁吁地站在广场旁边的小路上，她的脸上布满了笑容。

这一年初夏的大雨，远比毕业典礼来得仓促。

穿上了学士服的牧歌站在礼堂的台上，葱白似的手指攥着演讲稿，目光平视远方。陆合欢坐在礼堂的第一排，她的身边就是与她无话不谈的喻喜。

"合欢，你家牧歌今天好帅。"

喻喜毫不吝啬的夸赞让陆合欢有些羞赧地笑了笑："穿得倒是人模狗样的，也不知这演讲到底什么水平。"

以前，只要有人说牧歌是陆合欢的，她立刻就会站出来反对。可是任凭自己再怎么解释，她也堵不住悠悠众口。所以最后，陆合欢彻底放弃了！她和牧歌这样的说话刻薄的人在一起，忍耐力得到了前所未有的提升。

"你这话就不对了，什么叫人模狗样的？！"喻喜看着陆合欢，纠正她的话，"多少女生对牧歌都求而不得，他看上你你应该……"

"感到荣幸是吧？"

陆合欢早就听腻了这种冠冕堂皇的话，别说是喻喜了，就连上课时候，那些女生都说："也不知道陆合欢上辈子积了什么德，竟然能这么好运得到牧歌的喜欢。"

"呃……算……算是吧。"喻喜小心翼翼地点了点头。

陆合欢皱起眉头没好气地提醒："喜喜，你可是我的闺密，你可不能胳膊肘往外拐啊！"

"大小姐，你就是借我十个胆子我也不敢了，放心吧！"知道陆合欢对被自己出卖的事情心有余悸，喻喜立刻信誓旦旦地保证。

听到她这么说，陆合欢一颗悬着的心才落了下来。

"我的意思是，你得学会珍惜啊！"

"珍惜什么？牧歌嘴这么贱，怎么珍惜？"

陆合欢理直气壮的回答让喻喜摇了摇头："彻底败给你了，我的意思……"

算了，她说了也白说。

如果陆合欢真的是个能听得进话的人，大概早就明白了。

喻喜正摇头呢，身后就有一只手拍了拍她的肩膀。喻喜转过头去，就看到许博然站在她的身后。

他压低了声音对她说："我换好衣服了，我们先出去拍照吧？"

每年六月，对学生来说，最有仪式感的事情莫过于穿着学士服拍摄毕业照了。

喻喜一听他这话就来了精神，从椅子上站了起来，却没有忘记自己身边的陆合欢："一起去吗？"

陆合欢看了看她，随后又看了看许博然，最后识趣地摇了摇头："秀恩爱分得快，你们悠着点儿啊。"

一想到喻喜和许博然那些肉麻的举动，陆合欢就浑身起鸡皮疙瘩。她小声地说完，就将眸光转向了演讲台上的牧歌。

陆合欢细微的动作被喻喜看在了眼里。

她哼了一声："还说我秀恩爱，你在这儿难道不是为了牧歌吗？也是，你还是把人看好了，免得一会儿女孩儿们都冲上去找他要签名，牧歌就把你忘了！"

"喻喜！"

被她说中心事的陆合欢丢出一个白眼，两个人的对话引来了许博然的笑声。

陆合欢本还想说点儿什么，可是喻喜却抢先一步开了口："行了，我们走了。今天晚上有毕业舞会，你别忘了。"

喻喜这激动的劲儿，就好似是自己的毕业晚会一般。陆合欢无奈地叹了一口气，刚一抬头就看到结束演讲的牧歌正目不转睛地看着自己。

陆合欢的呼吸突然一顿，整个世界好似都静了下来。

牧歌不会又打算在这种时候做点儿什么吧？陆合欢忐忑到了极点。正当她陷入无尽纠结的时候，台上的人开了口："我的演讲就到这里，非常感谢大家。"

听到这句话，陆合欢提到嗓子眼儿的心才终于落了地。

很快，牧歌就在众人的目光里从台上走了下来。他坐在了她的身边，脸上带着那种含情脉脉的表情："喻喜跟你说什么了？"

从他站在台上开始，陆合欢就一直在和喻喜聊天儿，甚至连头都没抬起来过。

牧歌心中吃醋呢。

陆合欢开了口："我不告诉你呀。"

她的话音才刚落下，就有女生凑了过来："牧学长，给我们签个名好吗？"

说这话的时候，她们没有忘记瞥一眼陆合欢。

"就是毕业纪念而已！"

牧歌果然是校园名人，竟然还有这种待遇。

陆合欢正腹诽着就听到牧歌开了口："如果我女朋友允许，我没什么意见啊！"

他这哪里是让她做决定，分明就是给她招黑。

陆合欢正咬牙切齿地想呢，手机铃声就响了起来。屏幕上显示着"林浩"二字，陆合欢瞬间心花怒放，想都没想就接起了电话："你是不是有什么好消息要告诉我？"

高考已经结束这么久了，想来林浩的成绩也有消息了。果不其然，听筒那头的人顿了顿，随后直言不讳地道："看分数应该是没问题的，你就等着小爷我来找你玩耍吧。"

"嗯，好。"

陆合欢正应声呢，就听到牧歌开了口："合欢……"

他侧过脸来的时候，她正在对听筒那头的人说话。陆合欢本没打算避着牧歌，可却没想到牧歌的声音勾起了林浩的好奇。

"陆合欢，你干吗呢？"林浩直截了当地问，话里还带着点儿质问的意思。

陆合欢抿了抿唇，小声地回答："没什么，就是……"

"你是不是恋爱了？"林浩向来是个直肠子，从来不会拐弯抹角。

一听这话，陆合欢就皱起眉头。她还没来得及把话说清楚，听筒那边的人就迫不及待地说话了："这年头骗子很多的，你知道对方什么来历、什么背景吗？那些说什么大学不谈恋爱会悔恨终生的人都是在忽悠你，我给你说你听哥的准没错。"

虽然陆合欢没有开扬声器，可是牧歌就坐在她的旁边，这话从听筒里隐隐约约地传进他的耳朵里，牧歌的眉头一下子就皱了起来。

"不是你想的那样……"她的话还没说完，手机就被牧歌一把抢了过去。

他对着听筒那边面不改色心不跳地开始了对自己的夸奖："我牧歌怎么可能是骗子呢？小学拿到的奖状不计其数，中考第一名，高中全国奥数比赛第一，高考省内第一，大学……"

牧歌不说，陆合欢还真不知道他的"战绩"竟然这么辉煌。

她抿着唇，就听到电话里的林浩在咆哮："我才不管你是谁呢，我二弟呢？你让我二弟接电话！"

"二弟？"牧歌的眉头紧紧地皱了起来，随后他用狐疑的目光看着陆合欢。

气氛一时间有点儿尴尬，她终于小心翼翼地开了口："他一直自称大哥，又没人愿意跟着他混，所以……"

这个外号已经好多年没人叫过了。

陆合欢以为牧歌在担心她认识什么不靠谱儿的朋友，没承想他突然开了口："所以，你大名叫八戒吗？"

"牧歌！"

所谓浑蛋年年有，今年特别多。

陆合欢差点儿没被他这句话活生生地气死，咬着牙正准备将手机抢回去，却看到牧歌手疾眼快地直接在屏幕上摁下了挂断键。

"完了、完了，这次死定了！"陆合欢从小到大都没挂过林浩的电话，原因很简单……

弱小而又路痴的她，将林浩定义为自己的"导盲犬"——只是这件事她从来没对他说过。

"什么？"一听到陆合欢的惊呼牧歌就不高兴了，他炙热的目光落在陆合欢的脸颊上,"难道你不应该解释一下这男的究竟是谁吗?"

陆合欢识趣地闭了嘴,却不知从哪里开始解释。

最后还是牧歌选择了放过她:"行了,等他到了Z大,我倒要看看这人究竟是何方神圣。"

他说完,台上就开始了优秀毕业生的颁奖仪式。

作为万年学霸,这种奖项牧歌自然是手到擒来。雷鸣般的掌声响起的时候,陆合欢忽然感到了身上巨大的压力。那句话怎么说来着?要留住一个人,就必须成为他想象中的人。

而又有一句话说,想象高于现实。

陆合欢想,如果真的想要成为他喜欢的那个人,那自己可能还要修炼个三五百年吧?

Z大的毕业晚会,比陆合欢想象中更加热闹。

男生们穿上了西装和皮鞋,女生们纷纷换上了光鲜的晚礼服。对踉跄地踩着高跟鞋的陆合欢而言,这可谓是一种痛苦。不知究竟第几次抬头看向牧歌,他却依旧无动于衷时,陆合欢莫名有些小失落。

"牧歌,你太过分了!"陆合欢终于忍不住开了口,"看到我这么痛苦,你就不能帮我一下吗?"

陆合欢正嘟着嘴抱怨呢,就听到牧歌开了口:"你现在的体重可比不了当年了,我背不动你了!"

"背不动你可以公主抱啊。"陆合欢理直气壮地回答。

她没想让牧歌背自己,只是单纯觉得不公平。凭什么他穿着舒适的平底鞋,而她却要踩着高跟鞋这样艰难地走路。

"合欢,你是不是对你自己的体重有什么误解呀?"牧歌忽然转过脸来,憋着笑一本正经地看着她。

这一次,陆合欢直接停下了步伐,直勾勾地盯着牧歌:"没有啊……"她说完,还小声地补充了一句,"不就是一百多斤吗……"

"一百零一斤也叫一百多斤,一百九十九斤也叫一百多斤。乖啊,我是健身的,不是练摔跤的……"

他的话还没说完,陆合欢就气急了。她松开了挽着牧歌的那只手:"那……"她嘟了嘟嘴,一本正经地看着牧歌,"看来你今天要一个人参加毕业晚会了。"

陆合欢说完,头都不回就往外走。牧歌着急了,慌慌忙忙地追了上去。

"好了,我知道错了。"虽然嘴巴毒,但有了之前的教训,牧歌也不敢和陆合欢硬来。他深吸了一口气,压低了声音问:"我背着你总行了吧?"

陆合欢听到这话,忽然心情大好。她侧了侧身,吧唧一口亲在牧歌的脸上:"算了,'红太狼',看在你这么诚恳的分儿上,我就饶过你了。"

说着她就加快了脚步。

Z大有个风俗,大家喜欢在毕业晚会这天戴上面具,看对眼的两个人会摘掉面具,在离开学校的这天开始一段恋情。

不过这些风俗对牧歌而言毫无意义——毕竟他已经名草有主了。

聚光灯从头顶上方照射下来,戴着面具来来往往的人更是一个比一个热情。也不知究竟在人群里找了多久,陆合欢才看到依偎在许博然怀里的喻喜。

每次和牧歌共同目睹这种尴尬场景的时候,陆合欢都会莫名紧张,生怕牧歌也提出什么过分的要求,可是事实证明……

除了要她陪自己吃饭,牧歌并没有半分逾矩。

看到两人走了过来,喻喜连忙从许博然的怀里挣脱出来:"合欢,你可算来了。"

虽然喻喜已经从宿舍里搬出去好久了,可是她和陆合欢之间的感情并没有生疏。

"这里好热闹呀……"陆合欢本想缓和尴尬的气氛,却莫名有些害怕。她勾着唇角，最后小声地说："要不，你们先玩着，我和牧歌到处逛逛吧。"

她说完，转身就想走。

脚下的高跟鞋却踩不稳，陆合欢一个趔趄险些摔了出去。幸好牧歌手疾眼快，一把将她搂入怀里，否则恐怕她真的就尴尬了。

陆合欢不安地回过脸去看牧歌，最后只能小心翼翼地开口说："我……我去一下卫生间。"

牧歌微微颔首，却也没有多说什么。

陆合欢趔趄着往前走了几步，最后实在是无法驾驭脚上的这双高跟鞋。她索性心一横，直接就把鞋子脱了下来。这动作恰巧被牧歌看到，他勾着唇无奈地笑起来。

"你们先聊一会儿吧！"看到陆合欢离开，牧歌落单，喻喜反倒显得大度起来。

她将许博然直接让给了旁边的牧歌，自己则走到了不远处的吧台边吃东西。

"我说，你究竟准备什么时候领证呀？"一上来，许博然就开了口。

和他的没毕业先结婚比起来，牧歌对陆合欢那可真是细水长流。

"没想过。"牧歌的回答显得有些失落。

他很想告诉她："大学毕业的那天你未嫁，我未娶，我们就结婚好吗？"

可是他说不出口，看上去傻乎乎的陆合欢处理起感情问题的时候就更是木讷。牧歌前面二十二年都可谓是顺风顺水，从小就是家长口中"别人家的孩子"，成绩优异，琴棋书画一学就会。但谁能想到在学习和事业上几乎都是一帆风顺的他，竟然在感情的问题上磕磕绊绊。

尤其是在陆合欢这里，牧歌真是没少栽跟头。

"那你可真该好好想想了。"许博然丢出这句话，就转身准备离开。

几乎是同一时间,人群里传来了一声惊呼:"啊——"

细微的声音在嘈杂的环境里显得不那么明显,牧歌的眉头却皱了起来:"是陆合欢的声音,我过去看看!"

他一下子就慌了神,许博然听他这么说立刻便跟了上来。

不远处的香槟塔附近,已经人山人海,陆合欢红着眼眶发出一声抱怨:"谁这么没公德心?竟然在地上扔玻璃碴子!"

穿着鞋踩到玻璃碴都有可能会受伤,更何况刚才脱掉高跟鞋的陆合欢。

脚底一阵火辣辣的疼让她的眼眶红了,陆合欢看到有鲜血从脚下流出来。她下意识地退了两步踩在地板上,泪水控制不住地往外涌。

"我就说这破宴会不适合我嘛,非得让我来……"她是个小胖墩儿,就连踩到玻璃碴被划伤的伤口都比别人深。陆合欢扶着桌子,最后站不住了,直接坐在了地上。

泪水吧嗒吧嗒地往下掉,她不是个爱哭鼻子的女孩子,可是这也太疼了。

"小姐,不好意思……刚才有人打碎了杯子,应该是收拾的时候疏忽了。您……"服务员非常抱歉地走了上来,"需要我们送您去医院吗?"

他说着,就要上前来扶陆合欢。

可她伤了脚底,走不了路了,一个人无助地坐在那儿。眼眶红彤彤的陆合欢就好像一只小仓鼠,那一双美目里水汽升腾。

"让一让!让一让!"

人群忽然被人拨开了一条缝,陆合欢一抬头就看到牧歌和许博然向自己跑了过来。好似童话故事里王子出场,穿着礼服的牧歌那叫一个英姿飒爽。

"来,我看看。"

牧歌的声音温柔到了极致,可是陆合欢却什么都做不了。穿着裙子的她,根本就无法完成将一条腿抬起来这种高难度动作,只能可怜巴巴地看着牧歌。

最后还是许博然开了口:"要不你把她背到椅子上吧!"

牧歌摘了脸上的面具。一时间,周围人声鼎沸。

"我背你好不好?"牧歌伸手摸了摸陆合欢的头,简单的动作却不知俘获了多少少女的心。

陆合欢楚楚可怜的模样倒真是叫人心疼。牧歌弯下腰,任由她趴在自己的背上。

陆合欢贴近他的耳边,小声地带着哭腔问他:"牧歌,你是不是后悔带我来了?毕业晚会还没开始,我就受伤了!我是不是给你丢人了呀?"

明明刚才她疼得连话都说不出来,就只顾着哭,偏偏现在还问出了这样的问题,牧歌当真有些哭笑不得。

他笑着对她说:"没关系,如果没有你,毕业晚会还有什么意义呢?别胡思乱想了啊!"

牧歌说完,就将陆合欢放在了旁边的椅子上。

他伸手轻轻地为她擦拭掉了眼角的泪水:"以后再不穿高跟鞋了!"

虽然牧歌这话有点儿赌气的意思,可是陆合欢却觉得心里暖洋洋的。

喻喜不知什么时候拿来了医药箱,走过来感叹:"看吧,还是我有先见之明……从来就不穿高跟鞋。"

和陆合欢不一样,喻喜从小家里条件就不怎么好。大约也正因如此,喻喜的身高足足比陆合欢矮了一个头。可即便是这样,她都没有勇气尝试高跟鞋。

陆合欢吸了吸鼻子,还没来得及反驳,就看到牧歌已经打开了装着酒精的瓶子。

他半跪在陆合欢面前,小声地对她说:"可能会有点儿疼,你得忍一忍了。"

一听说疼,陆合欢连连摇头。

"没事的,就是划了一下,不用消毒……"

她的话还没说完呢,牧歌已经开始行动了。他有力的手掌握住了她的脚踝,另一只手则拿着蘸了酒精的棉签。陆合欢如临大敌——从小到大她连打针都要哭个够,更何况处理伤口。

牧歌低下头,最后她的皮肤还是碰到了冰冷的酒精。

"嗞……"陆合欢倒抽了一口冷气,眼泪又一次不争气地落了下来。

可是这次,牧歌却没有因为陆合欢的眼泪而心软。他硬是为她处理好了伤口,才站起来摊开了自己的手掌。

陆合欢清楚地看到,他的手掌心里有一块糖。

"牧歌,你以为……"陆合欢吸了吸鼻子,"我是小孩子吗?处理伤口还要吃糖。"

陆合欢嘴硬,却已经做好了伸手的打算。

牧歌却皱了皱眉头:"你不要那我吃了!"

他的话音都还没落,陆合欢就看到他撕开了包装纸将糖果放进了自己的嘴里。这次,陆合欢彻底傻眼了。半秒钟以后,她开始装哭。她尖锐刺耳的"哭声"在会场里回荡着,牧歌若有所思地看着她。

"所以你还是想吃的对吧?"

陆合欢重重地点头。

"那你现在吻我,兴许还能尝到甜味儿。"

禽兽!陆合欢狠狠地白了他一眼,就不再说话了。可是牧歌却清楚地看到,陆合欢的脸颊上透着微微的红。她垂眸,卷翘的睫毛好似两把小扇子,在会场的聚光灯落下的时候如翩翩舞动的蝶那般动人。

"喀喀喀,许先生。"陆合欢本就在找地缝了,偏生喻喜还在这儿看热闹不嫌事大,清了清嗓子,面带笑意对许博然说,"看来我们站在这儿显得有点儿多余呀……"

喻喜说完,就挽住许博然的胳膊自顾自地转身离开了。

"牧歌……"喻喜走后,陆合欢才终于开了口,"谢谢……"

她忽然意识到什么,到嘴边的"你"字被生生吞回肚中,最后换成了一句没好气的话:"那玻璃碎片是你扔的吧?"

陆合欢觉得,所有的巧合都会被牧歌变成有预谋的。

就好像她踩到玻璃明明只是意外,可是牧歌却让她有种自己被算计了的感觉。果然她和牧歌之间不能说谢谢,只能日常互怼,只有这样,气氛才是最正常的。

"你猜呢?"他低下身来,在她的耳边温柔地说。

陆合欢就连呼吸都停滞了,呆呆地看着他,脑海里浮现的都是这大半年来他给她的所有温柔。

陆合欢走进了咖啡厅里。

角落位置上的人显然等得已经有些不耐烦了,一见她进来立刻就冲她摆了摆手。

陆合欢走过去,一拍桌子:"林浩,你可真会挑时间来。"

这家伙说什么要来学校探望她,她想方设法找了各种借口,才勉强摆脱了牧歌那个醋王,得以溜到咖啡厅来见林浩。

"怎么?"林浩点了一杯梅子气泡酒,在那儿慢悠悠地喝着,"陆合欢,你是不是有什么事情瞒着我呀?"

"没有啊。"陆合欢仔细地思考着,自己最近对他挺仗义的啊。为了鼓励他好好考试,她还特地在高考前一天晚上给他发消息祝他好运。

"陆合欢,你是瞒不过我的,你浑身都是恋爱的酸臭味!"林浩一边说着,一遍凑了上来在她身边嗅了嗅。

陆合欢在他第三次吸鼻子的时候终于一掌拍在了他的头上:"你是狗吗?鼻子这么灵。"

"你才是狗……"

林浩立刻开始反击,可是却被陆合欢打断了:"林浩,单身狗也是狗!怪不得鼻子这么灵。"

"陆合欢,你个小浑蛋!现在胆子越来越大了啊?竟然敢跟我斗嘴了!"

以前上高中时，陆合欢那是人在屋檐下不得不低头。可是现在，上了大学的她早已经如同脱缰的野马，再也不受林浩的控制了。

"说吧，是不是你倒贴的？"

一听到"倒贴"两个字，陆合欢就瞪大了眼睛，这么多年过去了，自己竟然还是这么不受他待见！

陆合欢咬了咬牙，有点儿得意地说："开玩笑，这么高冷的我当然是等着别人来倒贴我的！"

虽然有无数人质疑牧歌是不是瞎了眼，可是在小伙伴面前臭显摆的时候，陆合欢还真是一点儿都不含糊。

"会有人看得上你？他会不会拉《二泉映月》？"

林浩果然是个艺术生，说起话来陆合欢压根儿就听不懂。她不知所措地看着他："别人追求我和《二泉映月》有什么关系呀？难道这是新的择偶标准吗？"

陆合欢话音未落，林浩就捧腹大笑："没文化真可怕啊！我的意思是，你的这位Mr.Right（真命天子）他是不是瞎？"

他阴阳怪气的话让陆合欢翻了个白眼。

"说真的，需要分手服务吗？"林浩凑了上来，一本正经地说。

林浩和牧歌同样都说话刻薄，同样都不是什么省油的灯，陆合欢竟然有些期待他们的对决了，也不知道这两人对上究竟会鹿死谁手。

眉头微微一皱，随后她小声地说："主意倒是不错，不过……"认识林浩这么多年了，陆合欢可谓是相当了解他。她警惕地说："得等你拿到录取通知书以后。"

陆合欢这话一出口林浩就不爱听了，他的眉头紧紧地皱起来："怎么？你现在就这么信不过我吗？"

"那必须啊，到时候你把人得罪了，自己跑去了别的学校，我一个人留下受罪，我才不要呢！"陆合欢一口气说了一大堆话，已经口干舌燥了。她也不拘小节，抬起手就抢走了林浩的梅子酒。

把梅子酒一饮而尽后,她才面红耳赤地说:"你点的这饮料,和你的人一样没品位!"

"那你别喝啊,都喝完了,好意思抱怨?!"

以前两个人就是一言不合就互怼,以后在同一所学校离得更近了,想来未来的日子不会无聊。

"可爱的我,那可是一瘸一拐来见你的。你还这样对我,良心痛不痛?不行,我还要喝杯奶茶才能慰藉我受伤的心。"她说着,就拿着桌上的菜单翻阅起来。

林浩是真的无奈了。他将自己的钱包扔在桌上:"你以为是个人都跟你一样财迷吗?你还有脸说你一瘸一拐,知不知道我在这儿等了你多久?"

说起来,陆合欢还真有些过意不去。

牧歌搬家,她在宿舍闲得无聊,本来是打算过去帮忙的。哪儿承想等自己一瘸一拐地到了的时候牧歌都已经收拾好了,他倒反过来要照顾她这个伤员。等他好不容易将东西全都搬上了车,陆合欢才溜之大吉。一来二去就耽搁了她和林浩约好的时间。

陆合欢自知理亏,笑了笑开始卖萌:"你看本可爱,都受伤了还风雨无阻地来见你,你就不会感到一丝欣慰吗?"

"听你这么说,我好像应该给你买个轮椅?"

"滚!"

林浩绝对是个容易把天儿聊死的人,陆合欢对他这个样子倒是习以为常了。

"来,我带你打游戏。"

林浩最能找到存在感的地方,就是游戏世界了。以前陆合欢偶尔会跟他溜去网吧玩游戏,一直都是林浩带队。

"今天一定带你打得对手们怀疑人生!"

林浩正大放厥词的时候,陆合欢却摇了摇头:"牧歌比你技术好,我才不跟你打，你根本就是掉分小队的队长。"

"那你想干吗？玩密室逃脱？"林浩看她无精打采的，立刻又换了方案。

哪儿承想，陆合欢用一只胳膊支着脑袋，拨浪鼓似的摇了摇头："自从上次牧歌带我去玩密室逃脱以后，我发现那些所谓的线索都是套路。现在我进去，一找一个准，没意思！"

"要不，我们去滑冰吧？"林浩又提议。

"牧歌说了，我这种身材的人不适合滑冰，如果摔倒的话，身上的脂肪会显得像自带安全气囊！"

"那去电玩城？"

"牧歌说……"

"停！"林浩终于有些忍无可忍了，站起来用一只手揪住了陆合欢的耳朵，"你到底想干吗？牧歌、牧歌、牧歌……明明那么喜欢人家，还口口声声跟我说什么你是被逼无奈的，说出来给谁听？糊弄谁？小爷我告诉你，小爷今天不高兴了，你得负责到底。"

最后，陆合欢不得不在林浩的威逼之下妥协了。

林浩拖着一瘸一拐的陆合欢去打车的时候，口中还在不停地念叨着："这个牧歌究竟是何方神圣？竟然能把你洗脑成这样！等下次，我一定好好会会他。"

"牧歌啊，就是……"陆合欢正准备给他介绍一下牧歌，就被林浩无情地打断了。

"咔！从现在开始，提一次这个名字罚款五十元。陆合欢，你就做好请我吃龙虾的准备吧！"

一听到罚款，陆合欢连忙伸手捂住自己的嘴巴。

林浩这才心满意足地坐上了出租车。

就连陆合欢都没意识到，从什么时候开始牧歌在自己口中的出场频率竟然已经这么高了。她转眸看着车窗外的风景，手机铃声响了起来。

"警报！警报！牧歌来啦！"这几个月，陆合欢没少换手机铃声，可是给牧歌设定的铃声依旧是自己这惊慌失措的叫声录音。

旁边的林浩一听到这声音，立刻嫌弃地转过头来："五十！"

"喂，这都算啊？"陆合欢目瞪口呆。

他这根本就不是罚款，分明就是存心和她过不去。

可是林浩不理会她，只瞥了她一眼："我不管，我说过了，听到一次这个名字，就罚款五十！你就做好心理准备吧。"

见他一点儿都不通情达理，陆合欢哼哼着接起了电话。

"牧……哦不对。"她抿了抿唇，思前想后丢出了三个字，"'红太狼'！"

这个外号更是引来了林浩的鄙视，从他的目光里陆合欢就感觉到了不屑。那她还能怎么办？又不能叫大名，她还能叫他什么？

陆合欢思前想后，最后学着喻喜的语气和她对许博然的称呼开了口："亲爱的！"

"哕——"林浩就快要跳车自尽了。他上辈子究竟造了什么孽，居然遇到了陆合欢！

"你……"这称呼，别说是林浩了，就连牧歌整个人都傻了。他愣了好半天才问陆合欢："你今天出门忘吃药了吗？"

"怎么？喻喜也这样叫许博然，你觉得不好啊？"陆合欢直截了当地问，在牧歌迟疑的时候还强调道，"我最近忘性比较大，你叫什么来着？"

她本来只是想缓和一下自己的尴尬，却忘了牧歌就是个乘人之危的主儿。他顿了顿，随后一字一顿地说："你听好了啊，我姓老名公。"

"哦，好的，老公！"陆合欢没有过大脑，等这句话说出口才意识到……

自己丢人了。

尤为重要的是，林浩那嫌弃中带着厌恶，厌恶中带着恶心，恶心中带着怜悯的目光让陆合欢彻底崩溃了。

她顿了顿，最后终于忍不住了："说吧，打电话什么事？"

"没事！"

浑蛋，害她把人丢了，就是为了打电话"查岗"吗？陆合欢真的是低估了牧歌无耻的程度了。她哼了一声，没好气地说："那好，再见！"

陆合欢丢下这句话，就挂断了电话。

林浩转过脸来没好气地看着她："你恶心不？"

"我那是被牧……他带偏了……"陆合欢就连解释都害怕踩雷。

以自己的智商一个牧歌都够难应付了，现在又来个唯恐天下不乱的林浩，他们是打算逼疯她吗？

Chapter 8
我走过最长的路，就是你的套路

春雨来临的时候，是你陪我等待这座城市的第一抹绿。

晚风吹起的时候，是你牵着我的手与我看世间星辰。

一生那么长，我还想陪你看日升日落，看斗转星移。如果可以，我愿陪你到沧海桑田。

七月份迎来夏天的第一场雨的那天，牧歌刚刚安顿在他的公寓里。说是公寓，陆合欢大致目测了一下，竟然有三百多平方米，而且客厅装着落地窗，沙发的正对面就是投影仪，极其舒适。

"喝咖啡还是喝奶茶？"拿着手机在点外卖的牧歌丝毫没有意识到陆合欢的内心究竟有多崩溃。

她坐在那里，许久以后才问他："牧歌，你家里有矿？"

"陆合欢，我问你喝什么！"

陆合欢的暑假刚刚到来，牧歌说他找了一份工作，收入还算不错，可是……

陆合欢想不到，究竟什么样的工作，能让他如此肆意花钱。

他没有被她吃穷也就算了，竟然还有闲钱租这么大的屋子。

"我……喝奶茶。"

陆合欢是个喜欢甜食的女孩子，就连喝咖啡都要加两份糖。这让牧歌很苦恼——明明他都已经那么甜了，陆合欢为什么还是无动于衷呢？

牧歌正百思不得其解呢，就看到陆合欢从沙发上跳了起来。

她赤着脚走到阳台上，蹲在那里开了口："牧歌，你养的多肉吗？"

他这种人，从来都没有耐心的，因此陆合欢很惊讶。

牧歌瞥了她一眼："应该是我妈留的。"

他说完，就转身往书房里走，还没进门陆合欢又说话了："既然都养了多肉了，你不介意再多个喜满吧？"

陆合欢每次一提到这只宠物，牧歌的脸上就阴云密布，现在也不例外，他的眉头紧紧地皱着："你住在这儿我还要考虑呢，何况一只狗！"

"谁要跟你住在一起？"陆合欢哼了一声，就不再理会他了。

牧歌透过玻璃去看陆合欢，她蹲在那儿，也不知是被太阳晒的还是有些害羞，脸颊上红扑扑的。他的唇角忽然就勾了起来，自己记忆中的陆合欢可不就是这个样子吗？

陆合欢低着头，像一只小猫，伸出手去摸多肉的叶子。避开了牧歌的眸光，陆合欢小声地嘀咕："牧歌，我走过最长的路就是你的套路。"

她正说着呢，手机铃声就响了起来。

陆合欢用一只手摸出了手机，索性直接摁了免提。

"陆合欢！"

林浩的声音刚传过来，陆合欢就后悔了。牧歌就在自己身后，按照他的脾气自己如果现在换成听筒模式还不得出大事？

"干吗？"她没好气地吼了一声，明摆着是希望林浩能够听出自己语气上的不同，然后挂断电话改天再拨。

可是她万万没想到林浩不但领悟不出自己的意思，而且大张旗鼓地开了口："小爷给你说，小爷我的志愿达成了。你就等着我来Z大找你玩吧，还有还有……"

陆合欢正暗呼不妙，就听到林浩在那边义正词严地说："你那个男朋友，叫……叫牧歌的！你让他给我等着！我一定帮你虐死他，让他欺负我二弟！我们八戒可不是说欺负就欺负的！"

"你才是八戒，你给我滚！"

小时候陆合欢不懂事，明明比林浩大两个月，可是林浩某天心血来潮约她"桃园结义"的时候，却死活要当大哥。整个队伍里就他们两个人，陆合欢就成了"二弟"。最开始听到她这个称号的时候，还真有不少人说她是八戒。不过仗着有林浩撑腰，陆合欢上学的时候日子过得还算舒坦。

哪儿承想，今天竟然连林浩都这么叫她。

陆合欢气不过，直接就把电话挂了，低声吐槽："神经病！"

话音还没落，陆合欢就站了起来。可是她怎么也没想到，牧歌就那样笔直地站在自己身后。他直勾勾盯着她的模样，着实把她吓了一跳。陆合欢踉跄地往后退了两步，就连花盆里的多肉都被她给踢翻了："你……你做什么呀？"

"我什么时候欺负你了？"牧歌若有所思地看着她。

这小丫头还真是没心没肺。自己对她那么好，捧在手心怕摔了，含在嘴里怕化了，结果她竟然联合外人要对他展开报复行动了？

"没……没有。"所谓拿人的手短，吃人的嘴软，陆合欢哪里敢说牧歌的不好？

可即使陆合欢已经开了口，牧歌还有些不太满意。他直勾勾地盯着她，随后小声地问她："那刚才在电话里怎么不拒绝他？"

"谁让他说我是八戒来着,我今天开始就要减肥,一定会瘦下来让你们刮目相看的!"屡次遭到来自小伙伴的一万点暴击,陆合欢终于下定决心了。

牧歌看了看她,又看了看自己家的茶几,最后小声地说:"以我对你的了解,如果你说要开始减肥了,那就意味着……"他顿了顿,"家里的零食要遭罪了。"

正餐的时候不好好吃饭,陆合欢就会用零食来充饥,这就会直接导致她更胖!

被说中心事的陆合欢终于放弃了抵抗。

她低着头走向了客厅,牧歌沉默片刻却无法意识到这个打击对一个胖子而言究竟有多严重。

这边两个人的对话还没有结束,陆合欢的手机铃声又一次响了起来。

牧歌本想叫她来拿手机,却不小心接通了电话。

林浩在听筒那头咆哮:"陆合欢,晚上出去吃大餐啊,庆祝我考上了Z大!"

对牧歌这种学霸而言,这种事情根本没什么可炫耀的。

可是对林浩这种学渣而言,这简直就可以和中了体育彩票画等号。听筒这边的牧歌沉默了片刻,最后用低沉的声音吐出了一个字:"好!"

他说完,就直接挂断了电话。

林浩没想到自己请陆合欢吃饭,请来的却还有牧歌。如此一来,他忽然有种来当电灯泡的感觉,用验电器来测一测,怎么也得有七八百瓦。

"喂,我可没请你!"林浩一看到牧歌,整个人就如遭雷劈。

他说着,没有忘记抬手在牧歌的眼前晃了晃。

陆合欢一看就明白了,林浩一定是觉得牧歌瞎了才会看上她!她也伸出了手,一把拍开了林浩的手臂:"做什么?现在你还想下逐客令啊?"

"不然呢?"被迫当了电灯泡,这口气林浩是咽不下去的。

"怎么了?我们是情侣,一起出现很正常。"牧歌看了林浩一眼,慢条斯理地开了口。

陆合欢一直觉得他不是个话多的人。她认识牧歌这么久了,他就只有在打击她的这件事情上乐此不疲。

"那也不行……"林浩这人生来就是一头"倔驴",以前陆合欢事事顺着他倒也还好,现如今牧歌可不会顺着他。

但林浩拿着菜单,竟然真的只点了两份西餐。

陆合欢真是目瞪口呆,最后小声地说:"要……要不我再给你点一份,单独付钱?"

"不用了。"牧歌回答得倒是爽快。

趁着林浩还没反应过来,他已经坐在了林浩身边的沙发上。本来就是四人座的沙发,牧歌忽然跑过去贴着林浩坐,陆合欢还有些惊讶。

然后她听到牧歌泰然自若地说:"合欢是个小吃货,我不能和她抢,就只能和你抢了!"

他说完,竟然还把胳膊搭在了林浩的肩膀上。

这次,林浩整个人都呆了。他扭动着肩膀,想要挣脱牧歌的束缚,可是却无能为力。

最后陆合欢听到林浩从牙缝里挤出两个字:"变态!"

这次,陆合欢笑了。

尤其是一想到一会儿,牧歌和林浩一个人拿着刀,一个人拿着叉的模样,画面感太强,她实在是没忍住。

终于,林浩妥协了,咬了咬牙,招来服务员:"刚才牛排的同款再加一份……"

"不不不。"牧歌忽然打断了林浩,抬眸看向了身边的服务员:"给我看看菜单,另外再开一瓶葡萄酒,我要好酒!"

"牧歌,你存心的吧?"林浩在为自己的钱包哭泣,却无济于事。

牧歌点了一份菜单上陆合欢连看都不敢看的牛排。果然,牧歌这人锱铢必较,对她还算是温柔了。

林浩几乎要拿头去撞玻璃了。可是一想到不点的话牧歌要和自己吃一份牛排,他就认栽了。

陆合欢眯着眼,拿起手机给林浩发了一条微信:"出师未捷身先死!"

太过分了!林浩千算万算,却怎么也没想到自己都还没行动,就已经被牧歌赢了一局。他咬牙切齿小声地说:"牧歌,你给我等着,我一定让你吃不了兜着走!"

陆合欢了解林浩,这个人向来是嘴上不服输,真正落实到行动的时候却没什么真本事。

吃过晚饭,林浩就灰溜溜地回家了。

"你朋友跑得可真快。"陆合欢一直觉得牧歌爱吃醋,可是却怎么也没想到他竟然不反对自己和林浩来往。她勾了勾唇角,小声地说:"大概被你敲得太狠,他回家要钱去了吧。"

一顿饭足足吃了七百块钱,对于一个学生而言算是一笔巨款了。

牧歌勾着唇,有些得意地看着她:"早知道我应该温柔一点儿。"

见他说这话有点儿耀武扬威的意思,陆合欢笑得更加灿烂了。

西餐厅距离陆合欢家不远,牧歌牵着她的手从大街上走过。陆合欢不是个爱运动的人。可是不知道为什么,每次有牧歌陪伴的时候,她都希望能安静地多走一会儿。

"到了。"没多久牧歌就开了口。

陆合欢一抬头就看到不远处自家老爹提着垃圾从楼梯那里下来,心神一慌,立刻拽住了牧歌的衣袖:"躲一躲,别让我爹发现你啊。"

天可怜见,她还没做好承认自己恋爱的心理准备。

"我很见不得人吗?"牧歌的反应和寻常人不太一样,他先是摸了摸自己的脸颊,在陆合欢拽着他躲到墙后面之后更加疑惑了,"你爸妈不让你找长得帅的男朋友吗?"

陆合欢就没见过这么夸自己的人!她吸了一口气不耐烦地说:"对啊,他们说了长得帅的没一个好东西!婚后还容易出轨……"

她这些话,分明就是从电视机里学来的。

牧歌得寸进尺地说:"所以你已经打算嫁给我了吗?"

陆合欢真是败给了他的脑回路。眼看着自家老爹朝着这边走了过来,陆合欢明白已经躲不住了。她咬了咬牙,最后对牧歌说:"我得走了啊,拜拜。"

"喂!"牧歌才开口,就看到陆合欢从墙后面冲了出去。

她嬉皮笑脸地对着陆爸爸开了口:"粑粑(爸爸),好久不见。"

"什么好久不见,你不是每天都住在家里吗?"老爹睨了她一眼,从小这孩子心慌的时候就会漏洞百出。

陆合欢抿了抿唇,头脑一热竟然忘了现在还在放假!

她无奈地挠了挠头:"那什么,一日不见如隔三秋嘛。我都半天没在家了,怎么说也是一年多了啊,你看我能不想你吗?"

"丫头啊。"老爹看了看陆合欢,"这道题目算的……还真没毛病。"

女儿的数学成绩一直不好,老爹不得不给她一个鼓励。可是这夸奖明显并不是发自内心,他说完,就要往墙后面的垃圾站走。

一想到躲在墙后面的牧歌,陆合欢就心慌。她扯了扯嘴角,依旧是做贼心虚的模样:"粑粑(爸爸),你这是去哪里呀?"

陆爸爸看了一眼陆合欢,最后有些嫌弃地说:"我还能去哪里?自然是去把你捡回来的那个垃圾站啊,我要丢垃圾!"

"呃……"这一次,陆合欢拦不住他了。

老爹直接走了过去。陆合欢慌慌忙忙地追上去,却发现墙后面的人早已经不在了。她再环顾四周,却没找到牧歌的影子。陆合欢松了一口气,挽着老爹的胳膊往楼上走。

"丫头啊,你是不是恋爱了?"陆爸爸犹豫了好久,终于开了口。

突如其来的问题让陆合欢一怔,随之立刻摆手说:"没……没有啊。"

"那……刚才下楼的时候我看到你旁边有个男孩子,不是你的男朋友吗?"

陆合欢一怔,合着自己这捉迷藏早就被老爹看破了。她抿了抿唇,依旧死不松口:"不是啦,你知道我喜欢和男孩子一起玩嘛,尤其是林浩什么的……"

林浩这个混世魔王,自从陆合欢被他带偏之后,两家的爸妈就经常被老师请到办公室里去,一来二去,反倒熟络起来了。

"哦,是吗?"爸爸将信将疑地看了她一眼,"那你躲什么?"

"我……"陆合欢被问得词穷了,最后只能解释说,"我不就是怕你们误会,才躲的吗?"

她说完,就加快了脚步。

陆爸爸跟在她的身后,无奈地皱起了眉头:"真是女儿大了,管不了咯。"

他的声音很低,却说得陆合欢心中一阵慌乱。她还在思考父亲对这件事究竟是什么态度的时候,就听到老爹又开了口:"不过小伙子长得还挺帅气的,配得上咱们家闺女。"

身后传来的话,不由得让陆合欢更加紧张。

她想了想,以后如果一定要带牧歌见家长,一定要让老爹装得严肃一点儿!

两个人一前一后上了楼。一进屋陆合欢就听到老妈说:"刚才林浩打电话来了,你不在,我替你接的。他说最近几天想来咱们家蹭饭,我答应了啊。"

鉴于林浩大学以前在陆合欢这里都充当着保护伞的角色,以前他爸妈不在家的时候也都是来陆合欢家蹭饭,仗着一张嘴甜,吃陆家的饭菜长到了这么大。

"不是吧?"陆合欢哀号了一声。就林浩那张大嘴,还不得把她卖了？陆合欢一脸生无可恋的表情。

"不就是多双筷子的事情吗？我们也好久没见了。听话啊！"

对陆合欢，爸妈向来是嫌弃至极；可是对林浩，他们就像把他当亲儿子一样。

陆合欢见反抗无望，只能点了点头。

她有些颓废地走进房间里，几经犹豫还是拨通了林浩的电话。

"干吗？"电话刚一接通，就传来林浩极不耐烦的声音。

拜牧歌所赐，陆合欢觉得可能用不了多久，他就要和自己绝交了。

"你……能不能……不来我家吃饭啊？"陆合欢也觉得自己这句话难以启齿，毕竟林浩是客人，哪儿有人还没来就先下逐客令的？

可是林浩却一句话堵死了她的路："想我不来也行啊，你每天请我下馆子不就得了！我都被你家牧歌宰成那样了，我得来你家吃回来。"

这样精打细算的林浩，陆合欢还是头一次见，大概真的是牧歌今天的举动实在太狠了吧！

她想了想，最后小声地说："你可以来，但是……但是……"她支支吾吾好半天，才说出了后半句话，"别告诉我爸妈我谈恋爱的事情，行吗？"

陆合欢说话的时候，语气里明显带着恳求。

林浩忽然来了精神，哼了一声："哟，陆合欢，谈恋爱这么大的事都不告诉家里吗？"

"还……还没想好。"陆合欢突然觉得找林浩帮自己说谎好像是个错误，这感觉就好似自己有个把柄让他抓着了。以他的性格，说不准什么时候就要拿出来威胁她一番。

"哦——"林浩故意拉长了尾音，那说话的语气彻底证明了陆合欢的想法。她还在迟疑，就听到他说："那就要看本少爷心情好不好了。至于怎么哄我，你自己好好想想，比如什么亲自下厨呀，给我端茶倒水啊，哎哟，最近年纪大了腰酸背痛腿抽筋，正缺一个用人呢。"

"林浩!"陆合欢深吸了一口气,强制自己保持冷静,"你别太过分啊!"

"没有过分啊。"林浩想了想,更有趁火打劫的意思,"叔叔和阿姨这么关心我,我怎么能有事瞒着他们呢?你说是吧?"

陆合欢彻底无语了,林浩肯定还在记恨自己带着牧歌一块儿去吃饭吧!心里一团乱麻,陆合欢最后选择了妥协。

听说林浩要来,隔天老爹就准备了一桌子的好菜。

给林大少爷捶背按摩之后,陆合欢觉得自己都累瘦了。她坐在沙发上,正准备歇口气,就听到厨房里传来了老爹的声音:"糟了糟了,家里没酱油了。"

陆合欢还没来得及开口呢,林浩就踹了她一脚。

"快去给叔叔买酱油。"

看林浩这样子,还真是把自己当少爷了。陆合欢喝着水,不满地问:"你怎么不去?"

"咯咯,那个人叫什么来着?好像叫牧歌吧?"林浩翻了个白眼。

一听这话陆合欢就从沙发上弹了起来:"我马上就去。"

她说完,匆忙从桌上拿了钥匙。

可是一想到自己离开的这段时间,林浩就有可能把她出卖了,陆合欢连忙去拽他的衣袖:"林浩,你陪我去好不好啊?"

"不好。"

"我不管,你陪我去!"这招若是用在牧歌那里,陆合欢只要一撒娇,他就会立马答应。可是林浩不同,这是块木头。见他坐在那儿依旧一动不动,陆合欢思前想后,最后伸手揪住了林浩的耳朵。

他不是最喜欢揪她的耳朵吗?陆合欢有样学样。

终于,林浩松了口:"好好好,你厉害,我和你去行了吧!"

他说完,也从沙发上站了起来,两个人一前一后出了门。

"陆合欢,你存心的吧!"一出门,林浩就开始喋喋不休地抱怨。

陆合欢哼哼了一声,有样学样:"我爸妈对你那么好,谁知道我不在的时候你会不会叛变呢?"

她这话一出口真是差点儿没气死林浩。

他咬了咬牙:"早知道我刚才就把你卖了,就不用跟你出来了!"

丢下这句话之后,他就加快了步伐。陆合欢跟在后面,脸上带着笑意,想林浩这家伙还真是小肚鸡肠。

一到假期,时间就过得格外快,一转眼就是八月底了。

烈阳在头顶晃得陆合欢眼睛疼。不知是第几次看表,该来的人一个都没来,她只能转身走进了餐厅。作为林浩最好的哥们儿,开学之前她总得给他介绍一下自己的朋友们。

陆合欢才刚回到位置上,就听到林浩不高兴地抱怨:"你这些朋友,是不是不打算来见我了?"

两个人进这家餐厅的时候是五点钟,店里放眼望去就没几个人。可是快两个小时过去了,一个人都没来。林浩已经快要饿晕了,陆合欢看到他正拿着牙签在磨牙。眼前这一幕,还真是喜感十足。

她小声地解释:"牧歌公司有事会晚点儿到,喜喜和她男朋友刚才打电话说路上堵车,还有……墨语,她应该是快了。"

作为考研党的林墨语已经很久没有参加集体活动了。这次是近三个月来她答应得最爽快的一次,原因很简单,因为陆合欢说要介绍一个新朋友给他们。

林浩坐在那儿,抓耳挠腮得像一只上蹿下跳的猴:"陆合欢,你人缘儿也太差了,上了两年的大学,就这几个朋友?"

"嗯。"陆合欢哼了一声,"大学是走读式教育,除了和你同宿舍的人,其他人几乎都可以用过客来定义。"

"那你怎么认识牧歌的?"林浩总是直击要害。

被他这么一问,陆合欢就想起了自己不愉快的兼职日。她咬了咬牙:

"扮鬼遇到的。"

"哈哈哈！"

林浩不厚道地笑出了声，陆合欢不得不抬眼去白他。和牧歌在一起之后，她越来越注意形象了。像这种公共场合放声大笑的人，早就被陆合欢放进了黑名单。

嫌弃的话她还没说出口，林浩就凑了上来："今天就是我们实施伟大计划的第一天。"

他用那种自己觉得神秘别人觉得神经的目光，看着陆合欢："首先把他灌醉。"

"啊？"

陆合欢从小就不会喝酒，他要她灌醉牧歌这可能吗？

"我的意思是，我把牧歌灌醉！"林浩知道指望不上陆合欢，索性直截了当地开了口。

陆合欢错愕地看着他，小声地问："然后呢？"

"当然是把他出丑的视频拍下来，传到你们校园论坛上了！"

林浩的回答，让陆合欢有些无奈。他酝酿已久的报复行动，竟然这么没有技术水平。林浩丝毫没有察觉到陆合欢对自己的嫌弃，凑到她面前来问："那么多人把他当成男神，那他们一定没见过男神出糗吧？"

被林浩这么一问，陆合欢心动了。别说别人了，就连她自己都没见过牧歌出糗的样子，想来应该非常有趣吧。陆合欢抿了抿唇，最后重重地点了点头："喝酒的重任就交给你了！"

"放心吧，小爷我千杯不醉。"

林浩总是这么自信，但两年多没在一块儿混了，陆合欢竟然忘了他最大的本事就是吹牛。

"就拍视频吗？"陆合欢若有所思地看着林浩，想来将牧歌灌醉也不是一件容易的事情，不能就这么放过他。

"我早就为你准备好了！"林浩勾了勾唇角，从包里拿出来一件满是口红印的衬衫。

毕竟是从小到大的闯祸王,竟然连这种馊主意他都能想出来。陆合欢莫名开始期待了,如果给牧歌换上了这件衣服,明天他应该怎么解释?

陆合欢眯起了一双眼,一把将林浩准备的衣服接了过来,直接塞进了自己的包里。

两个人正说着,就看到喻喜和许博然爬上了楼梯。陆合欢连忙做了个嘘声的姿势,林浩立刻心领神会。很快喻喜和许博然走了上来,然后林墨语也到了餐厅里,一贯健谈的林浩很快就和他们聊开了。

"上高中的时候,我和合欢那可是好哥们儿。以前她总被人欺负,有一次被吓破了胆子,连回家的路都找不到了!"林浩在夸夸其谈。

听到他爆出了自己的糗事,陆合欢不甘示弱地开了口:"林浩,我路痴那是大家都知道的事情,什么叫被吓破了胆……"

"那你干吗躲在女厕所里让我去接你?"

陆合欢一连白了他好多眼,果然所谓的认识一下她的朋友们都是说辞,他根本就是个名副其实的损友!陆合欢咬牙切齿,恨不能现在就把袜子脱下来塞进他的嘴里。

"哈哈哈哈哈,真的?合欢也会有这种时候?"喻喜好似发现了新大陆,就连身边的许博然都被她忽视了。

这边聊得正开心,那边林墨语已经有些不耐烦了:"你男朋友来不来了?"

想到牧歌,陆合欢皱起了眉头。

他向来是个准时的人,今天也不知究竟是怎么了。

"合欢,我们开吃吧!反正你那个男朋友我们也见过了。"两个小时之前林浩就饿得要啃牙签了,更何况两个小时后。

陆合欢抿着唇,正准备点头,就看到牧歌从楼下走了上来。

"你来晚了,应该罚酒三杯!"牧歌人才刚出现,林浩就开始找碴儿。

陆合欢有些不安地看着牧歌,最后还是心软了。她冲林浩眨了眨眼,想让他放弃计划。

可是好不容易逮住机会，林浩怎么可能会善罢甘休呢？

他已经拿起了桌上的酒瓶，倒出了白酒。

牧歌看着他，坐下来慢悠悠地说："公司有点儿事情，耽搁了。不好意思，我开了车，不能喝酒！"

这个说辞，饭桌上几乎大家都在用。

可是林浩却不以为意，勾了勾唇角："没事，请代驾吧。"

牧歌依旧不接招，房间里的气氛有些冷了下来。

陆合欢小心翼翼地看着牧歌："要……要不先吃饭吧？"

林浩可不允许陆合欢打退堂鼓，略带挑衅地看着牧歌："我可是把我二弟都交给你了，酒品即人品！你不喝我怎么知道你是不是值得托付？"

果然，中国的劝酒文化真是博大精深，陆合欢目瞪口呆。

她本以为以牧歌的性子，林浩说什么牧歌都是不会同意的。可是让人大跌眼镜的一幕发生了，牧歌缓缓伸出了手。他的目光那样炙热，让陆合欢心虚不已。

"要……要不，我们还是先吃饭吧？"许久，她才小心翼翼地开了口。

可是牧歌却并不服林浩，两个人的目光在空气中碰撞，立刻就火花四溅。陆合欢不安地吸了一口气，几乎是同一时间，牧歌接过了林浩手中的酒杯。三杯白酒，他几乎都是一饮而尽。

"牧歌……"陆合欢小声地叫他，忽然后悔了。

牧歌对自己那么好，她怎么就和林浩想出这种法子来捉弄他呢？陆合欢又一次冲着林浩挤眉弄眼，希望他放弃计划。

林浩忽然将一只胳膊搭在了牧歌的肩膀上："哥们儿，今天咱俩不醉不归！"

说是不醉不归，可是……

半个小时以后，号称千杯不醉的林浩趴下了。

陆合欢小心翼翼凑到牧歌身边的时候，发现他也有些醉了。反倒是许博然，号称开车不能喝酒逃过一劫。

喻喜轻轻地推了推陆合欢的胳膊："你这个小伙伴和牧歌是什么深仇大恨啊？"

刚才那一幕，真是吓呆了所有人。

牧歌微微趴在桌上，脸颊红扑扑的。陆合欢抿着唇，心头却满是愧疚。果然应了那句话——不作死就不会死。现在好了，牧歌和林浩都成了她的大麻烦。陆合欢正思绪万千的时候，牧歌却偷偷地眯起了一双眼。

他仔仔细细地打量着自己身边的陆合欢，林浩今天灌酒明摆着就是早有蓄谋。

"没什么，时间不早了……想个办法早点儿回去吧……"陆合欢的话才刚说出口，手腕就被牧歌一把抓住了。

他借着酒劲开了口："合欢，我就是喜欢你，怎么了？怎么全世界都可以喜欢你，就我没资格？"

他不是没资格，陆合欢只是觉得他太优秀了。

她一时间有些错愕，餐厅里的气氛也是要多尴尬有多尴尬。

最先开口的是许博然："牧歌，你喝多了。要不，我把你送回去吧？"

要知道，陆合欢一个人是不可能把牧歌和林浩都送走的。

许博然这个提议却遭到了牧歌的反对："我不走，我女朋友在哪儿，我就在哪儿……嘻嘻嘻，合欢，我喜欢你。"

好多话，平日里说不出口的，今天全被牧歌说了出来。

陆合欢心情复杂，牧歌这样子应该已经喝醉了，可是说起话来却这么不留退路！

"我就喜欢你，别人怎么想关我什么事？"

牧歌的表白让陆合欢心里更加不安起来。她下意识地看了看坐在一旁的林浩，他却早已经不省人事。

"这……"别说陆合欢了，在座的人都觉得有些尴尬。

最后林墨语有些无奈地摇了摇头，站起来说："合欢，我还要回去备考，就不打扰你们了。"

"好，你路上小心。"陆合欢点了点头，和她道别。

"现在怎么办？"等林墨语走了，喻喜才小声地开了口。

许博然眉头皱了起来："还能怎么办？我开车把他们全都带回牧歌那里吧！"

他说完看了一眼陆合欢。

她立刻心领神会："好，我知道他钥匙在哪里。"

陆合欢说完，就看到许博然去扶牧歌，可是却被牧歌挣脱了。

依旧在撒酒疯的牧歌哼哼唧唧地说着："陆合欢，你……你过来扶我。我才是你男朋友，林浩只是你的小伙伴而已。"

他喝醉了都不忘吃醋，陆合欢真是哭笑不得。

最后，他们三个费了九牛二虎之力，才将牧歌和林浩带上了车子。坐在汽车后座上的时候，陆合欢听到牧歌还在念叨着："我来找你，就是想和你过一辈子啊。很久很久以前，从我第一次看到你的时候，我就喜欢你！你……不许喜欢别人，否则我会生气的！"

他没完没了的话，让陆合欢心软了。

有句话是这么说的——你生病了才知道谁最爱你，喝醉了才知道你最爱谁。

上次毕业晚会她受伤的时候，牧歌那样悉心照料她……她就不该听信林浩的话！心里越发不是滋味儿，陆合欢决定就让那件衬衫随这件事彻底过去吧。

"还真是喝醉了都不消停。"被吵得耳根子都起茧子了，喻喜终于开了口。

别看牧歌平日里惜字如金的，这喝醉了还真是让人刮目相看。陆合欢笑了起来，她温柔的笑容被牧歌看在眼里。他修长的胳膊搭在她的肩膀上，温热的鼻息喷洒在她的耳边："合欢，我真的……好喜欢好喜欢你……"

  陆合欢的心忽然热了,她小心翼翼地转过脸去看坐在车里的牧歌。温柔的月光照在他的脸颊上,英俊的侧颜轮廓清晰。

  很多年以后,陆合欢才明白了自己此时此刻的心情。她早已不知何时对他动心了,只是现在的自己,还在畏首畏尾罢了。

  清晨的第一抹微光照射下来,客厅的沙发上、地上横七竖八地躺着人。昨天从餐厅回来,牧歌和林浩就差不多醉了。可是这两人却死活不肯消停,小憩过后的林浩启动了撒酒疯模式,刚一到家就从梦中醒来,拽着陆合欢等人硬是要玩真心话大冒险。

  最后,也不知究竟是谁喝醉了,大家全都倒在沙发上和地上睡着了。

  "嗯,头好痛!"先从地上爬起来的人是喻喜。

  眼前的一片狼藉让她目瞪口呆。约莫是听到了她的声音,陆合欢也睁开了眼睛。她的头脑发昏,虽然没有喝酒,但昨天被林浩和牧歌那样闹腾,她还真是有些应对不来。

  "许博然呢?"果然秀恩爱上瘾,喻喜就连睁开眼第一个问的人都是自家伴侣。

  陆合欢揉着额角,环顾四周却没看到许博然的身影:"上班去了吧?"

  她和喻喜还在假期,许博然和牧歌则要去上班。一想到牧歌,陆合欢心中暗呼不妙。她转过头,就看到他躺在自己的身边。对方的姿势让陆合欢一颗心都提到了嗓子眼儿,他……不会因为迟到被公司开除吧?

  萌生了这种想法,陆合欢整个人都不好了,连忙伸手去晃牧歌的胳膊。牧歌没反应,倒是他衣领上的那两枚纽扣被她扯掉了。

  "牧歌,你快醒醒,你还要去上班,许博然都已经走了……"

  话音还没落呢,她就听到了厨房里细微的响动。

陆合欢错愕地看向了喻喜，这家里还有别的人吗？

林浩还在睡着，牧歌还没醒。

"不是吧？遭贼了？"陆合欢下意识地开了口，却看到喻喜已经小心翼翼地打开了沙发后面的一个皮包。

喻喜从包里拿出来一根高尔夫球杆，小声地说："你赶紧把他们弄起来，我去看看。"

"哦，好。"陆合欢重重地点了点头，又一次伸手去拍牧歌。

"牧歌，你快醒醒！"

耳边隐隐约约传来的声音让还在熟睡中的牧歌紧紧地皱起了眉头。

陆合欢的力气越来越大，她害怕极了，如果家里真的遭了贼，自己和喻喜肯定是应付不来的！

"吵死了！"牧歌没醒，反倒是林浩睁开了眼睛。

"陆合欢，你做什么呀？还让不让人睡觉了！"所谓近朱者赤，近墨者黑，作为陆合欢的小伙伴，林浩同样也是个有起床气的人。他随手抓了个抱枕，直接冲陆合欢扔了过去。

他毕竟是盲扔，抱枕没打中陆合欢却打中了她身边的牧歌。

这次，牧歌也醒来了。

陆合欢咬着牙，小声地说："家里可能进小偷了。"

"开什么玩笑。"清醒过来的牧歌看着陆合欢。

而此时此刻喻喜已经蹑手蹑脚地走到了厨房的门后。

"呀！"她举着手中的高尔夫球杆正准备进攻，就看到许博然端着一锅面条从厨房里走了出来。

"你……做什么？"

充满喜感的画面，把沙发上三个人都逗乐了。

喻喜咬了咬牙，松开了手中的球杆，低着头，有点儿尴尬地看着许博然："我以为是坏人呢……"

"哈哈哈哈哈哈！"陆合欢不厚道地笑了起来。

她正惬意地享受着清晨的阳光，牧歌却看到了自己衣服上的纽扣："陆合欢，你干的？"

"啊？"陆合欢顿了顿，最后只能低头默认，"我不是故意弄坏你的衬衫的，谁让你不起床……"

牧歌压根儿就没心思听她解释。他看着她立刻开了口："陆合欢，你都扒我衣服了，你得对我负责！"

"牧歌，你这个人怎么不讲理呀？"一听说要自己负责，陆合欢就蒙了。她看了看他掉落下来的纽扣："怎么负责？帮你缝上去吗？"

"我是说，你得对我这个人负责！"

牧歌直勾勾地盯着她，毫不避讳的话让陆合欢错愕地看向了客厅里的其他几个人。这种时候，气氛最是尴尬，她本想喻喜能帮她转移话题，可是没想到喻喜毫不仗义地转头对许博然开了口："亲爱的，我以为你去上班了，不知道你在做早餐，真是对不起！"

这肉麻的话让陆合欢起了一身鸡皮疙瘩。

她将求助的目光看向了不远处的林浩。

"我给你准备的衬衫呢？"他压低声音小声地问。

这次陆合欢如梦初醒，支支吾吾地回答："不……不太好吧……"

"活该！"林浩白了她一眼，放弃对陆合欢施以援手。

关系最好的两个小伙伴都放弃了帮助自己，这让她更是无奈至极。

最后陆合欢只能小声地开了口："许……许学长，你的早餐做好了吗？大家都饿了，要不我们还是吃早餐吧？"

尴尬总是要被人化解的，陆合欢只能以这个作为借口。

"就知道吃！"林浩和牧歌异口同声地说。

陆合欢低下了头，这两人不是互看不顺眼的吗？怎么在这个时候达成一致想法了？

意识到对方和自己嫌弃陆合欢的台词一样，牧歌和林浩又一次抬起头来瞪着对方。

这一幕生生把陆合欢给逗乐了:"我怎么觉得你们两人比较像一对?"

"谁和他一对,死变态!"林浩属于沉不住气的那个,几乎想都没想就开了口。

眼看着这两人要打架的许博然终于端上了自己煮好的早餐:"行了,今天的事情就算过去了,吃早餐吧。"

要说做和事佬,还是许博然比较在行。

他这么一说,牧歌和林浩都哼了一声别过目光去。

陆合欢坐在餐桌上,刚准备吃饭呢,就听到手机铃声响起。

林浩摸了好半天,才从沙发缝里找到了自己的手机,一看屏幕立刻就呆了:"陆合欢,陆叔叔的电话。"

"啊?"陆合欢一怔,终于意识到昨天回来的时候自己的手机没电了,立刻惊呼起来,"完了、完了,死定了!死定了!"

她夜不归宿,手机还关机了。

陆合欢刚刚缓和的心情立刻忐忑起来——按照老爹的脾气她会不会被暴打一顿?别看他平日里和自己嘻嘻哈哈的,真生起气来的时候那可是要命的!

"你接不接?"林浩将手机塞到了陆合欢怀里,随后就抱着自己的早餐开始大快朵颐。

陆合欢的一颗心狂跳不止,最后她小心翼翼地拿起了手机。

"喂……"陆合欢说话的时候几乎整个人都在颤抖。

果然她才刚刚说话,就被老爹骂了:"死丫头,跑到哪里去了?你知不知道你老爹我一晚上都没睡好?出去玩不回来不会给我和你妈打个电话吗?就算你是我们捡回来的,但是我们也会担心的呀。这么大个人了,一点儿都不懂事。早知道当初就把你丢在垃圾堆,等你自生自灭,免得气人!"

平日里不着调的陆爸爸生气起来,那可是有气吞山河的阵势。

陆合欢知道他是刀子嘴豆腐心,可是又不敢说话。迟疑了好半天,她才小心翼翼地说："粑粑（爸爸），我知道错了嘛。"

"你去哪儿玩了？你是不是和林浩那个臭小子在一起？别让我再看到他，我再也不做饭给他吃了！"老爹气急败坏地说道，就连林浩的面子都不给了。

陆合欢看了看林浩，随后又看了看周围的几个人："爸，放心吧，真没什么事，就是介绍林浩认识一下我的大学同学，一不小心就忘了时间了，就连手机都没电了。对不起您和妈咪，宝宝错了……"

为今之计，她也只有尽力挽救了。

可是老爹依旧不依不饶，陆合欢正没辙的时候电话那头隐隐约约传来了妈妈的声音。

"你吼什么吼？我们家宝贝儿不就是忘记给你打电话了吗？整天大惊小怪的。我看林浩就挺好的，说不准以后还能当咱家女婿呢！"

"哎，你……"

老爹老妈的大战一触即发，陆合欢忍不住瞥了林浩一眼。

一个牧歌已经够让人头疼了，最近她还是和林浩这个惹祸精保持距离比较好。

她正心事重重的时候，妈妈抢过了电话："宝贝儿，早点儿回来补觉，妈咪给你炖了银耳莲子汤哟。别理你爸，一会儿他就上班去了。"

听到这话，陆合欢简直要飙泪。

"还是妈咪最好啦，我一会儿就回来。"

听到她信誓旦旦的保证，老妈就把电话给挂断了。

陆合欢惬意地眯着眼，有了妈妈做保护伞自己就可以高枕无忧了。一想到这里，她连胃口都好了不少。

吃过早餐，喻喜就跟着许博然去上班了。林浩不想自讨没趣，也拦下了一辆出租车走了。

陆合欢帮牧歌收拾了一番，才小心翼翼地问他："不去上班不会丢工作吧？"

他毕业一个多月了，可是陆合欢依旧不知道他究竟是做什么工作的。她这模样反倒是把牧歌逗乐了，对方头都不抬直接就回了一句："会啊！"

"啊？那你还收拾，还不赶紧去上班？"

看到陆合欢这紧张的样子，牧歌忽然笑了。他深吸了一口气，随后慢悠悠地说："别人不去当然会丢工作，但我不会！"

牧歌觉得好笑——人人都知道他和许博然开了个公司，却只有陆合欢不知情，还担心他被炒鱿鱼。

"你……"陆合欢正准备继续发问，就听到牧歌开了口。

"你在担心我吗？"

"别自作多情了！"陆合欢没好气地踩了他一脚，转身就往公寓外面走。

牧歌快速跟了上来："我送你。"

"你是不是失忆了？你的车在餐厅的停车场啊。"陆合欢不得不提醒牧歌看清事实。

可是他却忽然眉头一皱，竟然直接打开了旁边的车库。让陆合欢目瞪口呆的是——里面竟然停了另一辆车。

"走吧。"

两个眼珠子都快掉出来的时候，陆合欢听到了牧歌的话。

双腿好似灌了铅一般，陆合欢站在原地一动不动。不怪她过于惊讶，毕竟这又是一辆好车。

但牧歌显然又高估了陆合欢的见识。

她拉开车门坐在副驾驶的位置上，不但不夸奖他的车子，竟然开口抱怨："牧歌，你也太小气了，有两辆车你都不带我练车。"

有了上次的逆行事件，牧歌是真的怕了她了。

他扯了扯唇角，有些敷衍地说："下次吧，今天都旷工半天了，再不去真的要出事了。"

"哦。"陆合欢点了点头,认为牧歌说得也没错,毕竟给别人打工不能太嚣张,容易被开除。

一回到家,陆合欢就看到老妈坐在沙发上修指甲。

"宝贝儿,让妈咪看看。"老妈放下指甲刀从沙发上站起来。

陆合欢一下子就蒙了,下意识地问:"看什么?"

"都说熬夜会变丑,你都这么丑了老妈当然是担心你更丑啊!"

陆合欢就知道,自己一夜不归,老妈是不会想念她的。

陆合欢想了想终于开口问陆妈妈:"麻麻(妈妈),所以你会担心我找不到男朋友吗?"

多么深刻的话题,老妈愣了一下,随后坐了下来。

"你是不是想恋爱了?"

陆合欢本来是在考虑要不要把牧歌的事情告诉爸爸妈妈,可是没承想老妈却这么问。她抿了抿唇,最后还是选择了回避:"妈,我的意思是……"陆合欢顿了顿,最后笑着说,"我现在还在上学,上学时候的爱情都应该算早恋。如果我早恋了,您可一定得阻止我,不能让我越陷越深啊!"

这预防针简直一箭双雕,一方面两年内爸妈不会再问她是不是有对象了,另一方面如果有一天自己真的把牧歌带回家了,爸妈也不至于对他太热情。

陆合欢正沾沾自喜呢,就看到妈妈叹了一口气。

"没有爱情的大学生活,是不完整的。你这小丫头肯定是还没遇到喜欢的人,我看林浩……"

一听老妈又在乱点鸳鸯谱,陆合欢连忙阻止她:"我和林浩那可是'桃园结义'的好哥们儿,您就别想他了。"

"听你这话,你好像有别的目标了?"

聊起八卦来,就连妈妈都这么不饶人。陆合欢一时语塞,就听到老妈又开了口:"我和你爸可是上学时候就认识的,那时候他对我好得不行,结了婚以后就让我辞职了,说是他负责挣钱养家,我负责貌美如花……"

陆合欢静静地坐在沙发上听着,这一瞬她的脑海里竟然全都是牧歌的模样。

不知从什么时候开始,他就这么悄无声息地住进了她的心里。

那天过后,陆合欢的假期余量就不足了。熬夜过后的她,足足用了两天才解决了睡眠不足留下的后遗症。

星期天的下午,陆合欢一个人去了小超市。

"香皂、沐浴露、洗发水、身体乳……"

鉴于许多人都说她配不上牧歌,陆合欢终于决定让自己来一次从头到脚的改变。

等她付款完成的时候,手机正好发出了两声振动。陆合欢刚一打开微信,就看到来自牧歌的消息:"今天晚上我要去你家见家长!"

陆合欢整个人都呆在了原地。她错愕地捧着手机,慌乱地拨通了牧歌的电话。

"对不起,您所拨打的电话正在通话中。"听筒里冰冷的声音让陆合欢清醒过来,慌忙拿上购买的东西就往家里跑。

"爸、妈,我可能要早恋了,你们一定要阻止我啊……"

门才被打开,陆爸陆妈就听到了陆合欢的叫声。

刚削好水果的陆爸爸一头雾水地看着她:"合欢,你怎么大呼小叫的?有没有教养啊!"

陆合欢注意到茶几上摆放着琳琅满目的礼品,目光下意识地看向了沙发,牧歌竟然就坐在那里。

"叔叔您别忙了,坐下来休息一会儿,以后都是一家人,这么客气,我会过意不去的。"

"呀！"陆合欢咬着牙，牧歌是怎么找到这里的？他是不是跟踪她了？

脑海里一团乱麻，陆合欢甚至都没发现今天的牧歌竟然会说人话了。

"呀什么呀，你还不赶紧去给牧歌倒水？"老爹没好气地看了她一眼。

和温柔儒雅的牧歌比起来，陆合欢简直就是个野丫头。

"哦。"陆合欢将手里的东西随手一扔，大摇大摆地走进了厨房。

"宝贝儿。"

陆合欢才刚拿起水壶，就被老妈吓了一跳。

陆合欢转过脸去，手足无措地看着她："妈咪，你不会也叛变了吧？"

"说什么呢，妈是真的喜欢牧歌。"老妈直截了当地说，"你看他彬彬有礼的，说话做事都非常稳重。而且那些礼物很贵的，他应该收入不错吧？长得也是一表人才，配你那还不是绰绰有余的……"

"配我绰绰有余？"陆合欢的声音高出了好几个分贝，"妈，我觉得我也没哪里不好呀……"

陆合欢的话还没说完，老妈就拍了拍她的头："你能不能小声点儿？一会儿被牧歌听到了，指不定不要你了！"

陆合欢听到这里，终于忍不住了："妈，他就是块牛皮糖，甩都甩不掉……"

"真的？"老妈顿时眼前一亮，半信半疑地看着陆合欢。

"真的……"陆合欢深吸了一口气。

她都作死那么多次了，哪次他真的生气过？

"哎呀，这年头这么痴情而且视力不好的男孩儿可不好找了。"

"妈，我是你亲生的吗？交话费送的吧？"陆合欢咬了咬牙，拿着泡好的茶走出了厨房。

老妈叛变得也太快了，前几天还答应她会阻止她恋爱的，哪儿承想这才见牧歌第一面就改变主意了。

陆合欢也只能寄希望在老爸身上了，毕竟都说爸爸最疼女儿。从那天她彻夜不归的那个电话，就能看出老爹究竟有多紧张自己。

想到这里，陆合欢就走了出去。

陆爸爸正坐在沙发上和牧歌聊天儿呢："小牧现在在哪儿上班呀？"

"我今年六月刚毕业，在自家公司。"

听到"自家公司"几个字，陆合欢一怔。

牧歌从来没有跟她提起过这些，可是即便如此，她现在也得鸡蛋里面挑骨头："你也太没上进心了，自家公司那不是把你当少爷捧着？"

牧歌刚才看着陆爸爸一脸微笑，此时见到陆合欢脸上的笑意就更浓了。

"家族企业下面一个新开的项目，全程由我策划、投资、运作。"他这话是说给陆合欢听的，也是说给陆爸爸听的。怕他们理解不了，牧歌又一次解释："说到底就是自己创业。"

"创业的资金不也是从家里来的吗？有什么了不起。"陆合欢依旧不服气，倒要看看这次牧歌怎么回答。

他沉默了片刻，随后慢悠悠地说："我十八岁就不用家里的钱了，一直用学校的奖金做一些零零散散的投资理财。四年过去，本金也翻了好几番了。"

陆合欢很想问问，牧歌是魔鬼吗？

一听他做投资理财，老爹更来劲了，两眼放光地看着牧歌："最近有什么理财项目可以推荐吗？"

"爸，投资有风险，入市需谨慎！"陆合欢虽然不是学金融学的，但是这些话也是耳熟能详。

可是老爹压根儿一个字都听不进去，拽着牧歌问东问西。陆合欢蔫了，坐在那儿生无可恋地看着牧歌。

察觉到陆合欢哀怨的眼神，牧歌笑着对陆爸爸解释："叔叔，今天还是不谈这些吧，毕竟我第一次来……"

"哦，对，我去给你拿点儿坚果。"老爹忽然回过神来，忙从沙发上起身。

陆合欢瞥了一眼牧歌,最后一字一顿地问他:"你到底想干吗?"

"我来见我岳父岳母啊。"牧歌回答得理直气壮。

陆合欢气急败坏地瞪了牧歌一眼:"你是故意的吧?"

"是啊。"牧歌也不卖关子,"我和林浩究竟谁更胜一筹这不是很清楚吗?"

又是林浩!

陆合欢咬了咬牙,一字一顿地说:"牧歌,你这醋坛子可真够大的!"

陆合欢正讽刺他呢,陆爸爸就已经拿着陆合欢的零食盒子出来了。

"爸,你从哪里找到的……"

作为一只爱囤粮的"小仓鼠",陆合欢最近对薯片和甜食都失去了兴趣。放假前她狠狠地宰了牧歌一笔,买的全是平日里自己连价格都不敢看的坚果。

"那是我的!"陆合欢看到他拿着盒子过来,立刻作势要抢。

陆爸爸瞪了她一眼:"家里来客人拿出来吃点儿怎么了?再说了,这还是你男朋友呢。"

陆合欢还没来得及反驳,零食盒子就被陆爸爸打开了。

里面摆着各种各样的坚果,最右边的缝隙里还有一张购物小票。牧歌伸手将小票拿了出来,小票背面清晰地写着一行小字:"6月24日,牧歌买。"

陆合欢真想抽自己一耳光,把购物小票留着是想在自己实在忍不了牧歌那张臭嘴的时候,提醒自己念一念他的好,没想到自家老爹竟然拿牧歌买的东西来招待他。陆合欢一时间一句话都说不出口。

最后还是陆爸爸回过神来:"合欢,你怎么能让小牧给你买吃的呢?你就不怕把他吃破产了?"

"爸,我是猪吗?"陆合欢抬头,哭笑不得地看着自家老爹。

陆爸爸笑了起来,随后看到牧歌把盖子盖上了。

牧歌看着陆爸爸说:"叔叔,您就放心吧,我还是养得起她的。"

这样一个帅气多金、体贴入微、成熟稳重的男孩儿，简直就是陆家爸爸妈妈心中女婿的最佳人选。陆合欢知道任凭自己再怎么诋毁牧歌都无济于事了，他实在是太优秀，以至于她的父母在第一次见到他时就决定要将自己托付给牧歌了。

"行了，你们聊，我去帮你妈做菜。"寻求到了自己想要的答案，陆爸爸和颜悦色地走进了厨房。

陆合欢看着牧歌问："你怎么找到我家的？"

"我停车的时候正好看到你爸妈买菜回来，他们给我带路了呀。"

"牧歌，你真行！"陆合欢说这话的时候在赌气。

她从小到大每件事都有计划，唯独从来没有计划过自己的爱情——可是牧歌像个不速之客闯进了她的世界。

当她准备将他纳入自己的计划表的时候，牧歌又擅自做主到了她的家里。

陆合欢觉得，自己的脚步永远都追不上牧歌。非但如此，她身边还有那么多的人劝她好好珍惜身边这个人。

以前有林墨语，后来有喻喜，现在就连将她捧在手掌心的爸爸妈妈也这么说，难道这个世界上就没有人想过尊重一下她的意愿吗？

陆合欢攥着手，最后还是只能假装开心地陪牧歌把这一顿饭吃完。

吃过饭，牧歌就准备离开了。不等爸妈开口，陆合欢就自告奋勇地说："牧歌，我送你！"

听到这五个字，爸爸妈妈别提有多欣慰了。

老爹竟然坐在那儿略带夸赞地说："我们家丫头长大了就是不一样了，都懂礼貌了。"

"就是。"老妈也应和着。

随后两个人同时将目光投向了牧歌："小牧以后常来玩啊。"

"好的，谢谢叔叔阿姨。"

见牧歌依旧是一副谦谦君子的模样，陆合欢真是对他嗤之以鼻。

她哼了一声，就推着牧歌出了门。

刚一下楼，陆合欢就开了口："牧歌，分手吧。"

借着凄凉的月色，陆合欢无比从容地说出了这句话。

她不想一辈子都带着自卑和他生活，更不想一辈子都有人说她修了多大的福气才遇到了牧歌。明明以为自己能够轻松地应对这件事，可说出这句话之后，陆合欢的心忽然抽痛了一下。

没有人告诉过她，何为爱情。

可是她只想自己掌控一切。陆合欢觉得即使自己真的动心了，也不会后悔说出这句话。月光洒落在陆合欢温柔的侧脸上，她看上去有一点儿失落可是却又那么坚定。

"合欢。"牧歌非常冷静。和上一次不同，这次他冷静得出奇。牧歌拉开了副驾驶座那边的车门，一字一顿地对她说："如果你真的决定了，我不会奢求你改变。但是，可不可以最后给我一次机会？"

低沉的嗓音好似黑夜里最温柔的声音，夏日里的蝉鸣都不敌他温柔的言语动人。陆合欢抬眸，定定地看着牧歌，回想起了自己第一次见他的时候。

他虽然帅，但是贱！这是陆合欢一开始对牧歌的认知。他要走了她的兼职工资，还要她请他吃火锅。

可是现如今呢？她和牧歌朝夕相处整整一年了，一年里，陆合欢的生活发生了翻天覆地的改变。她也不想和牧歌道别——可是她更讨厌被人操控的人生。与其享受别人给她的锦衣玉食，她更想得到别人的尊重。

"去哪儿？"陆合欢上了车，"牧歌，说到底你不就是记恨我吓你吗？"

陆合欢的声音很轻，却不拖泥带水。一年了，这是她表现得最为决绝的时候。就连牧歌都不知道，这小丫头竟然还有这样一面。

他抿了抿唇，却只是默默地发动了车子。

车子逐渐驶入夜色，最后稳稳当当地停在了Z大的校门外。

牧歌推门下车，站在学校门口那棵两百来岁的梧桐树下。

"陆合欢，我从一开始就喜欢你。"他站在那儿，冷静得让人害怕。

陆合欢看着牧歌，"一开始"究竟是什么时候？他说从见到她的那天开始，就不可自拔地爱着她！可是他从未说起过，鬼屋那一次并非他们的初遇。

陆合欢双手环抱在胸前，定定地看着牧歌。

"三年前的今天！"牧歌看着她，深邃的眸子像是闪动着的浩瀚星辰。

也就是从那天开始，他才明白……

这世间有一种深情，叫等待。

陆合欢错愕地看着牧歌，三年前的八月底，新生报到的第一天。陆合欢记得很清楚，那是八月的最后一天。

有人说，进入大学以后的时光就像被摁下了快进键。为了陪伴女儿进入人生的下一个阶段，陆爸爸特地在那天请假了。

他为她拖着粉色的皮箱，领着自家的小公主走进学校的大门。

"那天，你扎着小辫子，从报到处出来，在学生会和社团的招新处领表格。"牧歌看着她，此时此刻他的眸光里似乎都含着笑。

被牧歌这么一提醒，陆合欢想起来了。

那天她拿着个化了一半的冰激凌站在厨艺社的门前，看着坐在那里的两个学姐，最后自告奋勇地走了上去："学姐，你们需要试吃员吗？我叫陆合欢，是个名副其实的小吃货，我可以帮你们试吃……"

"抱歉啊，同学。我们是教做菜的，但是目前还没有实践课，所以不需要试吃员呢！"

厨艺社开了那么久，陆合欢是第一个提出这种奇怪要求的。两个学姐面面相觑的时候，牧歌正好坐在旁边。

他听到陆合欢说："啊，那岂不是纸上谈兵？你们实践一下呗，我可以当试吃员的……"

话还没说完，毛遂自荐的陆合欢就遭受了白眼。

陆合欢看似不可理喻的要求，却让牧歌觉得非常可爱。她就像是一只闯入尘世的小鹿，同时也闯入了他心中的荒原。

"合欢，到今天为止，我已经等你三年了。"

三年时光，一千多个日日夜夜。期间有多少人追求着牧歌，可是他对她们的示好无动于衷。时至今日，听他将这些话说出口，陆合欢觉得难以置信。

她看着他，难怪今天牧歌会跑到她家里去。

难怪……

"牧歌，我很能吃的。"

"我养得起。"

"我还很胖。"

"我喜欢就好。"

"我配不上你的……"

"陆合欢，我喜欢你！"

他看够了这样畏首畏尾的她，陆合欢就是陆合欢，她是这个世界上独一无二的那个女孩子！也正因如此，他才不顾一切地等了她三年。

月色之下，陆合欢哽咽了。

她定定地看着他，温柔的月光洒在他的脸上，好似笼罩着一层薄纱。陆合欢看不清楚他的表情，可是她的心却乱了。

"那些人说什么很重要吗？这个世界上本来就没有谁配不上谁这种说法！"牧歌看似温柔，可说话的时候却是那样坚定。

陆合欢呆呆地看着他，最后小声地说："牧歌，对不起。"

除了"对不起"以外，她什么都说不出口。牧歌纵容她的一切小习惯，对她更是千依百顺，可是她却无数次任性，一次又一次地向他提出分手。

牧歌深吸了一口气，最后他的目光落在了陆合欢的脸颊上。

"你究竟喜不喜欢我？"

这一句话，彻底问到了陆合欢的心里。

她错愕地看着面前的人。

随后牧歌开口了："如果不喜欢，我愿意把自由还给你。"

陆合欢总是口口声声说自己想要自由，其实只是不想牧歌一言不合就吃醋。

晚风吹起牧歌细碎的短发，微微飘动。陆合欢的眼眶红了，她从来都不知道原来自己如此过分。她任性、无理取闹，可是牧歌却一味地迁就她。

这个世界上，哪有什么门当户对？哪有什么是否般配？

这个世界上，只有我爱你和我不爱你。

陆合欢沉默了好久，最后一字一顿地说："牧歌，那我现在告诉你我喜欢你，还来得及吗？"

她的眸光里像是写着自己期待已久的深情，可是牧歌甚至连奢望的勇气都没有。他定定地看着陆合欢，女孩儿的眼里含着泪光。

牧歌忽然往前走了两步，就那样平静地站在她的面前："什么时候说都不会晚。"

他等这句话太久了，久到都快忘了时间。

陆合欢的唇角忽然勾了起来，她一字一顿地对他说："牧歌，谢谢你。"

她说完，扑进了牧歌的怀里。

他错愕地伸出手轻轻地搂着她。她站在月色之下，在心里小声地对他说着最温柔的话语：

"春雨来临的时候，是你陪我等待这座城市的第一抹绿。

"晚风吹起的时候，是你牵着我的手与我看世间星辰。

"一生那么长，我还想陪你看日升日落，看斗转星移。如果可以，我愿陪你到沧海桑田。"

牧歌自然听不到，只要有她这个温柔的拥抱，一切便都是值得的。

陆合欢回到家的时候，恰巧下起了淅淅沥沥的小雨。

牧歌将她送到楼下，还有些恋恋不舍。陆合欢穿过雨帘，站在大楼下门厅那里冲牧歌挥手。他没有多做停留，而是直接转身离开了。陆合欢的心里忽然不是滋味儿，牧歌给她的这份深情她恐怕一辈子都很难还清了。

陆合欢摇着头，走进了电梯。

一进门，就看到妈妈坐在沙发上，陆合欢有些惊讶地看着她："妈咪，这么晚了还不睡吗？"

"丫头。"老妈有些无奈地看着陆合欢。

一看到老妈这语重心长的模样，陆合欢就猜到了她接下来的话。陆合欢在沙发上坐下，还没等老妈开口自己就先说话了："妈，您就放心吧，我会珍惜牧歌的！"

想来想去，老妈要说的大概也就这一句话了，陆合欢不等她开口就信誓旦旦地承诺。

"这么快就想通了？"老妈眯着眼，露出温柔的笑容。

陆合欢从家里离开的时候，还有些闷闷不乐。可是她才和牧歌出去一会儿，就已经"雨过天晴"了。

陆合欢抓住了老妈的手，小声地说："妈妈，我明白你的意思。"

"牧歌已经等了我太久了，从三年前的今天开始……"陆合欢深吸了一口气。

难怪她在游乐场第一次见到他时，他就清楚自己是个什么样的人。他用好吃的诱惑她，清楚地知道她还是一个小财迷。

牧歌顺利掌握了她所有的喜好，也知道她讨厌什么。

"可是我不知道，自己究竟应该用什么去答复他的这份感情。"陆合欢大多数时候是活泼的，很少如这般多愁善感。

老妈坐在那里，安静地听她说着关于牧歌的一切。

陆合欢靠在老妈的肩膀上，眼底带着淡淡的笑意。

似乎已经许久不曾见她如此开心了，老妈轻轻地拍了拍她的头："傻丫头啊。"

牧歌喜欢陆合欢，从他的一言一行都可以看出来。今天陆合欢进门的时候，他抬眸望着她的眼神都是那般含情脉脉。明眼人都能看出他对陆合欢的情意，唯独陆合欢总是自欺欺人地想：大概牧歌只是需要一个女朋友。

陆合欢靠在老妈的肩膀上，然后就歪歪扭扭地睡着了。

她从来都不是个睡觉老实的丫头，陆妈妈无奈地伸手摸了摸她的脸颊。

陆合欢有个好听的名字。合欢花是老妈在她出生第二天看到的植物，合欢花的花语是言归于好、合家欢乐。

从第一眼看到这个小天使的那一刻起，陆妈妈就希望她能够一辈子拥有幸福。

而此时，陆合欢带着微笑的睡颜告诉陆妈妈——

或许，牧歌就是她在等的幸福吧！

第二天一大早，陆合欢就收拾好了回学校的行李。

在老妈恋恋不舍的目光里，陆合欢踏上了回学校的路。毕竟家里就这么一个女儿，所以陆合欢每次离开家老妈都会有些伤感。

"妈咪，我又不是不回来了，最多一个星期我就会因为不堪忍受学校的饭菜回来的。"陆合欢实在不知道如何安慰自家老妈，最后只能这么说。

哪儿承想老爹却瞪了她一眼："你个小没良心的，你就不会想想把你捡回来的爸爸妈妈？整天就知道吃！"

"那没办法啊，谁让老爹你手艺好呢！"陆合欢眯着眼。

她倒是会说话。

她这话一出口，陆爸爸就乐了。一家人站在路边有说有笑，牧歌的车已经停在了马路边。

老爹伸了个懒腰："我就说你最近怎么都不让我送你了，原来是有个开车的女婿接送呀。"

陆合欢一脸蒙地看着自家老爹。

他拍着她的肩膀问："知道你为什么不认识车标吗？"

"为什么？"陆合欢想都没想就开口问。

陆爸爸看了她一眼，一本正经地说："因为你土！"

"爸，我是不是不是你捡回来的？"陆合欢带着笑看向他，"是有人硬塞给你的吧？"

老爹实在是太过分了，整天和老妈秀恩爱也就算了，关键时候还总是调侃她。

两个人正说着，车门开了。

牧歌从车上走下来，彬彬有礼地向陆合欢的父母问好："叔叔阿姨好。"

他从来都是个有教养的人，刚问候完长辈，就拿起了陆合欢的行李放进了后备厢，每一个动作都是那样体贴。

"好了，爸妈我走了啊。"陆合欢在老妈的脸上亲了亲，这才钻进了车里。

站在路边的老爹小声地说："找了个这么优秀的女婿，我压力好大啊。"

他是对陆妈妈说的，只是这话不小心被陆合欢听见了。她捂着嘴，最后哈哈大笑。

牧歌转过脸来，就那么直勾勾地看了她很久，最后慢悠悠地说："后座上有我给你准备的新学期礼物。"

他这么一说，陆合欢才如梦初醒。她转过脸看向了后座，真皮座椅上摆放着一个粉红色的小盒子，包装显得格外精美。陆合欢伸手将盒子拿了过来，随后拿着盒子晃了晃。

"什么东西呀？掂量着轻飘飘的。"

她幻想着各种可能，也在想如果收了牧歌的礼物，自己是不是也要为他准备一份。正当她陷入纠结的时候，牧歌笑了："就是能养你一辈子的东西！"

　　大家都说要找个吃货做女朋友，就得做好倾家荡产的准备。

　　陆合欢实在想不到究竟什么东西能养活她一辈子。咬了咬牙之后，她终于鼓起勇气打开了礼物盒。

Chapter 9
牧歌，以后换成我来爱你吧

"牧歌，你的手为什么总是那么热？"

"因为我爱你的那颗心是滚烫的。"

老妈以前跟她说过，大人们都讲究礼尚往来。既然牧歌爱了她那么久，那么以后换成她来爱他吧！

盒子里静静地摆着一张卡片，黑色的。陆合欢清楚地看到上面写着"信用卡"三个大字。

"做什么？"陆合欢就是在明知故问。

她看向牧歌的时候，他已经发动了车子。窗外的微风吹着他的黑发，牧歌看了看她："你就不想知道有多少额度？"

陆合欢的思维总是跳脱的，和他认识的那些女孩子都不太一样。

小丫头勾了勾唇角："所以你今天要和我玩猜数字游戏吗？"

"一千还是两千？"

牧歌不过刚刚毕业的一个学生，银行能给他什么高额度的信用卡？就算他是自己创业，不也就是那么回事吗？

可是她看到牧歌摇了摇头。

"三千？五千？"对于陆合欢而言，钱从来都是用来衡量能买多少零食。一个月三千块，已经是一笔可以用来买好多零食的巨款了。

可是牧歌依旧摇头。

陆合欢坐在那儿，有些泄气了："那……估计就几百块吧？"

牧歌被她这模样逗乐了，笑起来对她说："我对你的情有多深，这张卡的额度就有多大，你自己去试吧。"

陆合欢不满地嘟了嘟嘴："这算什么？牧歌，你这不是怂恿我去乱花钱吗？"

老妈说过，钱要花在刀刃上！除了吃，陆合欢平时生活那可是节俭着呢！

"你不去试试怎么知道我有多爱你呢？"牧歌转过来，定定地看着她。

陆合欢一下子就不知道该说什么了，思前想后，最后开了口："牧歌，你这人也太庸俗了，爱情怎么能用金钱来衡量呢？"

牧歌不回答，陆合欢转过脸去的时候却看到他依旧在笑。

她的心情一下子就忐忑起来了，这卡额度多少算大？如果只有几十块，那她是不是应该回来和他闹分手呢？牧歌这人，为什么非要勾起她的好奇心呢？那如果这张卡额度很大，自己刷不到底又该怎么办？

虽然大家都说牧歌是土豪，但是他的钱也不是大风刮来的，她也不能过分呀。

陆合欢陷入了无尽的纠结当中，哀怨地看着牧歌："你听没听过一句话,叫作'好奇心害死猫'。"

这哪里是给了她一个礼物?陆合欢觉得牧歌分明就是给了她一个烫手的山芋。

"没听过呀。"牧歌勾着唇,露出了宠溺的笑容。

陆合欢摸了摸自己的额头,最后无奈地看着牧歌。

"我觉得我会忍不住的……"手里有张卡,代表着牧歌对她的爱的深浅程度,陆合欢实在是没理由不去shopping(购物)。

她咬着牙,一只手拿着卡,另一只手死死地握着这只手的手腕,那模样就好像已经快控制不了自己了。

牧歌无奈地摇了摇头。他喜欢她,喜欢她的率真直爽,更喜欢她这纠结的模样。

陆合欢回到宿舍的时候,天已经黑了。

她正准备上楼,就被林浩叫住了。

"你这几天死哪儿去了?也不约我玩!知不知道我一个人的假期很无聊的!"

陆合欢看了看他,顿住了脚步:"你不是还有各种网络游戏吗?"

"那怎么能和你比呢?"他理直气壮地回答。

陆合欢认识林浩这么多年了,还是第一次听到他这么有情有义的话。她正准备夸林浩一番,就听到他说:"电脑游戏都是别人欺负我,但是和你玩的时候我却可以欺负你!"

"滚!"陆合欢翻了个白眼,就不打算再理会他。

林浩却凑到了陆合欢的面前,故作神秘地问:"听说牧歌去你家了?怎么样?是不是被叔叔阿姨赶出来了?"

"没有!"

"那肯定是被打断了腿。"林浩继续猜测。

陆合欢挠了挠头，实在不知道自己究竟应不应该打击他："正相反，我爸妈非常喜欢他。看他们那样，牧歌就算是入赘，他们也不会有意见的。"

"什么？"林浩一脸震惊。

可是他还没接受完事实，陆合欢就抬起了头。她定定地看着面前的人，最后一字一顿地说："林浩，我已经决定接受牧歌了。"

"陆合欢，你没事吧？这么快你又叛变了？不是说好……"

林浩还没说完，就看到陆合欢咧着一排雪白的牙齿露出了笑容："是啊，我叛变了，谁让你不早点儿来Z大呢？"

林浩来学校的这一年，牧歌已经毕业了。

距离他第一次见到她，已经三年过去了。她让他等得太久，便不能再辜负他！

"那……"林浩还没开口，又被陆合欢抢了先。

"你是我最好的朋友，牧歌是我爱的人，以后你一定要和他和平相处哟。"陆合欢说完，拍了拍他的肩膀，自顾自地往宿舍楼里走。

林浩瞪大了一双眼睛，觉得难以置信地说："我们怎么相处啊，喂……"

陆合欢没有回头，可那手舞足蹈、蹦蹦跳跳的动作足以说明此时她的心情非常好。

林浩站在那儿，最后抬手轻轻地揉了揉自己的头："早知道就不在试卷上画小人了。"

他后悔的不是陆合欢和牧歌在一起了，而是自己竟然错过了她两年的青春。晚风微微吹起了他的头发，漆黑的夜晚好似沉浸在无边的寂静当中。林浩单手插在裤袋里，一步一步往男生宿舍走。

明天就是军训的第一天，今天可得好好养精蓄锐。

"一、二、三、四——"操场上的学生们踏着正步呢，陆合欢拿着钢笔在书本上勾勾描描。

喻喜探过头来小声地问："啧啧啧，你这小伙伴够惨的，今年可是格外热啊，这都八月底了还有三十七八摄氏度呢。"

"你若军训，便是晴天。"陆合欢清楚地记得，自己刚进校的时候也是在这样的酷暑之下遭受历练。

喻喜叹了一口气。坐在有空调的教室里，她都已经是汗流浃背，更何况在太阳底下晒着？

"合欢，你给我带纸巾了吗？"

听到喻喜的问题，陆合欢连忙在包里翻找起来，一边找一边还小声地说："应该带了，但我也不记得放在哪里了。"

她说着就有些不耐烦了，索性把自己的背包倒过来，里面的东西全都掉在了课桌上。

"这儿呢！"

陆合欢刚刚将纸巾递到喻喜面前，就看到喻喜拿着牧歌给的信用卡一脸惊讶地看着她。

"牧歌给你的？"

"嗯。"陆合欢耸了耸肩，一看到这张卡就想起了牧歌的话。

"可以啊，都把卡给你了，多少额度？"

正常人拿到信用卡，似乎最先关心的都是额度。

陆合欢看着她，最后摇了摇头："我也不知道。"

"不知道？"喻喜惊呼了一声。

几乎是同一时间周围那些在做自我介绍的同学纷纷看向了这边。

喻喜连忙冲他们道歉："不好意思啊，不好意思。"

作为一个陌生人恐惧症患者,她以前哪里会做这些?看样子,许博然的教育还是有效的。

"什么叫不知道,你都不问的吗?"喻喜继续刨根问底。

陆合欢看了她一眼,依旧表现得若无其事:"牧歌说他对我的情有多深,这张卡的额度就有多大,还让我试试,可是我不知道感情这东西怎么用钱来衡量啊……"

就因为牧歌这句话,从来不失眠的她昨天竟然后半夜才睡着。陆合欢打了个哈欠,无精打采地看着喻喜。

"这还不简单?就把一万块钱划分成十份,看看额度不就知道了?"喻喜的想法显然和陆合欢不同。

被她这么一说陆合欢心里似乎有点儿谱儿了,合着牧歌竟然是这个意思?

"你最近有什么想买的吗?"喻喜推了推陆合欢的胳膊小声地问,既然牧歌敢在陆合欢面前夸下海口,想必这信用卡的额度还是可观的。

陆合欢抬头看着天花板,思忖了许久小声地回她:"想买好多好多的零食,想办一张健身卡,想买两套新衣服,然后……"她抿了抿唇,小声地说,"想要一台新的电脑。"

要说她没什么想买的,那绝对是不可能的。陆合欢歪着头,数出来一大堆东西,最后还补充说:"我的电脑不能用来打游戏,我最近特别怀念打游戏的时光,但是又不想去网吧……"

陆合欢从小就是个话痨,在喻喜面前更是不用收敛。她的一大堆话让喻喜替牧歌捏了一把汗,也不知道他给陆合欢这张卡究竟是对是错。但一想到自己是陆合欢的闺密而不是牧歌的间谍,喻喜就又一次开了口:"那就去买呀,你确实好久没买新衣服了,而且健身卡也是必要投资呀,前几天博然就给我办了一张,我去的那家环境可好了!"

"不行！"陆合欢咬了咬牙，随后小声地说，"牧歌赚钱不容易，我不能乱花钱。"

陆合欢心里就像住着一个小天使和一个小恶魔，意见不一致的两个任性鬼开始了无休无止的争斗。

"你难道就不想看看你这张卡究竟有多少额度吗？不花掉它你怎么知道？"

果然，不怕神一样的对手，就怕猪一样的队友。在被喻喜这样一番怂恿之后，陆合欢心动了。

下课以后，闺密二人就进了商场。

"小姐，这件衣服很适合微胖女孩儿哟，您可以试试！"

陆合欢生平第一次感受到了有钱人的生活。虽然每一次看到服装的吊牌价她都会犹豫很久，但最终都会向自己妥协。

"银行卡消费 600 元……"

"银行卡消费 399 元……"

…………

牧歌手机上收到一堆短信息的时候，喻喜正一手掰着手指头一手拿着记账本进行人生最大额的数字计算。本来她的心算能力就差，陆合欢让她带个计算器吧，喻喜还非说手机计算器就够了。

看她这一会儿写八折，一会儿写九折的状态，一时半会儿应该是算不清楚了。

"一千二百三十五点一九加上三百九十九……"喻喜口中不停地念叨着。

陆合欢在前面提着东西，还在东张西望，而她的身后就好似跟了一个会计。

"喜喜!"陆合欢一扭头,就看到衣橱里挂着一件黑色的裙子。她立刻就心动了,拽了拽喻喜的衣袖,小声地说:"那条裙子好看吗?"

"一共是三千六百五十……"个位数还没算明白,喻喜就被陆合欢给打断了——不远处玻璃窗里的裙子同样也吸引了她的目光。

都说每个女孩子的心里都住着一个小公主,连陆合欢这样的女汉子都不例外,更何况喻喜呢?两个人的双腿就好似灌了铅一般,都不动了。

"好好看,合欢,你个子高一定适合你。"喻喜立刻就拍手叫好,忽然又一抬手拍了拍自己的脑门,"我算到哪里了?"

"不知道呀。"陆合欢不等喻喜从数字的海洋里挣脱出来,就直接走上前去。在灯光的衬托下,那条长裙显得高贵又有气质。

"小姐,有什么可以为您效劳的吗?"看到陆合欢和喻喜提着大包小包进了店,店员立刻就开了口。

陆合欢看了她一眼,小声地说:"这条裙子,可以给我试试吗?"

"可以呀,小姐您稍等。"店员毕恭毕敬地回了一句,便立刻转身往库房里走。

陆合欢和喻喜坐在沙发上,显得有些惴惴不安:"你说我能穿吗?"

"为什么不能呀?"喻喜转过脸来定定地看着她。

陆合欢看到她已经将手里的小票全都收起来了。

喻喜侧过身来小声地对陆合欢说:"我帮你看过了,如果这条裙子不打折的话应该是一千五,加上之前的三千多应该有五千了……"

"一千五?这么贵!"陆合欢正说着,店员已经将裙子拿了出来。

她不安地看着喻喜。

最后还是喻喜安慰她说:"怕什么?试一下又不用给钱的!"

就这样,陆合欢惴惴不安地拿着衣服进了试衣间。

陆合欢从没穿过这么合身的裙子,提着裙摆出来的时候她的心都在颤抖。她在镜子前照了又照,在喻喜面前转了一个又一个圈。

"怎么样?"她转过脸定定地看着喻喜,眼睛里充满了期待。

喻喜咬着指甲,那模样就好似在替陆合欢纠结:"太好看了!"喻喜看了看她,最后小声地说,"这裙子简直就是为你量身定做的呀。"

"就是呀,小姐,这裙子真的很合适您。"听到喻喜这么说了,旁边的店员自然也见缝插针。

陆合欢站在那儿一时间陷入了沉默。她思前想后,纠结过后,最后还是开了口:"算了吧,太贵了。"

面对这样的陆合欢,喻喜不干了。

这要是换作以前,陆合欢一定会以报复牧歌为理由,将自己喜欢的东西全部买下来。可是现在,陆合欢俨然一副贤妻良母的样子,着实让人不适应。眼看着陆合欢要把裙子脱下来,喻喜一下子着急了。她咬了咬牙,小声地说:"等等!这么好看的裙子,我拍一张给牧歌,让他来做决定!"

喻喜这么一说,陆合欢的眉头皱了起来。让牧歌来做这个决定,她怎么就没想到呢?

她坐下来,看着喻喜在屏幕上发了一条信息。

"裙子很好看,就是略贵,能买吗?"喻喜发完信息,坐在陆合欢身边小声地说,"牧歌一贯挺高冷的,也不知道他会不会回我。"

喻喜这么说也不是没有理由的。上一次喻喜给他发的消息,牧歌至今都还没回她呢。她正迟疑着,就看到牧歌秒回了——

"买。"

"看到没!"喻喜理直气壮地看着陆合欢。

陆合欢还是觉得难以置信,咬了咬牙,小声地说:"你把价格发给他,让他再考虑一下。"

"你可真纠结!"虽然嘴上不留情面地数落着陆合欢,可是喻喜还是按照她说的做了。

这一次牧歌不是秒回了,手机安静得可怕。

看到两个人如此纠结,旁边的店员都有些看不下去了,走上前来开口:"二位,这条裙子是我们家当季最新款,价格难免贵一些。但是您放心,不论是质量还是款式,都绝对让您满意的。"

她积极的解释让陆合欢心里有些过意不去了。

陆合欢笑了笑:"要不还是算了……"

陆合欢说完就起身去换衣服,就在这个时候喻喜发出了一声惊呼:"合欢!"

陆合欢错愕地看着她。

喻喜说:"牧歌说……"

她直勾勾盯着屏幕,两个眼珠子都快要掉出来的模样让陆合欢有点儿无奈。

"他……他说……太便宜了,让你多买几件。"喻喜说话的时候,简直都不敢相信自己的眼睛。

陆合欢看着喻喜,最后也凑到了喻喜的手机前面。

她仔仔细细地把这句话看了一遍,确定喻喜没有"假传圣旨"。

"还愣着做什么?把她的衣服包起来,我们穿这件走。"

陆合欢还没来得及开口就听到喻喜已经发号施令了,只能无奈地看着她。

一听到这话,刚才的店员也来劲了,甚至还不忘记问:"二位,还有别的需要的吗?我们家的衣服都是最好的……"

"就这件吧,别的暂时不要了。"陆合欢摇了摇头,拿出了自己的手机。自己的屏保不知什么时候被牧歌悄悄换成了他们两人的合影,陆合欢低着头给牧歌发了"谢谢"两个字。

牧歌没有回她,手机静得让陆合欢觉得不安。

接下来,喻喜又拽着陆合欢去逛了鞋店。不知究竟过了多久,实在是走不动路的两个人坐在了肯德基里。

吃着冰激凌看喻喜算账的感觉简直是不能再惬意了,陆合欢正想着就听到喻喜开了口。

"我怎么感觉好像已经超出一万了啊……"

虽然喻喜数学成绩堪忧,但是计算器总不会算错。

这次,喻喜抬起头来错愕地看着陆合欢。

没人给她说过这是张大额信用卡啊?陆合欢看着喻喜,叹了一口气:"我实在是逛不动了,要不我们还是回去吧?"

虽然一直和牧歌互怼,但是像现在这么花钱,陆合欢明显感到不安。

她压根儿没看到一旁的路边已经停了一辆车。牧歌从车上下来,看着愁容满面的陆合欢。以前他给陆合欢买零食她都是一副理直气壮的模样,现在倒开始犹豫了?

牧歌推门走进餐厅的时候,陆合欢正小心翼翼地问喻喜:"你说我花了这么多钱,牧歌他不会生气吗?"

她那纠结的模样倒真是可爱至极。

喻喜还没来得及开口,牧歌就先说话了:"不会。"

突如其来的声音让陆合欢一怔,她转过脸去错愕地看着来人。

"哟,什么风把你给吹来了?"喻喜率先开口,对于看到牧歌似乎一点儿都不惊讶。

牧歌坐下来,无比冷静地开了口:"我来陪你们逛街呀!"

"还逛?"陆合欢看着他。不过才中午,她却感觉自己已经逛了一整天了。她将厚厚的一沓小票递给牧歌:"你看了就一点儿小情绪都没有吗?"

她自以为花出去了一笔巨款,事实上在牧歌看来却是九牛一毛。

"陆合欢,你应该这么想……"牧歌将胳膊搭在她的肩膀上,"终于有机会报复我了。之前你不是挺记恨我的吗?说我斤斤计较,睚眦必报,花掉了你仅有的生活费!"

虽然以前嘴上是这么说,可是真正要陆合欢落实行动的时候,她却忽然犹豫了。

"哎,吃了饭我们去买电脑吧?你不是想要台可以打游戏的电脑吗?我们去看看呀。"

陆合欢觉得喻喜简直就是牧歌派来的卧底,明明知道自己心里犹豫纠结,却还在这个时候将自己所有的需求都告诉了牧歌。

"哦?打游戏?"牧歌突然来了精神,转过脸来定定地看着陆合欢。

这次陆合欢心虚了,抿了抿唇小声地说:"算……算了吧,就我的技术……"

"打游戏我可以带你呀,正好我也想换电脑了!"没等她说完,牧歌就开了口。

陆合欢错愕地看着他,随后一连报出了好几个游戏的名字。

牧歌却是泰然自若地点了点头:"没事,以后我陪你打!"

陆合欢愣住了,没想到他会这么爽快就答应了。

牧歌坐在那里,依旧是一副不正经的模样:"你不把我的钱都花光,又怎么知道我有多喜欢你呢?"

牧歌彪悍的逻辑,就连喻喜都不得不给他点赞。陆合欢叹了一口气,最后只能答应下来。

吃过午饭,三个人就一路往数码城去了。陆合欢和喻喜坐在后座上,后者有些不满地抱怨:"好了,今天换成我吃'狗粮'了。"

"你又不是单身,这话被许博然听见会生气的!"陆合欢没安慰她,反倒是牧歌先开了口。

喻喜哼了一声,却也不多说话。

整整一个下午,牧歌没有去上班,当了一次名副其实的好男友。他不但带着陆合欢买东西,而且主动帮陆合欢提东西。

一路上陆合欢也找遍了所有的借口,比如对牧歌说:"宿舍地方太小放不下。"

牧歌则回答愿意将自己的公寓分一半给她。一想到自己即将拥有一百多平方米的衣帽间,陆合欢简直兴奋至极。

陆合欢也不记得那天究竟买了多少东西,但却清楚地记得——自己把那张信用卡刷爆了。在她感受到牧歌的情深义重的时候,让人目瞪口呆的一幕再次发生!

牧歌从钱夹里又拿出来一张信用卡,还一本正经地对她说:"这张是不限额的,你拿着随便用!"

牧歌这话一出口,就连喻喜都傻眼了。

陆合欢听到她在自己面前信誓旦旦地说:"我也要把许博然教成这样。"

这话陆合欢自然听到了,不禁小心翼翼地转过脸去看着牧歌。

好半天她才听到牧歌说:"那恐怕有点儿难了。"

"许博然那个榆木脑袋,要是真懂得那么多,你当初还要我帮你追求他?"

和牧歌相比,许博然的确有些木讷,可是喻喜听不得别人说许博然的坏话。

她咬牙切齿地看着牧歌:"你才是木头。"

牧歌没有反驳她,反倒是抿着唇露出了温柔的笑容。

从商场里回来,喻喜就迫不及待地为陆合欢收拾她的东西。而陆合欢,则打开了牧歌为她选的那台新电脑。虽然桌上堆满了东西,可是她却没有收拾的力气了。

陆合欢喝着奶茶刚刚准备下载电脑游戏,喻喜却拦住了她。

喻喜坐在陆合欢身边,小声地问:"你现在到底怎么想的?"

"怎么想?"喻喜这突如其来的问题,让陆合欢不知所措。

意识到自己的问题太过突然,喻喜解释道:"我的意思是,你是不是已经想好了和牧歌在一起!"

喻喜本以为陆合欢会犹豫,会否认,可是哪儿承想她却重重地点了点头。

其实从很早以前开始,陆合欢就已经想过接受牧歌了。只是每次看到他那贱兮兮的模样,她就想要拒绝他。

"这么快吗?"

喻喜定定地看着陆合欢,似乎觉得陆合欢在撒谎。可是陆合欢却眉头紧皱,小声地说:"我已经想好了呀。

"再说了,和你比起来我这速度好像不算什么吧?"

喻喜连证都领了,而她才刚下定决心和牧歌在一起。

喻喜侧过脸来看陆合欢:"那许博然和牧歌能一样吗?"

她这护短的话让陆合欢勾起了唇角。

陆合欢转过脸仔仔细细地看着喻喜:"那你倒是说说这两人有什么不同呀?"

"就……就是不同……"喻喜顿了顿,先是有些心虚,最后终于在牧歌身上找到了缺点。她一字一顿地说:"牧歌套路可多了,你再看看许博然，他就是个榆木脑袋……"

喻喜的话还没说完，陆合欢就笑了起来。

之前喻喜还反驳牧歌，现在竟然也躲到背后说许博然的坏话了。

"你就不再考验考验他？"

被她这么一问，陆合欢抬起了头："牧歌对我有多好，你也看见了，这还考验什么？"

"那……他家里人喜欢你吗？你考虑过你们的以后吗？"

陆合欢本来还挺坚定的，被她这么一问却又答不上来了。虽然牧歌口口声声说他喜欢她就够了，可是陆合欢一想到两个人想要在一起，将来会遇到各种各样的艰难险阻，心里忽然又不是滋味儿起来。

喻喜看她这纠结的模样，立刻就明白了。

大概就连陆合欢自己都还未想明白吧？

她摇了摇头，最后收拾了一番就睡下了。

陆合欢打了一会儿游戏，一直到躺在床上她的脑海里依旧是喻喜的那番话。

翻来覆去到了后半夜，陆合欢才闭上了眼睛。

陆合欢是被手机铃声吵醒的，才刚刚接起电话就听到了牧歌的声音。

"我要出差一段时间，现在在机场。"

"嗯……"陆合欢睡意正浓，闷闷地应了一声，就挂断了电话。

等陆合欢从被窝儿里爬起来的时候，已经是中午了。

手机上全都是牧歌发来的语音消息，她不安地揉了揉自己的头发，最后也只能一条一条地回复。

吃过早餐，陆合欢就跑到了操场上。

新生的军训还没结束，林浩被罚俯卧撑，正趴在地上呢。

"二十七、二十八……"

他咬着牙,已经是大汗淋漓。

陆合欢坐在花坛边,一时间竟然有种幸灾乐祸的感觉。林浩也看到了她,瞪着一双大眼睛却不敢在教官面前说话。

"哇,这才几天你就黑成这样了?"

林浩虽然不能说话,但能够听到陆合欢说话呀。看到她那幸灾乐祸的模样,他就来气。

"说不准再过几天,你就会和煤球一个色了。以后晚上可千万别出门啊,出门了容易让人觉得是一排牙齿和一双眼睛在飘。"陆合欢在一旁不厚道地自娱自乐。

林浩数到三十终于从地上爬了起来。

"好了,现在午休时间到,全体解散!"教官气势磅礴地一声令下,林浩直接躺在了地上。

陆合欢有些嫌弃地看着他:"怎么?才三十个俯卧撑你就受不了了?"

"你厉害你来试试啊!"林浩没好气地瞪了她一眼,艰难地从地上爬起来。

不过才军训两天,他竟然有种过了一个世纪的感觉。

"喂,陪我去吃饭啊。"林浩刚一走过来,身后就跟来了好几个男生。

他们齐刷刷地喊了一声:"浩哥!"

陆合欢差点儿没被他们喊出心脏病来。

她转过脸去白了林浩一眼:"你是要打群架啊?走到哪儿都拉帮结派的!"

"你还好意思说,要不是为了来 Z 大找你,我也不会比他们大!"要论甩锅的实力,林浩排第二还真没人敢排第一。

陆合欢没好气地提醒:"要不是你老人家在试卷上画 Q 版的我,

你能复读吗？还有监考老师脸上的媒婆痣是什么情况你心里没点儿数吗？就这样你还好意思说我？"

"啊，浩哥，你没考上大学是因为在卷子上画画？"

周围的几个小男生一听陆合欢的话，立刻就炸开了锅。

"喀喀……"林浩连忙清了清嗓子，"别听她胡说八道！她就是嘴损！"

他说完，看到陆合欢转身要走便立刻追了上来，伸手去拽她的衣袖："你今天怎么想起来找我了？你家牧歌不要你了吗？"

"才没有！"陆合欢哼哼了一声，还没来得及解释，就看到旁边几个男生用惊诧的目光看着她。

有个人支支吾吾地走了上来："牧歌？你是牧歌的女朋友？"

"嗯。"陆合欢从容地点了点头。

即便牧歌毕业了，学校也会继续挂着他的照片——像这种长得帅又成绩好的人可不是年年都有的。

陆合欢才刚点头，几个男生就围了上来："要不你帮我们换个大哥吧？浩哥不靠谱儿啊！"

周围此起彼伏的话气得林浩连话都说不出来了。他咬了咬牙，好半天才盯着陆合欢开口说："你是来拆台的吗？"

"不是啊，貌似最先提起他的人是你吧？"

如果不是牧歌倒贴了她这么久，陆合欢一定会觉得林浩和牧歌才是一对。因为这两人实在是太像了，都那么不让人省心。

"陆合欢，你走！"林浩的小心脏承受不了来自她的一万点暴击了，他露出了一副痛不欲生的表情。

陆合欢咬了咬牙，小声地说："别呀！我还有事找你呢！大事！"

她说罢，直接拽着林浩的手就往外走。

等站在食堂门口的时候,林浩才终于挣脱了陆合欢,从她的魔爪下重获自由:"做什么?你不是说有男朋友了,以后要和我划清界限吗?"

他这话一出口,陆合欢呆了。

她什么时候说过这话?她只是想让他们和平相处。

林浩颇为不满地又开了口:"你没看我最近都不找你了吗?男女授受不亲,一会儿你们家牧歌看到又要来找我拼命了!"

这次陆合欢听明白了,合着林浩这是在和她赌气呢!她勾了勾唇角,踮脚凑到林浩面前仔细地打量着他:"你怎么说算半个娘家人,难道不该支持我所做的决定吗?"

林浩白了她一眼:"那你还来找我干什么?"

他一直以为考进了Z大就会有陆合欢陪他玩耍,像他们以前上学的时候。可是她竟然找了个男朋友,整天和他对着干!林浩站在那儿正赌气呢,就听到陆合欢开了口。

"那……我给你洗一个星期的衣服,这件事就算过去了,行吗?"

毕竟是自己把林浩邀请到Z大来的,现在看到他这闷闷不乐的模样,陆合欢心里还真是过意不去。她一开口,就意识到自己被林浩套路了。他理直气壮地说:"半个月!否则谁都别想让我原谅你!"

这次陆合欢还真是哭笑不得,最后只能无奈地问:"行吧,是不是我帮你洗衣服,你就帮我出主意?"

"那必须啊。"林浩忽然抬起头,脸上写满了憧憬,"我还盼着你一直有问题问我呢,这样的话就一直有人给洗衣服了!"

"滚!"陆合欢咬了咬牙,林浩倒是真敢想。

"说吧,什么问题啊?有什么人生困惑,来林大师给你一并解决。"

陆合欢被他逗乐了,不得不承认林浩入戏很快,但是他这模样却更像江湖骗子。

陆合欢拍了拍他的头："你能不能正常点儿？"她说完就顿了顿，略带迟疑地看着林浩，然后一副患得患失的模样，"你说如果我和牧歌真的在一起了……"

"你们已经在一起了！"林浩没好气地提醒。

他就是这么沉不住气，被打断了思路的陆合欢抬起头不满地看着他："你再打断我一次，我就不给你洗衣服了啊。"

"哦，好吧。"这次林浩老老实实地闭嘴了。

陆合欢看着他一字一顿地说："我的意思是，有没有办法可以……可以……"

说来说去，这话她还是有些难以启齿。

见林浩忽然安静下来，陆合欢就更加紧张了，支支吾吾好半天才说："可以让我知道牧歌家里人喜不喜欢我……"

昨天被喻喜那么一问，陆合欢几乎彻夜未眠。

她总得把这件事搞清楚吧？况且……

她的脑海里正一团乱麻，林浩的抱怨声响了起来："陆合欢，你平时秀秀恩爱也就算了，现在居然跑来问我如何和你未来婆婆相处？"

林浩觉得自己认识的陆合欢平日里挺聪明的啊，怎么谈恋爱以后就问出了这么让人匪夷所思的问题？他咬了咬牙，还特地伸出手去摸了摸陆合欢的额头："也没发烧啊。"

陆合欢不满地将他的手拍了下来："林浩，你到底帮不帮我啊？"

看到陆合欢不大高兴了，林浩才深吸了一口气："这还不简单？去牧歌家里逛逛，你不但能知道他家里人怎么看你的，还能知道牧歌平时怎么说你的！"

陆合欢的紧张和不知所措，林浩不是没看见。

除此之外似乎并没有别的办法了，陆合欢摸着头无比纠结地开了口:"可……可是我不知道牧歌家住在哪里呀!"

"陆合欢,你知道我现在最想做什么吗?"林浩咬牙切齿地说,"我真想把你的大脑打开看看里面究竟装的是什么?!"

他愤怒的话还没落下,陆合欢就挠着头不好意思地说:"不过他之前跟我说过,他出差的话他妈妈会去他的公寓打理一下多肉。"

林浩生平最讨厌的就是说话大喘气的人,偏偏陆合欢还老爱这样。他恶狠狠地看着她说:"你要去也可以,不过你可得打扮得丑一点儿!"

"为什么呀?"陆合欢几乎是脱口而出。

林浩瞪了她一眼,随后不耐烦地说:"你傻不傻?你现在打扮得花枝招展地去见你未来的婆婆,那不是显得像你勾引牧歌吗?但是相反,如果你打扮得土气一点儿,假装成巧遇的模样,那不就说明一切了吗?是牧歌喜欢你,不是你勾引他!懂不懂?!"

嘴上虽然颇有微词,可是林浩心里却不是这么想的。

陆合欢和牧歌两个人都整天在他面前秀恩爱了,自己再不给他们制造点儿麻烦,以后的日子还怎么过?萌生了这种想法以后,他决定让陆合欢去制造点儿麻烦!

"可是……"

陆合欢还在犹豫,林浩却已经自告奋勇了:"你放心,你就按照我说的做,保准不会错的!"

他那一副胸有成竹的模样让陆合欢刚才悬在嗓子眼儿的心落下了一半。

下午三点,牧歌的公寓。

钥匙插进了锁眼,陆合欢一颗心狂跳不止。

陆合欢一开门,就看到牧歌的妈妈系着围裙站在阳台上。

"牧歌，你不是出差吗……"话还没说完，宋清芳就被眼前的人吓了一跳。

陆合欢提着水果，站在原地小心翼翼地叫了一声："阿姨，您好。"

上次的疯狂购物后，牧歌将家里的备用钥匙给了陆合欢，这也是她能够轻松进门的原因。

宋清芳愣了几秒，立刻走了上来："你是陆合欢吧？经常听牧歌提起你。"

"经常提起我？"陆合欢下意识地以为这是客套话。

没承想阿姨招待她坐在沙发上，面带微笑地说："是呀，牧歌那个小子经常跟我念叨你的，说什么没见过这么可爱的女孩子，说你性格好，而且不物质，连他开的车的车标都不认识呢。"

"是这样呀……"陆合欢尴尬地笑着。

其实从进门的时候她就有些后悔了。她这么做，会不会显得有些太心急了？

她坐在那里，显得有些不安。宋清芳看了看她，又笑了起来："今天一看，你果然和牧歌说的一样。"

陆合欢被阿姨夸得都有些不好意思了，抿着唇错愕地看着面前的人。

"不过倒是牧歌那个小子，还真配不上你！"

陆合欢来之前还心情忐忑，可是被牧歌妈妈这么一说，心情立刻缓和了不少。她笑了起来："阿姨，应该是我怕配不上牧歌才对……"

陆合欢越说声音越小，甚至自卑地低下了头。

宋清芳听到这话，再次笑了起来："丫头，你就别开玩笑了，那小子什么样我还不知道吗？"

陆合欢听她这语气，也有些无奈。大概所有的孩子在父母眼里都是从垃圾桶里捡回来的吧？自己的老爸老妈如此，牧歌的妈妈也是如此。

宋清芳道："他可是没少给我和他老爸惹麻烦！牧歌出生前我就想要个女儿，没想到生出来却是个儿子！这小子表面上不挑事，但是他的那张嘴啊！"

说出来都是一把辛酸泪，看到宋清芳这样子，陆合欢忽然就笑了。牧歌那张嘴她可是体会过的，相当考验忍耐力了！也难怪宋清芳会这么说。陆合欢眯着眼，露出了傻傻的却又温柔的笑。

她这笑容一下子就落在了宋清芳的心里。

她看了看陆合欢，最后连连点头："看不出来这小子竟然能给我找回来这么好的一个儿媳妇……"

陆合欢来不及窃喜呢，宋清芳又改了口："不对！"

见宋清芳的脸色变了变，陆合欢立刻就紧张起来，莫名有种不好的预感。牧歌妈妈该不会不喜欢她吧？她小心地攥着衣角，手掌心里甚至已经渗出了密密麻麻的细汗。

"丫头啊，你是怎么想的啊？你怎么能看上牧歌那个小浑球呢？整天不务正业，你看他大学毕业了，他老爸叫他回自己家公司上班他都不来，非要出去创业。"

陆合欢目瞪口呆，没想到宋清芳回过味来要说的竟然是这些。

陆合欢笑了笑，小心翼翼地说："阿姨，创业不是好事吗？有梦想有……"

陆合欢还没说完这句话呢，就听到宋清芳哼了一声。

"我和他爸爸早就想放下手上的工作出去走走了，可是他呢？毕业了还不来给我们分忧。"

她看着陆合欢，忽然抓住了她的手。

"丫头，我看你是个乖孩子，不如你再考虑考虑。阿姨认识很多有才华的小帅哥，阿姨给你介绍。"

陆合欢觉得,自己的发散思维实在是追不上牧歌一家人的。

现在她未来的婆婆竟然要帮自己介绍别的对象了?这事要是让牧歌知道……他还不得气死?

"也不行。"陆合欢还没来得及拒绝,宋清芳又开了口,"阿姨是真的喜欢你,要是把你介绍给别的小帅哥了,咱俩的缘分就淡了……"

陆合欢正准备松一口气,宋清芳又奇思妙想地说:"要不你给阿姨当干闺女吧?这样,你就是我女儿了,我还可以给你介绍男朋友。你放心,那些男孩子一个个都比牧歌像样儿。"

"阿姨,这……"

"哎,该改口了啊。一会儿干妈浇了水,你就跟我回去,干妈给你做好吃的。听牧歌说,你不挑食,是吧?我最喜欢这样的女儿了!不像牧歌那个臭小子,一点儿都不懂得体谅我,还说我做饭不好吃!"

这些家长里短,陆合欢本来不该听得这么津津有味。可是一想到那个人是牧歌,只要一想到他,陆合欢就忍不住想要多了解他一点儿。

"走走走,干妈早上买了海鲜,带你尝尝去。"宋清芳拽着陆合欢的手,丝毫顾不得对方脸上惊讶的表情。

陆合欢已经是准大四的学生了,课程相对要少一些,这才跟着宋清芳去了牧家的别墅。

宋清芳是开车来的,陆合欢刚一上车就掏出了自己的手机。

她小心翼翼地给牧歌发了一条短信:"牧先生,我可能做了一件错事!"

陆合欢觉得如果被牧歌知道自己跑去找了他的妈妈,他一定会生气的吧?平日里秒回消息的牧歌今天却迟迟没有回应,短信就好似沉入了大海里……

"哎呀,合欢我给你说,我做的鲍鱼海鲜粥那可是一绝,牧歌他老爸很喜欢的呢。"

一听到牧歌妈妈提到牧歌爸爸,陆合欢就傻眼了,小心翼翼地询问:"那……叔叔他……今天在家吗?"

她倒是提了水果去牧歌的公寓,可是全都被宋清芳摆在了牧歌公寓的冰箱里,此时自己再空手去拜访牧歌爸爸岂不是会很尴尬?

"不在家,他有事出去了。今天就咱们两个,我给你做好吃的。"宋清芳一路喋喋不休地说着。

陆合欢不知究竟是第几次给牧歌发短信求救,可是他却迟迟没有回应。陆合欢无比焦急的时候,反倒是宋清芳的手机忽然响了起来,她也不避讳,直接接通了电话。

"你在哪儿呢?"手机里面传来了一个女人的声音。

陆合欢想到了自己在电视上看到的那种贵妇姐妹淘,想来宋清芳不用工作,整天就养养花、做做美容,应该是有一群好姐妹的。

"我?"宋清芳看了看后视镜,立刻开了口,"我今天白捡了个闺女,超可爱,不但会说话,而且人也老实。怎么说来着?就是现在网络上流行的那种微胖型女孩儿。"

"是吗?什么时候带出来我们瞧瞧?"

"瞧瞧可以呀,你们可得给她找对象啊。你家儿子不行,你家儿子比我家这个小子还皮,我看老周家那个不错,下次呗。"

陆合欢被这一通对话弄得是面红耳赤。

等电话挂断以后,她小声地说:"阿姨……哦,不对,干妈……"

她觉得自己整个人好像都在颤抖。

宋清芳转过脸来看了看她:"怎么啦?"

"我……牧歌……"陆合欢支支吾吾好半天。

她很想提醒一下宋清芳自己是牧歌的女朋友——可是宋清芳也太

雷厉风行了，一点儿机会都不给她。

"哎哟，没事。"宋清芳看了她一眼，"你完全可以拿那个小子当备胎嘛，你看啊，多接触一些有志青年，选择面才会广……"

陆合欢真的是百口莫辩，好在车子终于停在了别墅外面。

眼前装潢华丽的别墅让陆合欢倒吸了一口冷气。

她错愕地看着这一幕："我就说牧歌家里有矿吧……"

这种坐落在近郊高档小区里的别墅，怎么也得十几万一平方米吧？

"以后啊，你就当这里是自己家啊，我今天就让人给你收拾一个房间出来，欢迎你随时回来住。"宋清芳换鞋子时还不忘给用人们介绍陆合欢："你们看好了啊，以后这就是我闺女了……"

陆合欢冲着宋清芳笑了笑，小声地说："您先进去吧，我不回家吃饭要给妈妈打个电话。"

"好，你快点儿来啊。"宋清芳倒也爽快。

只是陆合欢听到她转身的时候小声嘀咕："真是个好孩子！我们家那混世魔王不回来吃饭什么时候给我打过电话？小没良心的！"

这话弄得陆合欢那叫一个心情复杂。从口袋里摸出了手机，她终于鼓起勇气拨通了牧歌的电话。

"牧歌，你倒是接电话啊，你妈要认我做干闺女，我是答应还是不答应？她还要给我介绍对象，就这样你都不着急吗？牧歌，接电话啊……"

可是手机那头传来的却依旧是这样一句话："对不起，您所拨打的电话暂时不在服务区。"

冰冷的女声让陆合欢彻底沦为了热锅上的蚂蚁。她一遍又一遍地拨打牧歌的电话，可是结果都一样。

陆合欢觉得，这是认识牧歌一年多以来，他唯一一次不待见她。

他不接电话也就算了，竟然连她的微信都不回。

陆合欢正垂头丧气的，就听到屋子里有个用人在叫她。

"小姐，夫人说她做了烧仙草，您要来尝尝吗？"

"啊，来了。"一听到有好吃的，陆合欢立刻将牧歌抛诸脑后。

既然他不接电话，那她也就只能顺应事态的发展了，虽然莫名其妙地多了个"妈妈"，但是毕竟有好吃的呀。

陆合欢一路小跑着进了屋。

"阿姨，牧歌的电话还是打不通。"陆合欢有些不安，不知道自己今天究竟是怎么了，一想到牧歌不接电话，心里就莫名地紧张。

"他可能是工作忙，没听到吧。"宋清芳叹了一口气，"他工作忙，很多次我给他打电话他也没接呢。"

"是这样吗？"陆合欢歪了歪头，"我还是第一次遇到这种情况。"

"不用太担心，那小子从小就调皮，可遇事总能妥善地处理。"宋清芳是最了解牧歌的人了，她的话让陆合欢觉得错愕。

"牧歌很调皮？他不是成绩很好吗？"陆合欢下意识地问，在她看来牧歌学习好便算是让父母省去了很多烦恼，至少他妈妈不用像她老妈那样绞尽脑汁地要把孩子送去辅导班上课。

"男孩子嘛，都是比较调皮的。"宋清芳叹气，"牧歌这孩子成绩是好，但也喜欢恶作剧。以前在学校的时候，他还做了很多让我哭笑不得的事情呢。"她又无奈地摇了摇头，"行了不说那个熊孩子，阿姨做的菜好吃吗？"

"好吃。"果然是捧场王，陆合欢在哪儿都是狼吞虎咽地吃东西。

她忽然意识到了什么，抬起头有些不好意思地看着宋清芳，自己这样吃饭会不会带来不好的印象呀？陆合欢心里正想着呢，就看到宋清芳笑了起来。

"好吃你就多吃点儿,家里平时也没人陪我。牧歌爸爸工作忙,牧歌又不务正业,我可是好久没见有人这么捧场了!"

"是吗?我觉得很好吃呀。"陆合欢把小嘴里鼓鼓囊囊的东西全都吞进了肚子里,这才回道。她的话音才刚落下,手机铃声就响了起来。

陆合欢看着手机屏幕上喻喜的号码,迟疑了一下,最后还是接起了电话。

她才刚刚接通电话就听到一个声音传来——

"陆合欢,不好了,出事了!"

喻喜急切的话让陆合欢的眉头紧皱,她小声地问:"出什么事了?"

"牧歌出车祸了……"喻喜顿了顿,在陆合欢还没回过神来的时候立刻纠正,"也不是车祸,被东西砸到了!"

"到底是什么?"喻喜模棱两可的说法,让陆合欢嗅到了阴谋的味道。

喻喜咬了咬牙,一旁的许博然见状把手机抢了过去:"就是……他的车被东西砸到了。"

"被什么东西砸到了?"陆合欢有些不明所以。

好半天许博然才说出来三个字:"油漆桶。"

"合欢,你快过来吧,车子被油漆桶砸到,牧歌看不见路,最后撞到了路边的电线杆上,安全气囊都弹出来了。"

许博然的解释外加喻喜的补充,陆合欢这才终于听明白他们的话。

她小声地应了一句:"好,我马上来。"

"怎么了?"一听说陆合欢要走,牧歌妈妈就有些不舍,定定地看着面前的人,眼眸里流露出了几分关切。

陆合欢抿了抿唇,下意识地说:"牧歌他……"

话到嘴边的那一瞬,她忽然又说不出口了。

宋清芳一个人在家里本就孤单,若是知道儿子出了事,岂不是更担心了?

"他被东西砸了一下,现在正嚷嚷着要我过去给他买吃的呢。"陆合欢冲她笑了笑,最后还是礼貌地说,"下次有机会再来拜访您。"

陆合欢说完还深鞠一躬。

"牧歌不是出差了吗?"宋清芳小声地嘀咕,却并没有拦着陆合欢。

从别墅区出来,陆合欢打了一辆出租车,快速报上了医院的地址之后,就开始不安起来。

医院的长廊上,弥漫着浓郁的消毒水气味。

走廊上人来人往,似乎只有到了这里人们才最能感受到生命的可贵。穿过人群,一路走进病房,陆合欢就看到喻喜站在病床边。

"你怎么才来呀?"

陆合欢一来就遭到了喻喜的质问。她很想解释一下自己究竟去了哪里,可是一看到病床上的牧歌,就识趣地闭了嘴。

喻喜依旧不依不饶地说:"你不知道,你没来牧歌连觉都不肯睡,就一直在这里等你……"

"你没事吧?"陆合欢对喻喜的问题避而不答,定定地看着病床上的牧歌。

喻喜笑了起来:"怎么?现在你知道紧张他了?"

被说中了心事的陆合欢依旧死要面子,瞪大了一双眼理直气壮地说:"就算是作为朋友嘘寒问暖几句不也是应该的吗?你非得这么八卦吗?"

陆合欢这话,说到底就是说给自己听的。

她和牧歌怎么样,喻喜和许博然都知道。至于林墨语,忙于考研根本无暇去打听这些八卦。

"行了,既然你都来了,我们就先走了啊。"

牧歌一直没有说话，陆合欢看到他的脸色的确有点儿憔悴。她抿了抿唇，就看到喻喜已经拽着许博然离开了。

看到这一幕，林墨语自然也是心领神会，正准备转身，却被陆合欢叫住了。

"墨语，你别走啊……"

林墨语打了个哈欠，指了指自己脸上的黑眼圈小声地说："我已经好久没睡觉了，再这么下去可能就要猝死了。守夜这种事情，你还是自己来吧。"

说完，林墨语也走了。

"你去哪里了？"人都散去之后，牧歌才有些艰难地开了口。

陆合欢仔仔细细地打量着他，除了额头上包着块纱布，好像也并无大碍吧……

"我……有点儿事耽搁了。"陆合欢小声回答牧歌的问题。

为了防止自己心虚被他发现，陆合欢还特地凑到了牧歌包着纱布的额头仔细地看了看："你真的没事吗？不会留下什么后遗症吧？不是说出差了吗？好好的怎么那么倒霉就被油漆桶给砸到了？"

这一连串的问题让牧歌的眉头紧紧地皱了起来，最后陆合欢听到他一字一顿地问："所以，你在关心我吗？"

她一口气问了那么多，牧歌却给出了这样一句拱火的反问，换作是谁心里都不会舒坦。

陆合欢咬了咬牙："是啊，我在关心你！可以回答我的问题了吗？"

"不可以。"牧歌丢出了言简意赅的三个字。

在陆合欢咬牙切齿地想要胖揍他一顿的时候，他忽然伸出了一只胳膊，用手臂直接搂住了她的腰。

陆合欢整个人都傻眼了："做什么你？受伤了还敢乱动？"

陆合欢想要挣脱他,却听到牧歌一字一顿地说:"合欢,有人说死神的模样和你在这个世界上最爱的人一模一样,因为那是你在这个世界上唯一的牵挂。"

他的声音很低沉悦耳,好似演奏中的钢琴曲。

陆合欢忽然安静了。她不明白牧歌为什么突然说出了这句话。可是下一秒,她全部的疑惑都得到了解答,因为牧歌说:"车子撞向电线杆的那一瞬间,我看到的人是你。"

牧歌的话让陆合欢的呼吸一紧,她借着医院里幽暗的灯光看着面前的那个人。

最后她听到他说:"我也不知道从什么时候开始,你已经成了我的牵挂。"

"陆合欢,我爱你。"牧歌温柔地看着她。

陆合欢深吸了一口气,最后也小声地说:"我也爱你!"

从今往后,不论有多少艰难险阻,不论前面是否荆棘丛生,她都会不顾一切地牵着他的手。

陆合欢看到牧歌笑了,他俊朗的脸庞上满是对她的宠溺的爱意。

几乎是同一时间,陆合欢听到了一个声音。

"喀喀……"

她后知后觉地回过神来,病房竟然是双人间!

旁边的老大爷也不知听了多久,终于忍不住了:"我说你们小年轻,谈个恋爱要不要这么你死我活的?想我们那个年代……"

见他叹了一口气,陆合欢整张脸上都写满了尴尬。

她讪讪地笑了笑,这才转过脸去瞪牧歌,用只有两个人听得到的声音说:"你不是很有钱的吗?你不开单间的?丢死人了啊!"

陆合欢用手捂着脸,俨然一副尴尬极了的模样。

"大爷，时间不早了，早点儿睡吧。"

牧歌和陆合欢可不一样——作为一个追求她很久的少年，他早就不知道脸皮是什么了。

房间熄了灯，整个世界都好似安静下来了。陆合欢抬起手捂住眼睛，从指缝里小心翼翼地看着牧歌。他忽然抬起了胳膊，一把抓住了她的手。陆合欢凑到牧歌面前，正准备说悄悄话，却听到了他均匀的呼吸声。

大约他是真的已经睡着了吧？她小心翼翼地摸了摸他额头上的纱布，自言自语道："说话奇奇怪怪的，说不准是脑震荡吧？"

牧歌没有睡着，正不厚道地偷听着陆合欢的自言自语。

"不过说出来的话都这么好听呢，嘻嘻嘻……"

牧歌没睡着，反倒是陆合欢没多久就趴在病床边呼呼大睡起来。牧歌借着窗外的月光静静地看着陆合欢。他等这一天等得太久太久，甚至连自己都快忘了从什么时候启程的！

一夜好眠，等陆合欢睁开眼的时候已经是第二天一大早了。牧歌似乎早就醒了，睁着一双眼睛正直勾勾地盯着陆合欢。她突然有些头皮发麻，下意识地揉了揉眼睛问道："早餐想吃什么？我去给你买。"

陆合欢从小到大就是老爹老妈的掌上明珠，爸妈嘴上虽然不说，但是一直护着她。算起来，这是她第一次在医院里照顾病人。担心自己做不好，陆合欢什么事都小心翼翼的。

可是牧歌忽然皱起了眉头，一本正经地看着陆合欢："其实我已经饿了，但是我起不来，你知道这是为什么吗？"

陆合欢一头雾水地摇了摇头，小声地猜测："你是伤了腿吗？"

"不是啊，因为你实在是太沉了！"牧歌说完，立刻哈哈大笑。

陆合欢被他这句话弄得是又好气又好笑，只能瞪了他一眼："你想清楚了吗？我再给你一个修改答案的机会！"

她气势汹汹地看着牧歌。

真是一个明媚的早晨，今天她连起床气都没了！

牧歌想了想，眉头紧皱，最后小声地说："因为我想这么一直抱着你。"

"这还差不多。"陆合欢从椅子上站起来，看着从窗户照进房间的阳光小声地问，"要出去走走吗？"

陆合欢没想到的是，牧歌竟然答应了。

两个人从医院出来的时候，阳光正明媚，照射在陆合欢的脸颊上。陆合欢牵着牧歌的手一步一步地往前走，侧过脸的时候，突然有种恍如隔世的感觉。

仿佛这一瞬他们都不再年轻，彼此搀扶着走向下一个黎明。

从青春年少到白头与共，这不是她幻想的轰轰烈烈的爱情，而是最平淡、最真实的爱。

也不知究竟过了多久，陆合欢才终于开了口："牧歌，昨天我……我去了你公寓，然后还遇到了你妈妈。"

"是遇到吗？"牧歌似乎什么都知道了。

他这话一出口，陆合欢就低下了头。

果然什么都瞒不过他的火眼金睛，陆合欢抿着唇，小心翼翼地说了实话："是我知道她在那里，才去的。"

"后来呢？"牧歌并没有生气，依旧是一副和颜悦色的模样。

"你妈妈说……说……"陆合欢支支吾吾好久，却不敢开口。

牧歌会生气吧？她小心翼翼地看着他，最后还是将到嘴边的话吞回了肚子里。

牧歌的脚步顿住了，随后他问她："她是不是说，要认你做干闺女，还要给你介绍别的对象？然后还说了一大堆我的坏话？"

她和他妈妈的聊天儿内容被牧歌准确无误地猜出来，陆合欢抬起手为他点了个赞。

"你……你不生气呀？"陆合欢好半天才回过神来，问牧歌。

牧歌沉吟片刻，终于开了口："不生气呀。"

"为什么？"

他不是醋王吗？怎么不生气了？

陆合正腹诽呢，就听到牧歌说话了："我爸工作很忙，他和我妈的婚姻早就名存实亡了，我又忙于创业，很少回家。她一个人其实挺孤独的，你能去陪她说说话，也是件好事。"

牧歌的声音很低，可是这话却让陆合欢心里不是滋味儿。

难怪昨天不过三两句话阿姨就将她当成干闺女，那么热情……陆合欢突然觉得鼻子有些酸酸的。

她小心地看着牧歌："那你为什么不搬回家里住？也许还能陪陪她呢。"

牧歌轻轻地摇了摇头，小声地开了口："我们两人作息时间不同，我搬回家里住，只会吵到她休息。倒不如把公寓的钥匙给她，她白天也有个走动的地方。"

牧歌这么一说，陆合欢就明白了。

他是说话刻薄，并且一眼就能够看出她心中的小九九，就连追求她都好像设计了一个陷阱……可是他所做的一切，不过是为了让别人更好地接受他的好意罢了。

"走了，吃早餐去！我都要饿死了！"

万千思绪被牧歌的一句话打断，陆合欢微微颔首，不由得加快了脚步。

几天后，牧歌的伤好得差不多了，陆合欢按照约定去医院接牧歌出院。

"怎么才来呀？"陆合欢刚进门，牧歌就着急地问。他显然已经等她好久了。

"我刚才有一些事……"陆合欢的话还没说完，牧歌已经一把抓住了她的手腕。然后，他很自然地把她拽到了自己的怀里。两个人四目相对，陆合欢竟然就不自觉地脸颊红了。

"脸红了，真好看。"牧歌凑上来，在她的脸颊上亲了一口。

"喂，这里是医院，你们小两口儿要秀恩爱换个地方啊，我们这里可忙了！宋医生吩咐了，让我赶紧把你们赶出去！"

小护士口中的宋医生名叫宋乘风，是牧歌的发小，从陆合欢第一天来陪牧歌开始，宋乘风就对他们格外关照。

陆合欢下意识地低下了头，却听到了牧歌充满笑意的话——

"你去告诉宋乘风，我现在就走,他来喝喜酒的时候份子钱就免了！"牧歌说完，就从床上跳了下来。

这样活蹦乱跳的他让陆合欢更是恨得牙痒痒。

等小护士走了以后陆合欢才开口："牧歌，谁说要和你结婚了？"

到时候新娘跑了，她倒要看看他怎么收份子钱！

可是她的话音还没落呢，牧歌已经从窗边转过头来了。他手里拿着的精美的小盒子让陆合欢一怔。下一秒她看到牧歌单膝下跪，慢悠悠地说："嘿，陆合欢，来互相伤害一辈子啊！"

微风从窗外灌进来，牧歌跪在坐在病床上的陆合欢面前。

他葱白似的手指微微一抬便打开了那个精致的小盒子——

陆合欢看到的不是一枚钻戒，而是易拉罐拉环！

她一下子就笑了出来："牧歌，你这也太没诚心了！"

别人求婚都是用钻戒，可他呢？易拉罐拉环？

陆合欢颇为不满地看着他，随后一字一顿地说："你别告诉我你买不起。"

牧歌都已经凭实力炫富了,就连信用卡都没有限额,怎么会连个戒指都买不起呢?陆合欢正想着就听到牧歌开了口:"这可不是普通的易拉罐拉环,这是我买可乐中奖得来的,绝对符合你的吃货人设,你猜上面写了什么?"

陆合欢一听说是中奖的拉环,就皱起了眉头。

"谢谢惠顾?"

牧歌摇摇头。

"再来一听?"

牧歌还是摇头。

"现金五百元?"

牧歌依旧摇头。

陆合欢都已经绞尽脑汁了,可是实在想不到买可乐还能有什么奖品了。思前想后也想不出究竟是什么东西,陆合欢故作生气地看着他:"牧歌你要是不说我就走了啊。"

陆合欢作势起身,牧歌忽然急了,一把拽着陆合欢的手,将自己的"戒指"塞进了陆合欢的手掌心里。她摊开手,低下头竟然清楚地看到那个拉环上写着简单的四个字。

"'再来一桶'?"陆合欢几乎是脱口而出,看着牧歌,"你这是假可乐吧?"

听到这话,牧歌立刻将计就计,可怜巴巴地看着陆合欢:"时间仓促来不及准备戒指了,为了你,我昨天可是喝了一堆假可乐啊!"

"为什么不喝真的?"陆合欢狐疑地看着他。

牧歌小声地说:"你容量大,正版只有'再来一听'啊!"

"牧歌,你浑蛋!"陆合欢觉得以后她还是不要问牧歌原因了,毕竟每一次都是自取其辱。见牧歌可怜巴巴地看着她,陆合欢又问:"所以昨天我买饭回来,垃圾桶里的可乐瓶都是你干的好事吧?你还赖给隔壁床的大爷?"

"不是,我们一起喝的。"牧歌跪得膝盖都疼了,也不见陆合欢答应。趁着她不注意,他换了一条腿跪着。

陆合欢抿着唇,好半天都没说出一句话。

牧歌见状开了口:"你再不答应我,大爷在楼下可就要感冒了。"

陆合欢终于露出了笑容,伸出手递给牧歌:"希望你下次,别再这么狗嘴里吐不出象牙了!"

她软糯的声音钻进了牧歌的心里,他勾着唇说:"下次啊,我一定给你定一枚亮瞎眼的钻戒。"

"好啦,等我考虑考虑!"

陆合欢的话音刚刚落下,房间门就被撞开了。

按照小伙伴们的理解,陆合欢这就算是答应了。

可是牧歌却不这么认为——他摸着下巴的神情忽然有些凝重。

"恭喜啊。"

最先冲进来的是喻喜,然后是许博然,紧接着是林墨语,以及刚才进来查房的宋乘风,最后面姗姗来迟的是林浩。

蜂拥而入的小伙伴们让陆合欢猝不及防。

她转过脸看着牧歌:"你这是蓄谋已久啊!"

"不久不久,比起我追你的时间这就是九牛一毛!"

牧歌肆无忌惮的撒"狗粮"行为让周围的一群人不齿,可是陆合欢却露出了心满意足的笑容。这是她认识牧歌的第二年,却是他守护她的第四年。

牧歌嘴上虽然这么说,可是心里却在筹划着下一次求婚。

他想等到她说"我愿意"的时候!

Chapter 10
追我的人那么多，可是只想与你共白头

和牧歌在一起以后，陆合欢才发现……
优质青年牧歌非常抢手！
他陪她逛街的时候，有人问他要微信。
她去他公司的时候，有人悄悄给他递情书。
他们出去吃饭的时候，有服务员偷看他。
终于有一天，自以为大度的陆合欢吃醋了！
她将沙发上的小枕头扔给牧歌："追你的人那么多，我实在没有安全感！"
牧歌的回答是："那你把好吃的让给我，等我有了双下巴，你看谁还看我！"

大雨落下，冲刷着这座城市。

从医院出来之后，大家一块儿去吃了火锅，逛了商场，最后又去了KTV唱歌。等玩得心满意足了，他们才肩并着肩往回去的路上走。

陆合欢喝了两杯果酒就已经神志不清了，一只手挽着林浩的胳膊，没好气地数落他："你可真行，你让我……让我穿得那么土气去见牧歌的妈妈，你根本就是在坑我。"

"可是他妈妈很喜欢你啊。"林浩也喝了点儿酒，说话却没有陆合欢那样大舌头。他顿了顿小声地说："如果啊，我是说如果，你打扮得很好看，她喜欢你那是因为你长得好看，但是你丑的时候她喜欢你，那就纯粹是因为你这个人了。"林浩一边说，一边还瞥了一眼牧歌，"你看……你看牧歌，我能放心把你交……交给他，不就是因为……你丑吗？"

"你说谁丑？林浩……我告诉你，我忍你好久了！"一听到林浩说自己坏话，陆合欢立马就不乐意了，闷闷地哼了一声。

眼看着这两个人就要互相伤害了，牧歌和许博然连忙上来将他们拉开了。

喻喜倒是难得有机会和林墨语走在一块儿。

她小声地问林墨语："不是要复习备考吗？今天怎么有空出来跟我们鬼混？"

林墨语看了看她，小声地说："老师说以我的成绩，有机会能申请保送，这段时间也许能松口气了。"

喻喜点了点头，毕竟林墨语的成绩永远在九十分以上，想要保送应该不是什么难事。她抬起头，有些失落地说："也不知道此时此刻乐乐怎么样了。"

毕竟在一起朝夕相处那么久，大家都不免有些想念她。

林墨语也叹了一口气："也许她会比在这边生活得更加舒适吧。"

当初邵云将邵乐送出国的时候，可不就是担心她在国内心情不好患上抑郁症吗？如今好了，换一片土地，换一些朋友，依旧是无所畏惧的青春年华。

　　费了九牛二虎之力，喻喜才和林墨语将陆合欢带回宿舍里。
　　她趴在桌上，眯着一双眼睛念叨着牧歌的名字。喻喜和林墨语无奈地笑了起来："整天说牧歌的坏话，我看你心里最喜欢的人还是他。"
　　喻喜端了一杯蜂蜜水坐在陆合欢的身边。
　　半醉的陆合欢眯起了眼睛："是呀，我都不知道原来自己这么喜欢他。"
　　她想起了那一年自己在鬼屋做兼职的时候，黑暗中那个少年一步一步向她走来，最后走进了她的心里。从此以后不论光明或黑暗，不论悲伤或开心，他都在她的身边，从未离开过半步！
　　陆合欢闭上了眼睛，睡意逐渐袭来，可是她的心里都是牧歌温柔的笑容。和他在一起的一点一滴，都让她刻骨铭心。

　　黄昏过后。
　　陆合欢翻阅着手中的杂志，第五次合上杂志，终于忍不住从椅子上站起身来。陆合欢拿着手机直接从咖啡厅里走了出去，最后拨通了喻喜的电话："你帮我问问许博然，牧歌的公司究竟在哪里呀，他还在开会，等他来接我恐怕天都要黑了。"
　　喻喜沉默了一会儿，终于小声地说："一会儿我用手机发给你吧，我得问问。"
　　"好。"陆合欢的话刚刚落下，电话就被喻喜挂断了。
　　本来牧歌约她一起走走的，她就从下课一直在等牧歌。可是他却发消息来说公司临时有个会，就这样陆合欢从下午等到天都快黑了也不见他的人。
　　果然，不多一会儿地址就被喻喜发到了她的手机上。
　　半小时之后，出租车稳稳当当地停在了办公楼的楼下。陆合欢依照公司名称按指示牌一步一步往里走:"三十二层,ML公司?翻译成中文是不是毫升呀?"

陆合欢丝毫没有注意到ML是她和牧歌姓氏的首字母缩写,一路小声嘀咕着很快就进了电梯。伴随着叮的一声响,提着外卖的陆合欢踏入了三十二层的走廊。

她东张西望地寻找着牧歌的公司,两个巨大的英文字母映入眼帘。陆合欢匆匆忙忙提着外卖往里面走,却被前台拦了下来。

"小姐,您找哪位?是否有预约呢?"

陆合欢皱起了眉头,迟疑半秒小声地说:"我找牧歌……"

"他现在在开会呢,暂时不方便见您。"像陆合欢这种学生打扮的人,前台倒也是第一次在公司见到,毕竟来这里的人大多穿着比较正式。

陆合欢看了她一眼继续道:"我去他办公室等他就可以。"

"小姐,没有预约您不能进去,我们这边的外卖都是要出来拿的。"

陆合欢瞪大了一双眼睛看着她,自己究竟哪里长得像送外卖的?

"我不是送外卖的。"陆合欢刚开口解释,又被打断了。

"牧总没有跟我说过有人预约呢。抱歉,就算您不是送外卖的,也不能进去。"

这一番话气得陆合欢浑身发抖。她站在门口,犹豫再三却还是没有勇气给牧歌打电话。陆合欢转身走到电梯间里,整个人都有些无助。职场有什么规矩她不知道,可是这个时候让牧歌出来接她实在是有些不合适。

她蹲在地上,饭盒里的饭菜都凉了。最后她气鼓鼓地将外卖丢进了垃圾桶:"牧歌,你个浑蛋!我千里迢迢跑来找你,你却让我吃闭门羹!"

也不知究竟在门口待了多久,陆合欢终于有些忍不住了。两条腿都有些麻了,她从地上慢慢地站起来,弯着腰在那儿捶腿。

"哼,我以后再也不来了!谁爱来谁来!"她不满地吐槽着,却不知牧歌什么时候已经站在了她的面前。映入眼帘的一双皮鞋让陆合欢一怔,最后小心翼翼地抬起头来看向了牧歌。

"什么时候过来的?"他似乎一点儿都不惊讶会看到陆合欢。

可是陆合欢却莫名有点儿小委屈,哼了一声:"早就来了!"

天还没黑透她就在这儿了,现在已经快要八点了。

"怎么不进去?"牧歌伸手,像是摸宠物狗一般温柔地揉着她的黑发。陆合欢一听这话,就更加无助了。她看着他小声地说:"你们公司不是不让进吗?还把我当成送外卖的,今天可真是倒霉透了。"

陆合欢说完,还故意甩了甩自己的头发,躲开了牧歌摸宠物一般的动作。

"那现在我带你进去。"

牧歌伸手去抓她的手腕,可是陆合欢却哼哼唧唧地说:"牧歌,我腿麻了,走不了……"

早知道就出去找个奶茶店了,陆合欢思前想后,最后给自己待在这里找了个合理的解释——为了早点儿见到牧歌。

"那我背你。"

"我拒绝!一会儿进去多丢人啊。"

"合欢,我是开会中途溜出来的,十几个人等着我呢!"牧歌小声地对她开了口。

这次陆合欢不犟了,小声地说:"那我跳着去你办公室吧。"

她这模样,让牧歌心里一软。

陆合欢还没开始跳呢,他就一把将她横抱起来。

"你也太沉了……"明明已经将她抱起来了,可是牧歌依旧嘴上不饶人。

陆合欢惊恐地看着他。

牧歌继续损她说:"你要是跳着进去,会议室的人还不得以为是地震了?"

"牧歌,你浑蛋!"陆合欢嘴里骂骂咧咧的,"你把我在楼下买的外卖赔给我,赔我打车费,赔我的面子……"

陆合欢一路没完没了的抱怨让牧歌露出了温柔的笑容。

他就这样在众目睽睽之下,将陆合欢抱进了自己的办公室里。陆合欢坐在沙发上立刻开始东张西望。牧歌看了她一眼,又看了看手表,最后只能无奈地说:"还有二十分钟,如果你想喝东西可以自己去茶水间泡,很快我就回来了!"

"去吧,我又不是小孩子。"陆合欢不领情,没好气地嘀咕了一声。

牧歌有些不放心地看了她一眼,转身出了办公室。

陆合欢坐在沙发上玩了一会儿手机,没过一会儿她的腿就不麻了。她从沙发上爬起来,东张西望地看着牧歌办公室里的东西——

有书,有工艺品摆设,还有……

陆合欢的目光落在了书桌左边的那个盒子上,盒子里面竟然放满了信封。陆合欢一下子就呆了,这都什么年代了,还有人写信吗?

陆合欢知道她不能拆,可是看到那粉粉嫩嫩的信封就莫名有些好奇。

她正拿着信封仔细观察呢,办公室的门就被牧歌推开了。

见许博然跟在他的后面,陆合欢先是一怔,立刻就将信封放回了盒子里。

"我发一份文件我们就走。"看到她站在那里,牧歌倒是从容,走过去慢悠悠地对她说,"想看就拆开看,何必呢?"

"这是什么呀?"陆合欢转过脸,好奇宝宝一样看着他。

牧歌蹙了蹙眉,用低沉的声音丢出来两个字:"情书。"

陆合欢想要抹一抹额角的冷汗,还没来得及动手就听到许博然先开了口。

"他大概每天都会收到二十封情书吧,装在这个盒子里,第二天早上会有阿姨帮他倒掉。"

"二十封?"陆合欢惊恐地转过脸去看着牧歌。

他只是微微颔首,修长的手指在电脑的键盘上敲击着。

陆合欢吸了一口气眼看着许博然转身走出了办公室,才小声地说:"牧歌,宝宝有小情绪了。"

牧歌先是顿了顿,看到她嘟着嘴有些不满地看着他,立刻就笑了起来:"怎么了?宝宝!"

"你才是宝宝!"陆合欢依旧和他斗嘴,可是心里却不是滋味儿。

"这么多人追求你!"她的目光依旧没有从那堆信封上挪开。

牧歌真是又好笑又好气,只能耐着性子问:"你还不饿吗?"

"为什么你有一堆人追求,而我只有你……"陆合欢抬起头来看着他。

这次牧歌笑得更灿烂了:"你有我还不够吗?"

"宝宝心里苦。"陆合欢眉头紧紧地皱着,心里却是有一千万种绝望。

她忽然觉得,别人的青春期都收到了大把的情书,而自己却收到了牧歌大把的套路。

看她坐在那里耍赖,牧歌笑了起来。

"陆合欢,有火锅在向你招手。"知道她最贪吃,牧歌开始用食物引诱她。

可是陆合欢今天竟然坐在那里无动于衷。时钟的指针已经指向了九点的位置,按道理说这个时候陆合欢早该饿了。

"牧歌,我吃不下,我受打击了!"陆合欢耷拉着小脑袋,那模样就好似霜打的茄子。

牧歌走到了她的面前,最后看着她无比严肃地问:"陆合欢,你不会是吃醋了吧?"

"开什么玩笑,我心这么大怎么会吃醋?"陆合欢哼了一声,从桌子上跳下来，然后就自顾自地往外走。

她才刚推开办公室的门，外面就传来了此起彼伏的议论声。

"听说今天牧总的女朋友来公司了，还被人以为是送外卖的。"

陆合欢一听到这话，整个人就僵直了背站在门口。

看到她偷听，牧歌也不拆穿，就那么静静地站在陆合欢的身后。

接着又响起了说话声。

"是吗，果然好看的小哥哥都已经有女朋友了。"

"我前几天还给他写情书来着，没想到已经名草有主了。"

"我给你们说啊，如果帅哥找的女朋友越来越丑那就证明他们离结婚不远了，我猜……"

那个人的话还没说完，陆合欢就忍不住了，往前走了两步，一字一顿地问："那如果他本来就找了个丑的怎么办呢？"

什么嘛，她本来就不丑好不好？！她只是和牧歌显得不那么登对而已，凭什么全世界都在说她的不是？

陆合欢突然出现在那儿，一身学生打扮，立刻就让几个人呆在了原地。

"牧……牧……"几个人并没有因为陆合欢的出现而惊讶，而是在看到站在陆合欢身后的牧歌的时候脸上才写满了惊恐。

陆合欢站在那里，简直整个人都要气炸了。

"你们倒是说说啊，我哪里配不上你们家牧总了？说出来就算了，说不出来扣工资呗。"

陆合欢根本就是在无理取闹。她站在那儿，一张白净的小脸上带着不满。牧歌跟在她身后，竟然捂着嘴在笑。

刚才她还说她没吃醋，现在竟然在这儿无理取闹。

"这……"几个人错愕地看着陆合欢，一时间这话说也不是，不说也不是。最后他们纷纷将目光落在了陆合欢身后的牧歌身上。似乎也是头一次看到他这么笑，几个人可谓是目瞪口呆。

"怎么了？刚才不是说我丑吗？来来来继续，我今天就站在这儿好好听听。"看到了几个人脸上露出了难色，陆合欢丝毫没有要走的意思。那句话怎么说来着？对敌人的手软，就是对自己的残忍！更何况是情敌呢？她定定地看着面前的人。

"牧……牧总，您看这事……"一听说要扣工资，几个人都将目光投向了牧歌。

他站在那儿却好似没事人一般。

作为一家新公司，ML招收的都是刚刚毕业的大学生，工资待遇却比同行要高出好几倍。

他单手插兜，淡淡地开了口："既然她想听，你们就说说吧，反正背后议论领导不也该扣工资吗？"

"嗯，这还差不多。"有了牧歌撑腰，陆合欢更是抬头挺胸，理直气壮。

"这……"几个人支支吾吾的，几乎都要哭出来了，"您的不好是……是……"

陆合欢站在那儿等了好久，都没听到他们说出一句完整的话，已经有些不耐烦了。

牧歌找准了时机上来安慰她："宝宝，你最大的缺点就是太可爱了。好了，不跟他们置气，我们吃饭去。"

陆合欢不得不对牧歌刮目相看，这还是自己认识的那个说话刻薄男吗？他竟然也会说这种甜言蜜语？

她哼了一声，侧过脸去问牧歌："那我哪里丑了？"

"哪里都不丑，你最好看了。"

听到牧歌的回答，陆合欢这才满意地点了点头，随后就提着自己的小书包出门了。

牧歌也没多说什么，转身跟着陆合欢往外走。

其他人隐隐约约还听到牧歌问她："还说不是吃醋呢？"

"哼。"陆合欢永远是死要面子活受罪的那种人。

牧歌看她这样立刻玩心大起："要不我回去再多和他们聊一会儿？反正你心大……"

"牧歌，你敢！"陆合欢刚一说完就听到了牧歌爽朗的笑声，于是嘟囔着小嘴说，"下次别指望我再来接你，今天已经要把我气死了！"

陆合欢说完，自顾自地往外走。

牧歌紧跟在她的身后，这两人刚一出公司就看到了在等电梯的许博然。

"哟，活着出来了？"看到牧歌，他立刻就露出了幸灾乐祸的表情，可是却被牧歌狠狠地瞪了一眼。所谓唯恐天下不乱，大概形容的就是许博然这种人。

不过他也就只说了这一句，紧接着就换了话题。

听到牧歌和许博然聊起了工作，陆合欢老老实实地跟着牧歌的脚步。

怎么说她今天也算是出尽了风头，也不能得理不饶人呀。

从餐厅出来，牧歌却丝毫没有要将她送回学校的意思。已经是晚上十点了，这个时间，她就算是赶回学校也非常仓促了，毕竟十点半就是宵禁时间。

陆合欢不知是第几次看时间，听到牧歌说："附近开了一家密室逃脱，我们去玩呀。"

"密室？"陆合欢看着他，虽然自己平日里也喜欢和喻喜约着去玩密室逃脱，可是那是人多的时候。

陆合欢抿了抿唇："就我们两个人，连门都进不去吧。"

"放心，就是两个人的。我本来也是约好今天的，结果下班耽搁了。"牧歌看了看时间，随后慢悠悠地说，"十二点前准时送你回家，叔叔阿姨知道是我送你回去，不会担心的。"

陆合欢沉默了片刻，最终还是拗不过牧歌，答应了。

房间里的鬼火忽闪，陆合欢目光所及之处都是道具鲜血。

她有些嫌弃地吸了一口气，偏偏房间里还没有灯光，唯独燃着几根蜡烛用来照明。

"牧歌，你不是怕鬼吗？"眼前的这一幕很快就引起了陆合欢身体和心灵上的不适。她深吸了一口气，强迫自己保持冷静。

牧歌站在她身后东张西望了好久，最后小声地说："上次绝对是个意外。"

密室逃脱这种游戏，要求被关在房间里的人能够尽快找到线索从房间里出去，更刺激的地方是不同的地图会有不同的"惊喜"，说到底就是有人会扮鬼推门进来，又或者是其他的什么⋯⋯

陆合欢还记得上次来的时候，自己带了一瓶矿泉水，一边喝一边找线索，结果被突然闯进来的女鬼吓得喷了人家一脸的水⋯⋯然后她和喻喜就被那家密室逃脱俱乐部给拉黑了。

"要不我们分头找找？床头柜、病床什么的都不要放过。"牧歌忽然开了口。

他们选择的是一个废弃医院的密室，按道理说应该不难。

陆合欢想都没想就点了点头，然后就看到牧歌转身走向了另一边，拉开抽屉，里面空荡荡的。

她在废弃病床的枕头下摸索着，却一无所获。

时间就这样一点一滴过去，约莫十五分钟后，陆合欢依旧没有发现任何线索。她有些不耐烦了，转过身去喊："牧歌！"

可是陆合欢一回头，却发现自己身后空荡荡的，除了幽暗的烛光，竟然一个人影都没有！陆合欢一下子就急了。她也不是个胆子大的人，每次来这种地方都必须有小伙伴陪着，可牧歌人呢？

想到自己一个人待在这废弃医院密室里，就算知道这只是个游戏，陆合欢还是开始害怕了。

她不停地扭头看着四周,就在这个时候一只手从地底下伸了出来,一把抓住了她的脚踝。

"啊——"陆合欢发出了一声尖叫,连连后退,索性连线索也不找了,带着哭腔开始寻找牧歌,"牧歌,你人呢?你出来好不好?"

密室总共就三个房间,可是任凭陆合欢翻来覆去地寻找也没有牧歌的踪影。

她毕竟是个女孩子。和每一个女孩儿一样,陆合欢也会害怕黑暗。她哆哆嗦嗦地走到了一根蜡烛旁边,将蜡烛从桌上拿了起来,借着微弱的光照向了周围。

墙壁上,有染着血的手掌印。

陆合欢的心凉了半截,早知道她刚才就带着手机进来了。

"牧歌,你……浑蛋啊!说好要一辈子守着我,才玩个密室逃脱你就跑路了!还说什么今天一定让我刮目相看,我看应该是出去了一定要把你碎尸万段吧!"陆合欢只有不停地说话才能让自己不那么恐惧。

她鼓起勇气一步一步地往前走,找寻着逃脱出去的方法。

烛光从窗边晃过,陆合欢先是一惊,定睛一看,才清楚地看到挂在衣架上的白裙子。她被吓得连话都说不出来了,口干舌燥。几乎是同一时间,一阵微风吹过,好巧不巧,就连她手中那微弱的烛光都在这一瞬熄灭了。

整个房间里一下子黑黢黢的,陆合欢只觉得自己脊背发凉,手掌心里渗出来的密密麻麻的细汗更是让她难受不已。

"别熄呀……"她正准备回去拿一根新的蜡烛,哪儿承想刚才放在桌上的几根蜡烛就好似约好了一样,竟然不约而同地冒出了熄灭的灰烟。

啪嗒,陆合欢落下了眼泪。

她真的太害怕了，尤其是没有烛光之后。

陆合欢浑身上下都凉透了。她站在那里不知自己究竟应该往哪边走。

对于一个路痴而言，黑暗是最为致命的绝望。

一秒、两秒、三秒……

仿佛过去了一整个世纪，陆合欢突然感觉身后有一只胳膊将她抱住了。她啜泣着，却不敢回头。她原来在鬼屋里扮鬼的时候从未如此害怕过，现在倒好，明知是假的却还是被打败了。

"小傻瓜，我一直在你身边呀。"她以为应该是扮鬼的人来吓她了，可是钻进耳朵里的却是牧歌的声音。

他从后面紧紧地抱住了她。

陆合欢哭得更厉害了，不满地问他："牧歌，你个浑蛋跑到哪里去了？知不知道我很紧张你的……"

"紧张我？"

事到如今，陆合欢竟然还不忘死鸭子嘴硬。

牧歌轻轻地拍着陆合欢的肩膀。

她大哭出来："牧歌，我害怕。我一个人害怕……你知不知道，对于一个路痴来说……"陆合欢吸了吸鼻子，"在黑暗当中就只有等死。"

"傻瓜，我怎么舍得呢？"

牧歌说出这句话的同一时间，整个房间里的灯被人打开了。突如其来的强烈的灯光让陆合欢一下子捂住了自己的眼睛。

下一秒她听到牧歌好听的、带着磁性的声音在她的耳边响起："嫁给我吧。"

陆合欢好不容易适应了房间里的灯光，就看到他的手里拿着一枚戒指，一枚在灯光下熠熠生辉的戒指。而四周根本就没有废弃的床和床头柜，也没有从地下伸出来抓住她脚踝的手。

装潢华丽的房间里摆满了巧克力、棉花糖、奶油蛋糕，粉红色的氢气球飘在房顶，刚才印着血手印的墙壁也不知道哪里去了……陆合欢错愕地看着这一幕。刚才仿佛做了一个噩梦，她简直无法接受这个事实。

"牧……牧歌……"陆合欢吸了吸鼻子。

紧接着牧歌说："上次的易拉罐拉环不作数，今天给你补上钻戒，满意吗？"

难怪他明明下班都那么晚了，吃过晚饭还非得拽着她来玩密室逃脱。

他又是早有预谋。

陆合欢拍了拍他的胸口："牧歌，我可是差点儿被你吓死！"

她一个人在这黑漆漆的房间里……哦，对了，刚才她好像听到有什么响动，就连蜡烛都灭了！

这个时候的陆合欢简直拥有福尔摩斯的断案能力。

她咬了咬牙问他："蜡烛是被你吹的吧？"

这么短时间内把一间鬼屋布置成这样，牧歌也算是别出心裁了。

"宝贝儿，我们能不纠结这个问题吗？这枚钻戒可贵了，你看在它的面子上就别跟我斤斤计较了呗？"所谓不作死就不会死，想出这个求婚方案的时候牧歌就有些担心。

不过惊吓有多大，惊喜就有多大。

为了给陆合欢视觉上的冲击，让她穿上婚纱，和自己过一辈子，牧歌也只能铤而走险。

陆合欢深吸了一口气。

被牧歌逼得不得不坚强的她终于开了口："答应你是可以，不过……"陆合欢咬了咬牙，一字一顿地警告他，"牧歌，你下次要再这么吓唬我，我就一辈子都不理你了！"

陆合欢真的是气急了，要不是自己心理素质好，刚才可能就不是哭这么简单了，说不准现在已经在医院病房里躺着了！

"放心吧,不会再有第二次求婚了。"他的声音很低,忽然将戒指套在了她的手指上,"因为我要和你过一辈子。"

牧歌说完,又一次无比严肃地看向了陆合欢。

"所以,你愿意嫁给我吗?"

"牧先生,我愿意。"

陆合欢终于露出了笑容。她知道自己不说出"我愿意"三个字,牧歌是不会善罢甘休的。

"从此以后,换成我来爱你。"陆合欢笑着开了口。

从密室俱乐部出来,陆合欢美滋滋地坐在车子的副驾驶座上。

她低头看着手指上那一枚透着淡淡粉红色的钻石戒指,伸手左右旋转着它。

牧歌上车的时候,就看到了她的动作。他小声地问她:"怎么?你的手指头已经胖到这种程度了吗?连超大号的戒指都戴不进去了吗?"

"哼,本姑娘今天心情好,不跟你斤斤计较。"陆合欢贝齿轻轻地咬着下唇,眼里露出浓浓的笑意。

随后牧歌看到陆合欢竟然将戒指送到了嘴巴边上,连忙阻止她:"你做什么?"

"咬一下看看是不是真的啊!"陆合欢想都没想就脱口而出。

这次牧歌实在是忍不住了:"陆合欢,你用牙齿咬钻石?你的牙不想要了是吗?"

"电视上不都这样演吗?什么贵重物品都得先咬一下……"陆合欢转过脸。

她那一脸无辜的表情着实让牧歌觉得可爱。他发动了车子,没好气地对她说:"仅限金子才那样验好吗?钻石硬度那么高,你是想换一口的假牙吗?"

"那……好吧。"陆合欢低着头。她哪里注意过别人咬的是金子,自己又没见过这么贵重的东西。

牧歌又好气又好笑,最后小声地丢出来三个字:"小傻瓜。"

他温柔的声音如同一根羽毛,在陆合欢的心尖拂过。

陆合欢似乎已经习惯了他这么叫她,连反驳都放弃了。

已经是初冬了,整座城市的夜不但安静,也格外寒冷。

陆合欢从车上下来,一路蹦蹦跳跳地往家里走。牧歌定定地看着她离去的背影,心头却是暖洋洋的。

不知不觉当中,陆合欢的改变还真是大。

陆合欢蹑手蹑脚地打开了家门,哪儿承想平日里早早就歇息的爸妈竟然都坐在沙发上。陆合欢吸了一口气,小声地问:"你们今天怎么还不睡?"

"我们在等你啊。"老妈看了她一眼,温柔地说道。

陆合欢嘟了嘟嘴,还没来得及开口就听到老妈又开了口。

"戒指摘下来给你老爸看看,你老妈我嫁给他这么多年了都没收到过这么贵重的礼物呢!"

听到她这话,坐在一边的老爸不乐意了。

"我们那个年代,金戒指就已经很值钱了。哪儿像现在,这些稀奇古怪的求婚方式真是……"他顿了顿,脸上虽然带着不满,可还是抬头看向了女儿。他的声音很低,透着父亲对女儿的宠爱。

"丫头啊,你得记住了,我们不比牧歌差,这东西咱们家也买得起。"

他这话一出口,陆合欢就觉得鼻子酸酸的。老爸平日里虽然总爱损她,但是陆合欢明白他的意思——不能因为陆家没有牧家有钱就觉得自己低人一等。

"以后,你要是被人欺负了,爸妈可绝对不饶他!"老爹看了看老妈,最后一本正经地盯着陆合欢。

"我知道的。"陆合欢点了点头,摘下戒指坐在了爸妈中间,"我就知道老爹你最疼我了!"

"我才不疼你呢,我是怕到时候你亲爸妈心疼。"

老爹的话还没说完,陆合欢就凑到他的脸颊边亲了亲:"你不就是我亲爸吗?整天就知道损我!"

"你爸这是父爱如山,其实他心里可疼你了。"老妈在一旁说道。

终于陆爸爸面子上挂不住了,从沙发上站了起来:"时间不早了,赶紧睡觉!熬夜对身体不好,知不知道?"

"好。"陆合欢应了一声,随后就看到老爹进了房间。

她和老妈对视了一眼,最后不约而同地笑了。

"你爸就是舍不得你,嘴上还不肯承认。"

"我知道的。"陆合欢小鸡啄米似的点了点头,最后小声地说,"妈咪,你放心吧,我一定会拥有幸福的。"

人生不过短短数十载,可是牧歌却愿意等她那么久。

妈妈笑了,拍了拍陆合欢的头。

由于被牧歌吓得有点儿惨,陆合欢躺在床上翻来覆去没了困意。

脑海里反反复复回荡着的都是刚刚在废弃医院密室的场景,陆合欢只能从被窝儿里坐了起来。她打开了手机,刚准备挑一部电影,就被突如其来的手机振动给打断了。

她一低头,发现是喻喜发来的微信。

已经是凌晨三点了,喻喜居然还没睡觉!

陆合欢几乎想都没想,就给她发出了视频邀请。半秒钟之后,敷着面膜的喻喜出现在了镜头里:"呀,你也是个夜猫子。"

"你还说我?大半夜的就问我'在吗'。"陆合欢没好气地回了她一句,紧接着就听到喻喜开了口。

"听说今天牧歌第二次求婚了,怎么样,惊喜吗?"

"哪里是惊喜,分明就是惊吓!"要不是牧歌,陆合欢也不会半夜睡不着啊。

"怎么？他是买了十公斤重的钻戒吗？"喻喜的脑回路永远和陆合欢不一样。

陆合欢深吸了一口气，摇了摇头："你找我做什么？"

"我想问问你下周末有空没有。"喻喜直接说出了自己的计划，"早上你可以陪我去选婚礼场地呀，然后下午我们去游乐场吧，好久都没去过了呢。"

喻喜满含兴奋的话让陆合欢无奈地叹了一口气："好，陪你去。"

眼看着毕业在即了，很快她们就要步入社会，想来喻喜也不想拖延婚礼的事情了。

听到陆合欢答应了，喻喜立刻欢呼雀跃起来。

这个周末，陆合欢如约到了喻喜所说的那家超梦幻的结婚场馆。

苍翠的草地上只有零星几个人，喻喜拽着陆合欢的胳膊，小声地说："这里果然好看，难怪那么多人挤破了头……"

陆合欢东张西望，俨然一副事不关己的模样。

喻喜忍不住抬头看着她："合欢，你和牧歌的婚礼……"

"现在说这个也太早了。"陆合欢伸手揉了揉自己蓬松的头发。

虽然牧歌已经求婚了，可是她依旧对结婚这个事情没有任何的规划。

喻喜闷闷地应了一声，就加快了走进婚礼会场的脚步。

陆合欢漫无目的地跟着她往里走，可是没想到才刚刚坐下来喻喜就下了决心。

"就定这里了，我决定了。"

眼前漫天飞舞的泡泡和粉蓝色的灯光充满了梦幻，她们好似走入了仙境。

喻喜抬起手去抓漫天飞舞的泡泡，不过泡泡转瞬即逝。

她有些小失落，倒是旁边西装革履的工作人员小声地开了口："小姐，这个会场的主题是泡泡的，我们还有蝴蝶、羽毛等等，可以根据您的喜好自行设计。"

"还真是人性化啊！"从进门开始，喻喜说话就是感叹的语气。

陆合欢看到她都已经眼花缭乱了，却还没有做最后的决定，忍不住吐槽："喜欢就赶紧定下来。"

"是吧，你也觉得不错吧？"喻喜两眼放光。

陆合欢觉得如果把她画成卡通版，她现在的眼睛一定是星星状。

"就定这里了，时间嘛……"喻喜想了想，"你看看哪天没预约的。"

她这话一出口，陆合欢真是无语了，重重地叹了一口气："如果是明天，你结吗？"

这次喻喜犹豫了，思前想后了很久，最后小声地说："也结。"

陆合欢觉得，她说出这句话的时候，丝毫没有要结婚的坚定，看样子更像是准备慷慨赴死的感觉。

喻喜无奈地耸了耸肩，最后走进了旁边的会客厅。

"新娘姓名？"

"喻喜。"

"新郎呢？"

"许博然。"

…………

陆合欢正悠闲地吃着水果，那个工作人员就先抬起了头，紧接着就听到这样一句话——

"小姐，喻喜小姐和许博然先生的婚礼，这边已经预定过了。"

"啊？"喻喜一怔，错愕地看着面前的人。

那个人用鼠标在屏幕上快速地点击了几下，最后非常笃定地说："我们查到牧歌先生预定了和陆合欢小姐的婚礼。"

"噗……"陆合欢嘴里的苹果还没咽下，鼓着腮帮子抬起头来，错愕地看着面前的人。她连结婚的事情都没考虑过，牧歌就已经把场地定好了？

"预定的什么时候呀？"喻喜又问。

这个世界上有重名的人，但不会同时重名四个人。

"预定的是今年六月二十五日呢。"

六月二十五日，这个日子对别人而言毫无意义，可是对于Z大的学生而言，那一天是大四学生在学校的最后一天。每年一到这天，就意味着分别。

"什么时候预定的？"咽下了苹果，陆合欢凑过来好奇地问。

"许先生是一年多以前来的，这位牧先生就很奇怪了！"那个人顿了顿，最后也有些摸不着头脑地说，"三年前的九月他就已经预定好了！虽然我们店生意一直很好，但是像这种提前几年预约婚礼的，还是头一次见。"

像是一根羽毛落在了陆合欢的心里，她错愕地看着面前的人。三年前！那时候的自己，还没有去驾校，更没有被牧歌趁火打劫。她甚至连牧歌是谁，都是从别人口中听来的。

可是他却在那个时候就把婚礼场地定好了！

"二位，您这边还需要其他服务吗？"

"不要了，谢谢。"喻喜将陆合欢从沙发上拖了起来，像是只聒噪的小蜜蜂，在她耳边没完没了地说，"这简直是我收到过的最大的惊喜了！"

"是……是吗……"陆合欢微微颤抖的声音表现出了她对这件事的惊讶。

一直到走出会场，陆合欢都没能从婚礼场馆已经被人预定好的事实里走出来。

刚一从场馆里出来，喻喜就看到了许博然。她疯狂地扑进了他的怀里，口中满是感谢："亲爱的，你果然和我想到一块儿去了，我今天才知道你竟然早就预定了婚礼的场地。"

陆合欢抬眸的时候，看到牧歌从车上下来。她走过去，却不知究竟如何对他开口。

牧歌走过来，忽然牵住了陆合欢的手。

"走走吧。"

在心头思绪万千的时候，陆合欢听到牧歌问她——

"喜欢吗？"

她先是一怔，立刻意识到牧歌说的是婚礼场地。

虽然有些难以启齿，可是陆合欢还是将心中的话问了出口。

"你从一开始就知道我会嫁给你？"她看着他，感叹在他们还没有走到一起的时候，他就已经做了这么多。

牧歌看着她忽然笑了起来："确定。"

他坚定又温柔的目光里写满了对她的宠溺。

陆合欢听到牧歌一字一顿地说："从我第一次遇见你的时候，我就确定，你将为我穿上婚纱！"

一月的寒冬冷得人直打哆嗦，可这一瞬陆合欢的心里却是那样温暖。

牧歌牵着她的手，站在街角那棵百年大树之下。

"牧歌，你的手为什么总是那么热？"

"因为我爱你的那颗心是滚烫的。"

陆合欢的眼眶忽然红了，她想到这样一句话——从此以后，山川河海，有你的地方便有爱。

"牧歌，谢谢你。"陆合欢的声音哽咽了，眼底水汽升腾，她抬眸看着他小声地说，"我用此生，赌你一人可好？"

"好。"牧歌的声音很轻，却好似这个世界上最有力的承诺。

他想就这样，牵着她的手，走过四季，走过山河，走过余生。

番 外
牧歌自述

"你有没有为了一个人而离开一座城?"

十八岁那年,有人这么问我。我呆呆地看着他,随后摇了摇头。那时候,爱情对我来说是可有可无的东西。

有人说,不以结婚为目的的恋爱就是浪费生命。

也有人说,不以分手为目的的吵架就是在秀恩爱。

那时候,对这两句话我都嗤之以鼻。

因为我不相信爱情!

遇见陆合欢以前,我是别人眼中最优秀的孩子,给我写情书的女孩儿排起来可以绕学校三圈有余。

我从未正眼看过那些前来示好的女孩子,因为我的父亲告诉我:"不管多么轰轰烈烈的爱情,有朝一日都会被消磨殆尽,结婚就是找个人凑合着过日子。"

  我不知道有多少人符合这样的状态,可那时候的我将这句话奉为真理。

  我忙碌于学习和创业,我和室友建立自己的公司,我肆意幻想着自己挥金如土的未来,却从未想过有个人陪我走过余生。

  当我以为自己的婚姻将会成为利益联姻的时候,老妈语重心长地对我说:"孩子,人生有很多事情,你不去试一试,永远都不知道是什么滋味儿。"

  我不信爱情,我对老妈的话嗤之以鼻。

  我看着她,笑着回答:"不就是找个人搭伙过日子吗?我觉得这个人可有可无,毕竟这年头只要有钱没有什么是换不来的。"

  她看着我,有些失望地摇了摇头。

  "金钱换不来生命。"妈妈说话的时候,神情那样凝重。

  我知道她很孤独,可是我没想到她却对我说出了一番更加孤独的话。

  她说:"父母是阻隔你和死神的一道墙,等我们真的没了,你就会明白自己有多需要一个人陪你面对死神。"

  她的话,让我陷入了沉默。

  父亲做生意很多年了,生意如火如荼,可是和母亲的感情却似乎已经消耗殆尽。我看着老妈每天在家里养花喂鱼,却不明白她为何不肯放手。或许对于她而言,放下对父亲的不舍才能活得更加洒脱。

  我没想到,这才是她和父亲一步一步走到今天的理由。

  人的生命有限,勇气也有限,可爱情、亲情却都能给我们勇气!

  也就是那一年,新学期开学的时候我遇到了陆合欢。

  作为学校的"招牌",新进校的女生们都会刻意来和我聊几句,唯一忽略我的那个人就是陆合欢。她从我的面前绕了过去,对厨艺社的社长说:"姐姐,你们要不要试吃员呀?"

我看着肉嘟嘟的她，忽然觉得这个女孩儿很可爱。

也就是从那天开始，我开始关注这个名叫陆合欢的女孩儿。她喜欢一个人坐在学校操场的草地上晒太阳，最开始我觉得这种做法很不卫生，可是后来……

对她的好奇驱使着我靠近她，某个夏日的午后我就坐在她的身后。

那种被阳光温暖的惬意，就和陆合欢这个人一样，总能给人带来欢乐。

我从未见过她掉眼泪，因为有她，她们宿舍的人都拥有着笑容。

她成了室友们的开心果，也成了我的开心果。

我将她的名字告诉了老妈。当我说起我喜欢的女孩儿的时候，老妈的眼中也充满了期待。

她摸着我的头对我说："牧歌，爱情是甜的。"

一直在鼓励我的老妈不知道，从遇到她的那天开始我就定好了全城最浪漫的婚礼地点。我翻阅着一本本设计书，想要为她精心打造一套婚纱。

我利用闲暇时光为追求她做准备，也利用闲暇时光来观察这个女孩子。

我逐渐发现，陆合欢吃饭的模样是最可爱的。

她喜欢狼吞虎咽地吃东西，喜欢喝香芋味的奶茶，也喜欢吃肉。

有人说过，对美食有追求的人更对生活充满期待。

陆合欢就是如此——她像一只对未来充满幻想的小兔，她萌萌的模样和做出蠢事的样子让人啼笑皆非。

我曾经不止一次在食堂里听到几个男生议论她说："这女生是饿鬼转世吗？吃饭吃成这样。"

可是我不觉得她吃相难看呀，陆合欢就是陆合欢，她和那些打扮得花枝招展的女孩子不同，她更朴实、率真。

那是我过得最漫长的一年。那一年我有无数次想要去和陆合欢聊上几句，可却都不知如何自我介绍。

或许遇到陆合欢之前的我，连喻喜都不如吧。

我买了一个非常可爱的笔记本，零零散散地记录着她喜欢的食物、品牌……

陆合欢总喜欢跑到学校后门的小摊上买炸土豆，或是烤饼。

没有人会讨厌一个看上去圆滚滚、超可爱的女孩子。

很快，她就和门口的小贩们打成一片了。

陆合欢偶尔会去学校门口吃东西，看着来来往往忙于生活的人。她也偶尔帮小摊的老板们看摊位，却爱算错数。

陆合欢做过很多让人啼笑皆非的事情。可是她就是她，于万千人当中，我一眼便能将她找到。

一年后的秋天，陆合欢患有陌生人恐惧症的室友开始拽着她到处做兼职，听宿舍一个做兼职领队的哥们儿说，最近大学城游乐场的鬼屋在招人。

我偷偷翻了他的名册，陆合欢和喻喜的名字果然在上面。

可是得知了确切消息的我却更加紧张了。我应该穿成什么样去见她？应该对她说什么？聊一些专业方面的问题，她一定会觉得很枯燥吧？最后，我给老妈打了电话。

她在电话里耐心地教导我说："用你最真实的一面去见要相守一生的人，远比最开始就欺骗要来得容易。"

最后，我选择了用我本来的面貌去见她。

为了在陆合欢面前留下一个深刻的印象，我用平底锅拍了她的头，并且趁火打劫要走了她的兼职费。说实话，她看向我痛不欲生的目光其实让我非常犹豫。

可那是唯一的办法，对于一个没有恋爱意识的吃货而言，要让她老老实实地留在我身边就只有这一个办法。我痛下决心，用光了她所有的生活费，终于逼陆合欢答应做我的女朋友。

但这不是她心甘情愿的。她讨厌我的说话刻薄，讨厌我的斤斤计较，更讨厌我的趁火打劫。

我想其实邵云那样的贵公子才是陆合欢所喜欢的类型吧？当她在我身边喋喋不休地吐槽邵云没眼光的时候，我第一次吃醋了。我和陆合欢发生了前所未有的争执，最后她负气离开。

冷静下来以后，我终于明白追求一个人不是我想象中那么容易的。

尤其陆合欢是一个这样有主见、有想法的女孩儿。

和我想象的一样，当我无数次表明心意想要断绝她心中分手的念头的时候，陆合欢都会抬着头问我："牧歌，你究竟喜欢我什么？"

喜欢一个人是不需要理由的，正因为没有理由，他才能义无反顾地为那个人付出。

所以，当我们决定举行婚礼的时候，我在横幅上写了这样一句话："我不知道我喜欢你什么，可是我知道我喜欢的人叫陆合欢。"

我想告诉她的是，十年、二十年、三十年……等我们白发苍苍的时候我会依旧深爱你！